Recursão

Recursão

Blake Crouch

Tradução de Sheila Louzada

intrínseca

Copyright © 2019 by Blake Crouch

Agradecimento especial pelo uso dos trechos de Vladimir Nabokov (p.7), Carson McCullers (p.101), Ray Cummings (p.157), George Orwell (p.189) e Søren Kierkegaard (p.307). Tradução livre.
Trecho de Kurt Vonnegut da página 235 retirado de *Matadouro-Cinco*, Intrínseca, 2019, tradução de Daniel Pellizzari. Trecho de Santo Agostinho da página 296 retirado de *Confissões*, Penguin-Companhia, 2017, tradução de Lorenzo Mammì.

TÍTULO ORIGINAL
Recursion

PREPARAÇÃO
Carolina Vaz

REVISÃO
Giu Alonso
Marcela de Oliveira

DIAGRAMAÇÃO
Ilustrarte Design e Produção Editorial

ARTE DE CAPA
Christopher Brand

ADAPTAÇÃO DE CAPA
Antonio Rhoden e Lázaro Mendes

CIP-BRASIL. CATALOGAÇÃO NA PUBLICAÇÃO
SINDICATO NACIONAL DOS EDITORES DE LIVROS, RJ

C958r
2. ed.

    Crouch, Blake, 1978-
       Recursão / Blake Crouch ; tradução Sheila Louzada. - 2. ed. - Rio de Janeiro : Intrínseca, 2023.
       320 p. ; 23 cm.

       Tradução de: Recursion
       ISBN 978-65-5560-656-0

       1. Ficção americana. I. Louzada, Sheila. II. Título.

23-83903
CDD: 813
CDU: 82-3(73)

Meri Gleice Rodrigues de Souza - Bibliotecária - CRB-7/6439

[2023]
Todos os direitos desta edição reservados à
EDITORA INTRÍNSECA LTDA.
Av. das Américas, 500, bloco 12, sala 303
22640-904 – Barra da Tijuca
Rio de Janeiro – RJ
Tel./Fax: (21) 3206-7400
www.intrinseca.com.br

Para Jacque

LIVRO UM

O tempo não passa de memórias sendo escritas.
— VLADIMIR NABOKOV

BARRY

2 DE NOVEMBRO DE 2018

Barry Sutton para o carro na faixa exclusiva para veículos de emergência na entrada principal do Poe Building, uma torre em estilo art déco que reluz sob a iluminação intensa das arandelas. Ele sai de seu Crown Victoria, cruza depressa a calçada e passa pela porta giratória que leva ao saguão.

O vigia noturno o aguarda junto aos elevadores, segurando a porta de um deles enquanto Barry avança quase correndo, os sapatos ecoando no piso de mármore.

— Qual é o andar? — pergunta Barry.

— Quarenta e um. Saindo do elevador, o senhor vai para a direita e segue até o fim do corredor.

— Mais policiais estão a caminho. Peça que aguardem aqui até que eu dê o sinal.

Em contraste com o edifício que o abriga, o elevador moderno sobe em disparada, e depois de alguns segundos Barry sente a pressão nos ouvidos. Quando as portas enfim se abrem, ele sai diante da placa de um escritório de advocacia. Uma ou outra sala ainda está com as luzes acesas, mas no geral o andar está às escuras. Ele corre pelo piso acarpetado, passando por escritórios silenciosos, uma sala de conferências, uma sala de descanso, uma biblioteca, até que o corredor termina finalmente em uma vasta área de recepção, anexa à maior das salas.

Na penumbra, os detalhes se revelam em tons de cinza: há uma ampla mesa de mogno soterrada por arquivos e papéis; uma mesa circular cheia de blocos de anotação e xícaras de café frio com cheiro amargo; uma pequena bancada apenas com garrafas de uísque Macallan Rare; e, do outro lado da sala, um aquário iluminado que zumbe e abriga um pequeno tubarão e vários peixes tropicais.

Ao se dirigir às portas duplas, Barry silencia o celular e tira os sapatos. Leva a mão à maçaneta e, abrindo a porta devagar, esgueira-se para o terraço.

Ao redor, os arranha-céus do Upper West Side têm uma aparência mística em meio aos luminosos véus de neblina urbana. O ruído da cidade soa alto e próximo — buzinas ricocheteando entre edifícios, e ambulâncias distantes correndo até alguma tragédia. O pináculo do Poe Building está menos de quinze metros acima: uma obra de arte gótica em vidro e aço que coroa o prédio.

A mulher está sentada a cinco metros de distância, ao lado de uma gárgula deteriorada, de costas para Barry. Suas pernas pendem da beirada.

Ele avança um passo, as meias absorvendo a umidade do piso de pedra. Se conseguir se aproximar sem ser notado, poderá puxá-la antes que ela se dê conta do...

— Sinto o cheiro do seu perfume daqui — diz a mulher, sem se virar.

Barry para.

Ela olha para trás.

— Mais um passo e eu me jogo.

É difícil dizer ao certo na penumbra, mas ela parece ter em torno de quarenta anos. Usa um conjunto escuro de saia e blazer, e deve estar ali faz algum tempo, a julgar pelo cabelo já meio mirrado pelo sereno.

— Quem é você? — pergunta ela.

— Investigador Barry Sutton, da Divisão Central de Roubos, da Polícia de Nova York.

— Por que a de Roubos...?

— Mandaram quem estava mais perto. Qual é o seu nome?

— Ann Voss Peters.

— Posso chamá-la de Ann?

— À vontade.

— Tem alguém para quem eu possa ligar?

Ela apenas balança a cabeça.

— Vou vir um pouco mais para cá — avisa ele —, para você não precisar ficar virada para mim.

Ele se afasta e avança num ângulo que o deixa próximo do parapeito, ficando agora a apenas três metros dela. Arrisca um rápido olhar para baixo e sente o corpo inteiro se retesar.

— Vamos lá, sou toda ouvidos — diz a mulher.

— O quê?

— Você não vai tentar me convencer a desistir de pular? Dê o seu melhor.

Enquanto subia de elevador, ele tentou recapitular o treinamento para casos como esse, mas agora, diante da situação real, já não se sente mais tão seguro do que planejou dizer. Sua única certeza é a de que seus pés estão congelando.

— Sei que você não vê uma saída no momento, mas saiba que é só um momento, e momentos passam.

De cabeça baixa, Ann encara fixamente a lateral do prédio de cento e vinte metros de altura, com as mãos espalmadas na pedra desgastada por décadas de chuva ácida. Bastaria um impulso. Ele suspeita de que ela esteja encenando mentalmente como vai ser, acostumando-se aos poucos com a ideia de realmente se jogar. Reunindo aquele restinho de coragem que falta.

Barry nota que ela está tremendo de frio.

— Quer meu casaco? — oferece ele.

— Tenho certeza de que você não vai querer chegar muito perto.

— E por que não?

— Eu tenho SFM.

Barry tem que conter o impulso de sair correndo. É claro que já ouviu falar da Síndrome da Falsa Memória, mas nunca conheceu ninguém que tivesse o problema. Nunca nem respirou o mesmo ar que uma pessoa infectada. Já não tem mais tanta certeza de que deve tocá-la. Preferia nem estar assim tão próximo… Não, que se dane. Se ela tentar pular, ele vai tentar salvá-la, e se com isso acabar contaminado, fazer o quê? É o risco que se assume ao se tornar policial.

— Há quanto tempo? — pergunta ele.

— Numa manhã, mais ou menos um mês atrás, em vez de estar na minha casa em Middlebury, Vermont, de repente me vi num apartamento aqui em Nova York, com uma dor de cabeça excruciante e meu nariz sangrando muito. A princípio, não soube onde estava. Mas então me lembrei… me lembrei *desta* vida. Aqui, hoje, sou uma agente de investimentos, solteira. Mas tenho… — ela visivelmente engasga com a emoção — …lembranças da minha outra vida, em Vermont. Eu tinha um filho de nove anos chamado Sam. Tinha uma empresa de paisagismo com meu marido, Joe Behrman. Meu nome era Ann Behrman. Éramos muito felizes.

— Qual é a sensação? — pergunta Barry, avançando em um passo furtivo.
— Sensação de quê?
— Das falsas lembranças dessa vida em Vermont.
— Não é só do casamento que eu me lembro. Eu me lembro de discutirmos que tipo de bolo encomendar. Eu me lembro de cada detalhe da nossa casa. Do nosso filho. Cada segundo do nascimento dele. A risada, a marca de nascença na bochecha esquerda. O primeiro dia na escola, e como ele implorava que eu não fosse embora. Mas quando tento pensar em Sam, ele aparece em preto e branco. São olhos sem cor. Sei que ele tinha olhos azuis, mas só vejo preto.

Ela faz uma pausa.

— Todas as minhas lembranças daquela vida são em tons de cinza, como cenas de um filme *noir*. Parecem reais, mas são assombradas, lembranças-fantasma. — Ela para de tentar conter a emoção. — Todo mundo pensa que a SFM são só lembranças falsas de grandes momentos da sua vida, mas o que dói mais, muito mais, são as pequenas coisas. Não é que eu simplesmente me lembre do meu marido. Eu me lembro do hálito dele pela manhã, quando ele se virava na cama. Sabia que toda vez que ele se levantava antes de mim para escovar os dentes era porque queria transar. É esse tipo de coisa que acaba comigo. Os detalhes minúsculos, tão perfeitos, que me fazem saber que aconteceu de verdade.

— E quanto a esta vida? — pergunta Barry. — Não vale nada para você?

— Talvez aconteça com algumas pessoas com SFM, de preferirem as lembranças atuais às falsas, mas não tem nada nesta vida que eu queira. Eu tentei, por quatro longas semanas. Mas não aguento mais fingir. — As lágrimas abrem caminho por seus olhos pintados de preto. — Meu filho nunca existiu. Você entende o que é isso? Ele não passa de uma linda falha no meu cérebro.

Barry arrisca mais um passo, mas dessa vez ela percebe.

— Não se aproxime.
— Você não está sozinha.
— Estou totalmente sozinha neste mundo de merda.
— Eu conheço você faz apenas alguns minutos e vou ficar arrasado se você morrer. Pense nas pessoas que a amam. Pense como vai ser terrível para elas.
— Eu encontrei Joe — diz Ann.

— Quem?

— Meu marido. Ele mora numa mansão em Long Island. Falou que não sabia quem eu era, mas sei que estava fingindo. Ele tem uma vida completamente diferente. É casado... não sei com quem. Não sei se tem filhos. Agiu como se *eu* fosse louca.

— Sinto muito, Ann.

— Dói tanto...

— Olha, eu já passei por isso. Já quis dar um fim a tudo. E aqui, na sua frente, posso dizer que hoje fico feliz por não ter feito isso. Por ter tido a força de enfrentar aquilo tudo. Esse momento difícil não é a história completa da sua vida, é apenas um capítulo.

— O que aconteceu com você?

— A vida também me deu uma rasteira. Perdi minha filha.

Ann volta o olhar para o contorno luminoso dos prédios ao longe.

— Você tem fotos dela? Ainda fala sobre ela com as pessoas?

— Sim — responde Barry.

— Pelo menos ela existiu de verdade.

Não há nada que ele possa dizer em resposta a isso.

Ann volta a olhar para baixo. Chuta longe um dos sapatos.

Fica observando-o cair.

Depois faz o mesmo com o outro pé, que mergulha atrás do primeiro.

— Por favor, Ann...

— Na minha outra vida, na minha vida de mentira, a primeira esposa de Joe, Franny, se jogou do alto deste prédio, quinze anos atrás. Daqui mesmo, onde estou agora. Tinha depressão. Sei que ele se culpava pela morte dela. Antes de ir embora da casa de Joe, em Long Island, falei que ia me jogar do Poe Building hoje à noite, igual a Franny. Sei que soa ridículo e desesperado, mas tinha a esperança de que ele fosse aparecer para me salvar. De que fizesse o que não fez por ela. Quando você chegou, pensei que poderia ser ele. Mas Joe nunca usou colônia. — Ela sorri, um sorriso melancólico. Então diz: — Estou com sede.

Barry olha de relance para o escritório às escuras do outro lado das portas duplas e vê dois policiais de prontidão junto à mesa da recepção. Depois se vira novamente para Ann.

— Que tal você descer daí, então? Podemos entrar e pegar um pouco de água.

— Pode trazer um copo para mim?

— Não posso deixar você sozinha.

As mãos dela estão tremendo, e ele nota um brilho súbito de determinação nos olhos dela.

Ela olha para Barry.

— Não é culpa sua — diz. — Iria terminar assim de qualquer jeito.

— Ann, não...

— Meu filho foi apagado.

E, com uma graciosidade casual, ela se joga do parapeito.

HELENA

22 DE OUTUBRO DE 2007

Debaixo do chuveiro às seis da manhã, tentando despertar enquanto a água quente corre pela pele, Helena é tomada por uma intensa sensação de já ter vivido este exato momento. Não é uma sensação nova. Desde os vinte e poucos anos ela é atormentada por constantes déjà-vus. Além do mais, não há nada de muito especial nesse momento do banho. Está apenas se perguntando se a Mountainside Capital avaliou seu projeto. Já faz uma semana. A essa altura, era para ter recebido alguma resposta. Teriam pelo menos telefonado para marcar uma reunião, se estivessem interessados.

Ela faz café e prepara o prato de sempre: fatias de abacate e três ovos estrelados, de gema mole, com um pouco de ketchup por cima. Então se senta à mesinha perto da janela e fica vendo o céu se encher de luz acima de seu bairro, na periferia de San José.

Faz mais de um mês que não consegue ir à lavanderia por falta de tempo, então o piso do quarto está praticamente coberto de roupas sujas. Ela remexe na bagunça até encontrar uma camiseta e uma calça jeans minimamente decentes.

O telefone toca quando está escovando os dentes. Ela cospe e enxágua a boca a tempo de atender no quarto toque.

— Como vai minha garota?

A voz dele sempre a faz sorrir.

— Oi, pai.

— Estava com saudade e resolvi ligar. Não queria atrapalhar seu trabalho no laboratório.

— Não, tudo bem. Pode falar.

— Não é nada, só estava pensando em você. Alguma resposta sobre o projeto?

— Ainda não.

— Mas estou sentindo que vão aceitar.

— Não sei, não. As coisas são difíceis aqui na cidade. Muita concorrência. Muita gente inteligente procurando financiamento.

— Mas nenhuma tão inteligente quanto minha garota.

Ela não aguenta ouvir toda essa confiança cega na voz do pai. Ainda mais hoje, quando o espectro do fracasso paira sobre ela como uma sombra gigantesca, assombrando-a naquele quarto minúsculo e imundo de uma casa insípida, com paredes nuas, onde ela não recebe uma visita há mais de um ano.

— Como está o clima por aí? — pergunta ela, para mudar de assunto.

— Nevou ontem à noite. Primeira vez este ano.

— Muito?

— Alguns centímetros, só. Mas as montanhas estão branquinhas.

Ela consegue até ver: a Front Range, das Montanhas Rochosas; a paisagem de sua infância.

— E a mamãe, como vai?

Uma hesitação quase imperceptível.

— Está bem.

— Pai...

— Que foi?

— Como ela está?

Ele dá um suspiro lento.

— Já tivemos dias melhores.

— Mas a mamãe está bem?

— Sim. Está dormindo.

— O que aconteceu?

— Não foi nada.

— Eu quero saber.

— Bem, ontem à noite, depois do jantar, estávamos jogando cartas, o mesmo *gin rummy* de sempre, e ela... ela esqueceu como se joga. Ficou sentada na mesa da cozinha olhando para as cartas e chorando. Nós jogamos a mesma coisa há trinta anos.

Helena ouve quando ele cobre o bocal do telefone com a mão.

Ele está chorando, a mil e seiscentos quilômetros de distância.

— Pai, eu vou pra casa.

— Não, Helena...

— Vocês precisam de mim.

— Temos bastante ajuda aqui. Hoje à tarde vamos ao médico. Se quer ajudar sua mãe, consiga o financiamento e construa sua cadeira.

Ela não quer contar que a cadeira ainda está a anos de distância. *Anos-luz.* É um sonho, uma miragem.

Seus olhos se enchem de lágrimas.

— Você sabe que estou fazendo isso por ela.

— Eu sei, querida.

Eles ficam em silêncio por um tempo, ambos tentando chorar sem que o outro perceba e falhando miseravelmente. O que Helena mais queria era poder dizer que vai conseguir, mas estaria mentindo.

— Eu ligo à noite, quando chegar em casa — diz ela.

— Está bem.

— Diga à mamãe que eu a amo.

— Pode deixar. Mas ela já sabe.

Quatro horas depois, Helena está enfurnada no prédio do departamento de neurociência, em Palo Alto, examinando a imagem do cérebro de um rato e sua lembrança do medo que sentiu (neurônios iluminados por fluorescência, interconectados por uma teia de sinapses), quando um estranho aparece à sua porta. Ela ergue o rosto e vê, por cima do monitor, um homem de calça cáqui e camiseta branca, com um sorriso branco vários tons acima do normal.

— Helena Smith?
— Sim?
— Meu nome é Jee-woon Chercover. Você teria um minuto?
— Este laboratório é de acesso restrito. Você não deveria estar nesta parte do prédio.
— Sinto muito pela invasão, mas acredito que você vá querer ouvir o que tenho a dizer.

Ela poderia mandá-lo embora, ou até chamar a segurança. Mas ele não parece ameaçador.

— Tudo bem.

De repente, ocorre-lhe que esse homem é testemunha ocular do santuário de acumulador que é o escritório dela: um ambiente apertado, sem janelas, as paredes de blocos de concreto aparentes pintadas de qualquer jeito, tudo dando uma sensação ainda mais claustrofóbica graças às pilhas de caixas-arquivo ao redor de sua mesa de trabalho, alcançando um metro de altura, que guardam milhares de artigos e outras publicações.

— Não repare na bagunça — diz ela. — Vou pegar uma cadeira para você.
— Aqui. Pronto.

Jee-woon puxa uma cadeira dobrável e se senta de frente para a mesa. Seus olhos percorrem rapidamente as paredes, que estão quase totalmente cobertas por imagens em alta resolução de lembranças de ratos e impulsos nervosos de pacientes com demência ou Alzheimer.

— Em que posso ajudar? — pergunta ela.
— Meu empregador ficou muito impressionado com seu artigo sobre mapeamento de memória que saiu na *Neuron*.
— Seu empregador tem nome?
— Bem, depende.
— De...?
— De como nossa conversa vai se desenrolar.

— E por que eu me daria ao trabalho de conversar com alguém sem saber em nome de quem essa pessoa está falando?

— Porque seu financiamento na Stanford se encerra daqui a um mês e meio.

Ela ergue a sobrancelha.

— Meu chefe me paga muito bem para que eu saiba tudo sobre as pessoas por quem ele se interessa.

— Tem noção de como isso que você acabou de dizer é assustador?

Jee-woon pega sua bolsa de couro e tira de lá um fichário azul-marinho. O projeto dela.

— Mas é claro! — exclama Helena. — Você é da Mountainside Capital!

— Não. E eles não vão financiar você.

— Então como conseguiu isso?

— Não importa. Ninguém vai financiar você.

— Como tem tanta certeza?

— Porque isso... — Ele joga o projeto dela na mesa caótica. — Isso é fraco. É a mesma coisa que você vem fazendo na Stanford há três anos. Não tem aquele brilho de uma grande ideia. Você tem trinta e oito anos, o que equivale a uns noventa no meio acadêmico. Um belo dia, num futuro não muito distante, vai acordar e descobrir que seus dias de glória ficaram para trás. Que desperdiçou...

— Acho melhor você ir embora.

— Não tenho a intenção de ofendê-la. Se não se importa que eu diga, o problema é que você tem medo de pedir o que realmente quer.

Então ela percebe que, sabe-se lá por quê, esse cara só quer provocá-la. Helena sabe que não deveria cair no papinho dele, mas acaba se deixando levar mesmo assim.

— E por que tenho medo de pedir o que realmente quero?

— Porque o que você realmente quer exigiria um valor astronômico. Você não precisa de sete dígitos, precisa de nove. Talvez dez. Precisa de uma equipe inteira de desenvolvedores para elaborar um algoritmo de catalogação e projeção de memórias complexas. Infraestrutura para ensaios clínicos.

Ela o encara.

— Não sugeri ensaios clínicos na minha proposta.

— E se eu dissesse que podemos lhe dar tudo de que você precisa? Orçamento irrestrito. Seria do seu interesse?

Ela sente o coração acelerar mais e mais.

É *simples assim?*

Ela pensa na cadeira de cinquenta milhões de dólares que sonha construir desde que a mãe começou a esquecer a vida. O estranho é que ela nunca imagina o produto final, só a vê como o desenho técnico no pedido de patente que um dia vai requisitar, nomeado *Plataforma imersiva para projeção de memória episódica declarativa permanente*.

— Helena?

— Se eu aceitar, você vai me contar para quem trabalha?

— Vou.

— Eu aceito.

Ele conta.

Enquanto o queixo de Helena praticamente cai na mesa, Jee-woon tira da bolsa um segundo documento e o estende por cima das caixas.

— O que é isso?

— Seu contrato de trabalho, que inclui um termo de confidencialidade. Inegociável. Acredito que vá achar a compensação financeira bastante generosa.

BARRY

4 DE NOVEMBRO DE 2018

A cafeteria fica em um ponto pitoresco às margens do Hudson, à sombra da West Side Highway. Barry chega cinco minutos adiantado e mesmo assim já a encontra instalada em uma mesa protegida por um guarda-sol. Eles se cumprimentam com um abraço rápido e fraco, como se os dois fossem feitos de vidro.

— É bom ver você — diz ele.
— Fico feliz que tenha vindo.
Eles se sentam. Um garçom vem perguntar o que querem beber.
— Como vai Anthony? — pergunta Barry.
— Ótimo. Anda ocupado com a reforma do saguão central do Lewis Building. Tudo bem no seu trabalho?
Ele não menciona o suicídio que não conseguiu impedir duas noites atrás. Em vez disso, conversam amenidades até o café chegar.
É domingo, e a multidão da hora do almoço está em massa nas ruas. Cada mesa ao redor deles parece um gêiser de conversas e risadas gregárias, mas eles tomam o café devagar, em silêncio, na sombra.
Tanto e tão pouco a dizer.
Uma borboleta voeja em volta da cabeça de Barry, que a espanta com delicadeza.
Às vezes, tarde da noite, ele se imagina tendo conversas elaboradas com Julia. Momentos em que diz tudo que há tantos anos se inflama em seu coração — a dor, a raiva, o amor —, e depois a ouve fazer o mesmo. Um esclarecimento mútuo que faz com que ele finalmente a compreenda e ela, a ele.
Mas quando se encontram, nunca é assim. Ele não consegue se obrigar a dizer o que guarda no coração, tudo parece apertado e preso ali, sob todas as cicatrizes. O constrangimento já quase não o incomoda mais. Hoje, ele está em paz com a ideia de que faz parte da vida encarar nossos fracassos, e às vezes esses fracassos são as pessoas que um dia amamos.
— Fico pensando o que ela estaria fazendo hoje — diz Julia.
— Estaria aqui com a gente, espero.
— Estava me referindo à profissão.
— Ah. Seria advogada, claro.
Julia ri — um dos sons mais incríveis que ele já escutou —, e ele não consegue lembrar quando foi a última vez que ouviu essa risada. É tão lindo quanto doloroso. Como uma janela secreta para a pessoa que um dia ele conheceu.
— Ela contestava qualquer coisa — completa Julia. — E geralmente ganhava a discussão.

— Éramos uns frouxos.

— Fale por você.

— Eu? — diz ele, fingindo indignação.

— Aos cinco anos ela já havia sacado que você tinha um coração mole.

— Lembra quando ela convenceu a gente a deixar que ela treinasse dar a ré com o carro…

— Convenceu *você*.

— … e atravessou a porta da garagem?

Julia dá uma risada curta.

— Como ela ficou chateada!

— Morreu de vergonha, isso sim.

Por meio segundo, sua mente conjura a lembrança, ou pelo menos em parte. Meghan ao volante do velho Camry, metade do carro enfiado na porta da garagem, e ela com o rosto vermelho, as lágrimas escorrendo sem parar enquanto segurava o volante com força.

— Era uma garota obstinada e inteligente. Teria feito algo interessante da vida.

Barry termina sua xícara e se serve de mais um pouco, pegando a cafeteira francesa de aço inoxidável que estão dividindo.

— É bom falar sobre ela — diz Julia.

— Fico feliz por finalmente conseguir fazer isso.

Quando o garçom vem anotar os pedidos, a borboleta reaparece, pousando ao lado do guardanapo de Barry, ainda dobrado na mesa. Batendo as asas. Empertigando-se. Ele tenta expulsar da mente a ideia de que é Meghan, de alguma forma o assombrando justamente hoje. É uma ideia ridícula, claro, mas que se recusa a deixá-lo. Como na vez em que um pintarroxo o seguiu por oito quarteirões em NoHo. Ou, mais recentemente, quando estava caminhando com seu cachorro no Fort Washington Park e uma joaninha insistiu em pousar no seu pulso.

A comida chega, e Barry imagina Meghan sentada à mesa com eles. As arestas da adolescência suavizadas. A vida inteira pela frente. Não consegue ver o rosto dela, por mais que tente; vê apenas as mãos, que a filha mexe sem parar enquanto fala, da mesma forma que a mãe não para quieta quando está se sentindo confiante, empolgada com alguma coisa.

Mesmo sem fome, ele se obriga a comer. Julia parece distraída com alguma coisa, apenas mexendo nas migalhas da fritada no prato, enquanto Barry toma um pouco de água, dá mais uma mordida no sanduíche e contempla o rio ao longe.

A nascente do Hudson é um pequeno lago nas montanhas Adirondacks chamado Tear of the Clouds. Eles foram lá uma vez, no verão, quando Meghan tinha oito ou nove anos. Acamparam em meio aos pinheiros. Viram estrelas cadentes cruzarem o céu. Tentaram conceber a ideia de que aquele minúsculo lago na montanha dava origem ao rio Hudson. É uma lembrança a que ele se apega quase obsessivamente.

— Você parece pensativo — diz Julia.

— Estava pensando naquela viagem que fizemos ao Tear of the Clouds. Você lembra?

— Claro que lembro. Levamos duas horas para conseguir montar a barraca no meio da tempestade.

— Eu jurava que tinha feito tempo bom.

— Não — retruca Julia, balançando a cabeça. — Passamos a noite inteira morrendo de frio, sem conseguir pregar o olho.

— Tem certeza?

— Tenho. Foi naquele dia que prometi a mim mesma nunca mais entrar em contato com a natureza.

— Hum...

— Como pôde esquecer isso?

— Sei lá. — A verdade é que ele faz isso com frequência. Está sempre olhando para trás, vivendo mais na memória do que no presente, muitas vezes alterando as lembranças para torná-las mais belas. Perfeitas. Para ele, a nostalgia é um analgésico tão potente quanto o álcool. Por fim, ele diz: — Talvez eu tenha escolhido me lembrar de ver as estrelas cadentes com minha família.

Ela põe o guardanapo no prato vazio e se recosta na cadeira.

— Passei em frente à nossa antiga casa esses dias. Como está diferente! Você ainda passa por lá?

— Às vezes.

A realidade é que, até hoje, sempre que precisa ir a Nova Jersey por qualquer motivo, Barry dá um jeito de passar em frente à casa em que moravam.

Eles perderam a propriedade para a hipoteca cerca de um ano após a morte da filha, e hoje a construção mal lembra o local que um dia foi seu lar. As árvores estão mais altas, mais cheias, mais verdes. Ampliaram a garagem, e uma jovem família mora lá agora. A fachada foi toda refeita em pedra, mais janelas foram instaladas; o acesso à garagem, aumentado e repavimentado. O balanço de corda que tinham prendido no carvalho foi retirado há anos, mas as iniciais que ele e Meghan um dia entalharam na base do tronco permanecem lá. No último verão ele chegou a tocá-las — tendo decidido, sabe-se lá por quê, que seria uma boa ideia pegar um táxi até Nova Jersey às duas da manhã após uns drinques com Gwen e o pessoal da Divisão de Roubos. Um policial apareceu, já que os atuais moradores ligaram se queixando que um mendigo havia invadido o jardim da casa deles. Embora estivesse trôpego, Barry não foi detido. O policial tinha ouvido falar de Barry, sabia de sua história. Chamou um táxi, enfiou-o no carro, pagou adiantado a corrida até Manhattan e o mandou para casa.

A brisa que vem do rio traz um frescor pungente, enquanto o sol esquenta seus ombros — um contraste térmico agradável. Barcos com turistas passam para lá e para cá. O ruído do trânsito é incessante na via expressa acima. No céu, dezenas de rastros de fumaça se desfazem, como se desenhados por mil jatos. O outono está chegando ao fim, e este será um dos últimos dias de tempo bom do ano.

Barry pensa no inverno que se aproxima. Em breve mais um ano terá acabado, e depois vai ser mais um avançando depressa, o tempo cada vez mais veloz. A vida não é nada daquilo que ele esperava quando jovem, vivendo sob a ilusão de que tinha o controle das coisas. Não podemos controlar nada. Só aguentar o tranco.

A conta chega, e Julia faz menção de pagar, mas ele pega a nota da mão dela e saca o cartão.

— Obrigada, Barry.

— Eu que agradeço o convite.

— Não vamos passar mais um ano inteiro sem nos vermos. — Ela ergue o copo de água gelada. — Ao aniversário da nossa menina.

— Ao aniversário da nossa menina. — Ele sente o pesar do luto se avolumando no peito, mas respira fundo, e quando fala novamente, sua voz sai quase normal: — Vinte e seis anos.

Depois do almoço, ele caminha até o Central Park. A perspectiva de voltar para o silêncio de seu apartamento no dia do aniversário de Meghan parece ameaçadora, considerando que os últimos cinco não foram nada bons.

Encontrar Julia sempre o deixava abalado. Por muito tempo depois da separação ele pensou que sentia falta dela. Que jamais a esqueceria. Tantas vezes sonhou com Julia, apenas para acordar com a dor de sua ausência o devorando vivo. Esses sonhos o atingiam profundamente — parte memória, parte fantasia —, porque, neles, Barry via a Julia de antes. O sorriso. A risada espontânea. A leveza. Ali estava novamente a pessoa que havia roubado seu coração. Quando tinha esses sonhos, passava a manhã inteira sem conseguir tirá-la da cabeça, o volume da perda o encarando do alto, fixamente, até que a ressaca emocional do sonho finalmente começasse a soltar suas garras, como uma névoa se dissipando aos poucos. Apenas uma vez ele a encontrou após um desses sonhos — esbarraram-se sem querer na festa de um velho amigo em comum. Para sua surpresa, não sentiu nada durante a conversa desconfortável que tiveram na varanda. A presença dela acabou de vez com o efeito de abstinência do sonho; ele não a queria. Foi uma revelação libertadora e devastadora ao mesmo tempo. Libertadora porque significava que não amava aquela Julia — amava a mulher que ela fora um dia. Devastadora porque a mulher que assombrava seus sonhos não existia mais. Era inalcançável como os mortos.

As árvores do Central Park estão ganhando novas cores depois de uma forte queda de temperatura várias noites atrás, as folhas queimadas pela geada em pleno esplendor do fim de outono.

Ele encontra um lugar para se sentar na área das trilhas. Tira os sapatos e as meias e se recosta em uma árvore que tem a inclinação perfeita, então pega o celular e tenta ler a biografia em que vem insistindo arduamente há quase um ano, mas a concentração lhe escapa.

Ann Voss Peters assombra sua mente. A queda silenciosa, o corpo rígido e reto. Durou cinco segundos, e ele não desviou o olhar quando Ann atingiu o Lincoln Town Car estacionado lá embaixo.

Quando não está repassando mentalmente as palavras que trocaram, está se digladiando com o medo. Conferindo as próprias lembranças. Testando se são mesmo verídicas. Pensando...

Como eu saberia se uma delas mudasse? O que sentiria?

Folhas vermelhas e alaranjadas caem lentamente das árvores sob a luz do sol, acumulando-se ao redor dele. Ali, em meio à sombra das árvores, ele observa as pessoas caminhando pelas trilhas, passeando em torno do lago. A maioria acompanhada, mas há alguns solitários como ele.

O celular avisa que recebeu uma nova mensagem de sua amiga Gwendoline Archer, chefe do Hercules Team, uma unidade antiterrorismo da SWAT, dentro da Unidade de Serviços de Emergência do Departamento de Polícia de Nova York.

> Lembrei de você hoje. Tá tudo bem?

Ele digita em resposta:

Sim. Encontrei a Julia agora há pouco.

> Como foi?

Foi bom. Difícil. Fazendo o que por aí?

> Fui pedalar e agora vou beber
> no Isaac's. Quer companhia?

POR FAVOR. Estou indo.

É uma caminhada de quarenta minutos até o bar perto da casa de Gwen, em Hell's Kitchen, um estabelecimento cuja única virtude evidente é sua longevidade: quarenta e cinco anos. Garçons mal-humorados servem rótulos nacionais de cerveja sem graça na torneira e uísques que qualquer um compraria no mercado por menos de trinta pratas. Os banheiros são nojentos e ainda têm nas paredes as ancestrais máquinas que vendiam camisinhas. Um jukebox não toca nada além de rock dos anos 1970 e 1980, e se ninguém põe moeda, não tem música.

Ele avista Gwen do outro lado do bar, com uma bermuda de ciclista e uma camiseta desbotada da Maratona do Brooklyn. Está olhando o celular, descartando perfis em algum aplicativo de namoro, quando ele chega.

— Achei que você tivesse desistido disso — diz Barry.

— Cheguei a desistir de todo o gênero masculino por um tempo, mas meu terapeuta está me enchendo o saco para que eu tente mais uma vez.

Ela desce da banqueta para abraçá-lo. O leve cheiro de suor da pedalada, misturado com vestígios de sabonete e desodorante, resulta em algo próximo de caramelo salgado.

— Obrigado por se lembrar de mim.

— Hoje não é um bom dia para você ficar sozinho.

Ela é quinze anos mais nova que Barry (está na casa dos trinta), e, com seu 1,93 metro, é a mulher mais alta que ele conhece pessoalmente. De cabelo louro curto e traços nórdicos, não é propriamente uma mulher bonita, mas tem uma presença imponente. Consegue ser dura sem fazer esforço. Barry lhe disse uma vez que ela tem cara de que pertence à realeza.

Conheceram-se alguns anos atrás, durante um assalto a banco com reféns, e logo ficaram próximos. Tiveram um caso na época do Natal, em um dos momentos mais embaraçosos da existência de Barry. Era uma das muitas festas de fim de ano na polícia, e os dois exageraram na bebida. Ele acordou no apartamento dela às três da manhã, o quarto ainda girando. Seu erro foi tentar escapulir quando ainda não estava totalmente sóbrio: vomitou no chão ao lado da cama. Enquanto ele tentava limpar a sujeira, Gwen acordou e gritou: "Vai embora, amanhã eu limpo seu vômito!" Ele não se lembra de nenhum detalhe do sexo (se fizeram, ou se ao menos tentaram), e só lhe resta torcer para que na memória dela haja a mesma misericordiosa lacuna.

Seja como for, nenhum dos dois tocou mais no assunto.

O garçom chega para anotar o pedido de Barry e trazer uma segunda dose de uísque para Gwen. Eles bebem e falam sobre amenidades por um tempo, e quando Barry finalmente sente que está começando a relaxar, Gwen solta:

— Soube que você pegou um suicídio de SFM na sexta.

— Foi.

Ele conta tudo o que aconteceu.

— Seja honesto — diz Gwen. — Está apavorado ou não?

— Bem, ontem me tornei praticamente um especialista em SFM.

— E?

— Há oito meses, foram identificados sessenta e quatro casos semelhantes nessa região do país. Todos os pacientes procuraram ajuda médica se queixando de um nível agudo de falsas memórias. Não uma ou duas coisas anormais, mas uma história de vida completa, nos mínimos detalhes, cobrindo grandes períodos até aquele ponto da vida deles. A maioria chegava a meses ou anos. Em alguns casos, décadas.

— Quer dizer que eles perdem as lembranças da vida real?

— Não. De uma hora para outra, eles têm lembranças de *duas vidas*. Uma é verdadeira, a outra, falsa. Alguns pacientes relataram que sentiram como se a memória e a consciência tivessem sido transferidas de uma vida para outra. Outros disseram que foi uma repentina "injeção" de lembranças falsas, de coisas que eles nunca viveram.

— E qual é a causa disso?

— Ninguém sabe. Não identificaram nenhuma anormalidade fisiológica ou neurológica nas pessoas infectadas. Os únicos sintomas são as próprias memórias falsas. Ah, e mais ou menos dez por cento das pessoas que apresentam o problema acabam se matando.

— Meu Deus.

— Quer dizer, esse número pode ser maior. Bem maior. Porque isso foi o que se constatou entre os casos conhecidos.

— Este ano o número de suicídios aumentou nos cinco distritos.

Barry aguarda o garçom olhar para ele e faz sinal pedindo mais um drinque.

— É contagioso? — pergunta Gwen.

— Não encontrei nenhuma resposta conclusiva sobre isso. O Centro de Controle e Prevenção de Doenças não chegou a nenhuma patogenia, então parece que não se transmite pelo sangue nem pelo ar. Por enquanto. Saiu uma matéria na *New England Journal of Medicine* levantando a possibilidade de que se espalha pela rede social do portador.

— Tipo pelo Facebook? Como é possível um...

— Não, não. Quando uma pessoa contrai a SFM, algumas pessoas que ela conhece são infectadas também. As mesmas lembranças falsas atingem os pais da pessoa, só que em grau menor. Irmãos e amigos próximos também. Eu li um estudo de caso sobre um cara que um dia acordou e tinha lembranças de uma vida totalmente diferente. De que era casado com outra mulher, morava em outra casa, tinha outros filhos, outro emprego. Então fizeram uma lista dos convidados presentes no casamento dele... Quer dizer, o casamento que ele se lembrava de ter acontecido, mas que nunca aconteceu de verdade. Dessa lista, localizaram treze pessoas, e todas se lembravam desse casamento que nunca aconteceu. Já ouviu falar do Efeito Mandela?

— Não sei. Talvez.

As bebidas chegam. Barry toma a dose do uísque Old Grand-Dad que pediu e passa direto para uma caneca de cerveja, enquanto vê, pelas janelas da frente, a luz do dia dando lugar à noite.

— Supostamente, milhares de pessoas se lembram de Mandela ter morrido na prisão na década de 1980, embora ele tenha vivido até 2013.

— Ah, sim, já ouvi falar. É a mesma coisa dos Ursos Berenstain.

— Não sei o que é isso.

— Você é velho demais para saber.

— Vai à merda.

— Era uma série de livros infantis de quando eu era criança, sobre a Família Urso. Ou os Ursos Berenstain, no desenho animado. Um monte de gente se lembra deles como Ursos *Berenstein*, com E, quando na verdade é Berenstain, com A.

— Esquisito.

— Assustador, na verdade, porque eu mesma lembro como Berenstein.

Gwen toma sua dose de uísque.

— Tem mais — continua Barry. — Não foi confirmado se tem algo a ver com a SFM, mas tem ocorrido um número cada vez maior de casos de déjà-vu agudo.

— Como assim?

— Pessoas têm a sensação, às vezes a um ponto debilitante, de que estão revivendo sequências inteiras da vida.

— Acontece comigo às vezes — diz Gwen.

— Comigo também.

— Sua suicida não disse que a primeira esposa do marido dela também se jogou do alto do Poe Building?

— Sim. O que tem isso?

— Não sei. É que parece… improvável.

Barry olha para ela. O bar está ficando cheio e barulhento.

— Aonde você quer chegar?

— Talvez ela não tivesse a Síndrome da Falsa Memória. Talvez fosse só doida. Você não deveria se preocupar tanto.

Três horas depois, ele está bêbado em outro bar: o paraíso dos amantes da boa cerveja, onde todas as paredes são revestidas com painéis de madeira, com cabeças empalhadas de búfalo ou cervo em todo canto, além de milhões de variedades de cervejas nas torneiras que se alinham sob as prateleiras de iluminação embutida.

Gwen tenta levá-lo para comer alguma coisa em um restaurante, mas a recepcionista lhes nega uma mesa quando vê que Barry mal consegue ficar de pé. De volta à rua, a cidade parece instável ao redor dele. Barry se concentra em tentar impedir os prédios de girarem enquanto é guiado por Gwen, que o leva pelo braço.

De repente, estão parados numa esquina só Deus sabe onde, falando com um guarda. Gwen mostra ao homem seu distintivo da polícia e explica que está tentando levar Barry para casa, mas que tem medo de que ele vomite no táxi.

Então estão em movimento de novo, cambaleando, o brilho futurístico da Times Square à noite rodopiando como um desfile de mau gosto. Em algum lugar ele vê um relógio marcar 23h22, e se pergunta em que buraco negro foram parar as últimas seis horas desse dia.

— Eu não guero ir bra gasa — diz ele para ninguém.

Depois, ele se vê encarando um relógio digital que exibe os números 4h15. Tem a sensação de que andaram escavando seu crânio enquanto ele dormia, e sua língua está seca como uma lixa. Esta não é a casa dele. É o sofá de Gwen.

Ele faz força para tentar unir os pedaços da noite, mas estão todos quebrados. Lembra-se de Julia e do parque. Da primeira hora com Gwen, no primeiro bar. Depois disso, tudo é turvo e permeado por uma pontada de arrependimento.

Seu coração acelera, e ele sente a pressão nos ouvidos. Sua cabeça gira.

É o momento mais solitário da madrugada, aquele que lhe é tão íntimo: quando a cidade dorme, mas você não, e todos os remorsos da sua vida assolam sua mente com uma intensidade insuportável.

Barry pensa no pai, que perdeu ainda jovem, e na incansável pergunta: *Ele sabia que eu o amava?*

E em Meghan. Sempre Meghan.

Quando a filha era pequena, tinha certeza de que havia um monstro no baú ao pé de sua cama. Durante o dia, isso nem lhe passava pela cabeça, mas bastava o sol se pôr e o pai sair do quarto depois de colocá-la para dormir que ela o chamava de volta, toda vez. Ele voltava correndo, ajoelhava-se ao lado da cama dela e lembrava à filha que tudo parece mais assustador à noite. Que é coisa da nossa cabeça. Uma peça que a escuridão prega na gente.

Agora lhe parece estranho que, décadas depois, com sua vida trilhando um caminho tão distinto do que ele traçou para si, Barry se veja sozinho no sofá de uma amiga, tentando aplacar os próprios medos com a mesma lógica que usava com a filha tanto tempo atrás.

Tudo vai parecer melhor pela manhã.

A esperança vai retornar com o raiar do dia.

O desespero é coisa da minha cabeça, uma peça que a escuridão prega.

Barry fecha os olhos e se reconforta com a lembrança da viagem ao Tear of the Clouds. Aquele momento perfeito.

Em sua memória, as estrelas brilhavam no céu.

Ele ficaria lá para sempre, se pudesse.

HELENA

1º DE NOVEMBRO DE 2007

Dia 1

Seu estômago se contorce enquanto ela observa o contorno da costa norte da Califórnia diminuindo pela janela do helicóptero. Está sentada atrás do piloto, ouvindo o rugido dos rotores, vendo o oceano fluir, cento e cinquenta metros abaixo do trem de pouso.

Não é um bom dia no mar. As nuvens estão carregadas; a água está cinzenta e permeada de cristas espumosas. Quanto mais eles se distanciam da terra, mais escuro o mundo se torna.

Pelo para-brisa da aeronave açoitada pela chuva, ela vê algo se materializar ao longe: uma estrutura despontando da água, dois ou três quilômetros adiante.

— É aquilo? — pergunta ela no microfone.

— Sim, senhora.

Forçando o cinto e se inclinando para a frente, ela observa com grande curiosidade enquanto o helicóptero começa a se aproximar do local, reduzindo a velocidade, descendo na direção de um colosso de ferro, aço e concreto que se ergue em três colunas no meio do oceano como um tripé gigante. O piloto empurra o manche, e eles se inclinam para a esquerda, desenhando um lento círculo ao redor da estrutura, cuja plataforma principal se ergue acima do mar a uma altura equivalente a um prédio de uns vinte andares. Alguns guindastes ainda pendem das laterais — relíquias dos tempos de perfuração em busca de petróleo e gás. Afora isso, a estrutura está totalmente transformada, não guardando mais qualquer apetrecho industrial. Na plataforma central ela vê uma quadra de basquete. Uma piscina. Uma estufa. E, em todo o perímetro, algo que parece uma pista de corrida.

Pousam no heliporto. O ruído do motor começa a diminuir, e pela janela Helena vê um homem de jaqueta amarela se aproximar às pressas. Enquanto ele abre a porta da cabine, ela se embola com o mecanismo de três pontas do cinto até finalmente conseguir se soltar.

O homem a ajuda a descer para a barra do trem de pouso e, dali, para o chão. Ela o segue para alguns degraus que levam do heliporto até a plataforma central. O vento atravessa seu casaco e sua camiseta, e quando eles chegam à beirada do heliporto, nem se ouve mais o barulho do helicóptero; restou apenas o imenso silêncio do mar aberto.

Quando Helena desce o último degrau até uma ampla superfície de concreto, lá está ele, cruzando a plataforma.

Seu coração dá um pulo.

Barba por fazer e cabelo preto esvoaçando ao vento. Ele usa uma calça jeans clara e um moletom meio puído, e é, sem sombra de dúvida, Marcus Slade: inventor, filantropo, magnata dos negócios, fundador de um sem-número de empresas de tecnologia revolucionárias nos campos mais diversos, incluindo computação em nuvem, transporte, exploração espacial e inteligência artificial. Um dos indivíduos mais ricos e influentes de todo o mundo. Não terminou o colégio. Tem apenas trinta e quatro anos.

Ele sorri e exclama:

— Está mesmo acontecendo!

O entusiasmo dele a acalma, mas quando se encontram na plataforma, ela não sabe bem como deve cumprimentá-lo. Um aperto de mãos? Um abraço contido? Ele faz a escolha por ela, envolvendo-a num abraço caloroso.

— Bem-vinda à Estação Fawkes!

— Fawkes?

— De Guy Fawkes. *Lembrai, lembrai o 5 de novembro...* Conhece?

— Ah, sim. Claro. Por causa da questão da memória, certo?

— Porque romper o status quo é meio que minha especialidade. Você deve estar com frio, vamos entrar.

Eles seguem em direção a uma superestrutura de cinco andares do outro lado da plataforma.

— Não é bem o que eu esperava encontrar — diz Helena.

— Comprei o lugar alguns anos atrás, da ExxonMobil, quando o poço de petróleo secou. No início, pretendia fazer dessa plataforma minha nova casa.

— Uma fortaleza da solidão?

— Exato. Mas então me dei conta de que este lugar poderia não só ser minha residência, como também uma perfeita unidade de pesquisa.

— Por que perfeita?

— Por milhões de motivos, principalmente privacidade e segurança. Eu tenho negócios em alguns campos que são infestados de espionagem industrial, e aqui estamos no ambiente mais controlado que se pode imaginar, certo?

Eles passam pela piscina, coberta devido ao clima frio de outono. O vento forte de novembro agita violentamente a superfície da lona.

— Em primeiro lugar, quero agradecer. Em segundo, perguntar: por que eu?

— Porque dentro da sua cabeça existe uma tecnologia capaz de transformar a humanidade.

— Como?

— O que temos de mais precioso que as lembranças? — pergunta ele. — Elas nos definem, formam nossa identidade. Para não mencionar os quinze bilhões de dólares que serão investidos no tratamento do Alzheimer, previstos para a próxima década.

Marcus apenas sorri.

— Quero que saiba que meu objetivo primordial é ajudar as pessoas — diz Helena. — Quero encontrar um meio de armazenar lembranças de cérebros em processo de declínio, que já não podem mais acessá-las. Uma cápsula do tempo para nossas memórias mais importantes.

— Claro. E por que isso não pode ser uma solução de caráter ao mesmo tempo filantrópico e comercial?

Estão passando pela entrada de uma grande estufa, as paredes internas cobertas de vapor e gotas de condensação.

— A que distância estamos da costa? — pergunta Helena, olhando para toda a extensão da plataforma e o mar além, de onde uma nuvem densa se aproxima.

— Duzentos e oitenta quilômetros. Como sua família e seus amigos receberam a notícia de que você ia sumir da face da Terra para fazer uma pesquisa ultrassecreta?

Ela não sabe o que dizer. Sua vida nos últimos tempos tinha se desenrolado sob as luzes fluorescentes de laboratórios e girado em torno do processamento de dados brutos. Nunca conseguiu escapar da força gravitacional irresistível do trabalho — pela mãe, sim, mas, sendo sincera, também por si mesma. O trabalho é a única coisa que a faz se sentir viva, e em mais de uma ocasião ela se perguntou se isso não era um mau sinal.

— Eu trabalho muito, então só tive que contar a novidade para seis pessoas — responde Helena. — Meu pai chorou, mas ele sempre chora. Ninguém ficou muito surpreso. Nossa, isso soa patético, não é?

Slade olha bem para ela antes de dizer:

— Acredito que equilíbrio é para aqueles que não sabem por que estão aqui.

Ela pondera. Durante o colégio, e também na faculdade, foi encorajada vezes sem-fim a encontrar sua paixão; a razão para se levantar da cama, para continuar respirando. Em sua experiência, poucos são os que encontram essa *raison d'être*.

O que os professores nunca lhe disseram foi sobre o lado ruim de encontrar um propósito. A parte em que ele nos consome. Em que se torna o pivô do fim de relacionamentos e da sua felicidade. Mesmo assim, não abriria mão dele por nada. Pois essa é a única pessoa que ela sabe ser.

Estão chegando à entrada da superestrutura.

— Espere — diz Slade. — Veja.

Ele aponta para uma muralha de névoa que avança pesadamente pela plataforma. A atmosfera se torna fria e silenciosa. Helena mal consegue enxergar o heliporto agora. Estão sendo engolidos por uma nuvem.

Slade se vira novamente para ela.

— Quer mudar o mundo comigo?

— É para isso que estou aqui.

— Ótimo. Vamos ver o que preparei para você.

BARRY

5 DE NOVEMBRO DE 2018

DEPARTAMENTO DE POLÍCIA DA CIDADE DE NOVA YORK
24ª DP, 100TH ST. N. 151
NOVA YORK, NY, 10025

CHEFE DE POLÍCIA   TELEFONE
JOHN R. POOLE   (212) 555-1811

[X] BOLETIM DE OCORRÊNCIA PRELIMINAR
[ ] BOLETIM COMPLEMENTAR

CSRR	DATA	HORÁRIO	DIA	LOCAL
01457C	11/07/03	21h30	SEXTA-FEIRA	2000 WEST 102ND ST
				41º ANDAR

RECURSÃO

NATUREZA

DESCRIÇÃO

EU, AGENTE RIVELLI, ESTAVA EM PATRULHA QUANDO ATENDI A UM 10-56A NO POE BUILDING, NO TERRAÇO DOS ESCRITÓRIOS DA HULTQUIST LLC. ENCONTREI UMA MULHER SENTADA NA BEIRADA DO TELHADO. EU ME IDENTIFIQUEI COMO POLICIAL E PEDI A ELA QUE DESCESSE. ELA SE RECUSOU E ME AVISOU QUE SE JOGARIA SE EU ME APROXIMASSE. PERGUNTEI SEU NOME E ELA RESPONDEU FRANNY BEHRMAN [BRANCA/SEXO F NASC. 06/12/63 END. 110TH ST. 509]. ELA NÃO PARECIA ESTAR SOB EFEITO DE ENTORPECENTES. PERGUNTEI SE GOSTARIA QUE EU LIGASSE PARA ALGUÉM. ELA DISSE "NÃO". PERGUNTEI POR QUE QUERIA SE MATAR. ELA DISSE QUE NÃO TINHA FELICIDADE EM NADA E QUE SEU MARIDO E SUA FAMÍLIA FICARIAM MELHORES SEM ELA. GARANTI A ELA QUE ESTAVA ENGANADA.

A ESSA ALTURA, ELA PAROU DE RESPONDER ÀS MINHAS PERGUNTAS E PARECIA ESTAR TOMANDO CORAGEM PARA PULAR. EU ESTAVA PRESTES A TENTAR REMOVÊ-LA À FORÇA QUANDO RECEBI PELO RÁDIO UMA COMUNICAÇÃO DO AG. DECARLO ALERTANDO QUE O MARIDO DA SRA. BEHRMAN [JOE BEHRMAN, BRANCO/SEXO M NASC. 12/3/61 END. 110TH ST. 509] ESTAVA NO ELEVADOR SUBINDO PARA FALAR COM A ESPOSA. AVISEI A SRA. BEHRMAN.

O SR. BEHRMAN CHEGOU AO TELHADO, APROXIMOU-SE DA ESPOSA E A CONVENCEU A DESCER.

ACOMPANHEI O SR. E A SRA. BEHRMAN ATÉ A SAÍDA DO EDIFÍCIO, E DE LÁ ELA FOI LEVADA EM UMA AMBULÂNCIA ATÉ O MERCY HOSPITAL, PARA AVALIAÇÃO.

BOLETIM AGENTE RIVELLI
OFICIAL ENCARREGADO SGT-DAWES

Sofrendo de uma ressaca descomunal à sua mesa no andar repartido em cubículos, Barry lê o boletim pela terceira vez. Uma série de pontos de interrogação brota em sua mente, porque o boletim de ocorrência relata o exato oposto do que Ann Voss Peters disse ter acontecido entre seu marido e sua primeira esposa. Ela achava que Franny tinha se jogado do prédio.

Ele deixa o documento de lado e faz login no sistema para acessar o banco de dados estadual, a dor latejando atrás dos olhos.

Busca por Joe e Franny Behrman. O último endereço registrado é Pinewood Lane nº 6, em Montauk.

Ele deveria esquecer tudo isso. Parar de pensar na SFM e em Ann Voss Peters e voltar a trabalhar para reduzir as torres de papéis e pastas que ameaçam tombar em sua mesa. Não há, nessa história, nenhum crime que justifique que ele invista seu tempo nisso. Apenas... inconsistências.

Mas a verdade é: agora ele foi tomado pela curiosidade.

Se Barry é detetive da polícia há vinte e três anos, é porque adora solucionar enigmas, e esse, essa sequência contraditória de eventos, está sussurrando seu nome — um mistério que ele está se coçando para desvendar.

Ele corre o risco de levar uma advertência se pegar seu Crown Vic e cruzar Long Island inteira para meter o nariz em algo que decididamente não foi sancionado como assunto de jurisdição da polícia. Sem contar que não conseguiria dirigir até lá com essa dor de cabeça.

Então consulta na internet os horários dos trens.

Em menos de uma hora sai uma composição da estação Pennsylvania para Montauk.

HELENA

18 DE JANEIRO DE 2008 - 29 DE OUTUBRO DE 2008

Dia 79

Morar na plataforma de petróleo desativada de Slade é como ser paga para viver num resort cinco estrelas que por acaso também é seu escritório. Todos os dias ela acorda no último andar da superestrutura, que é onde ficam as acomodações dos moradores. Tem um espaçoso apartamento de esquina, com janelas de vidro hidrofóbico que vão do chão ao teto. É um material que pulveriza gotas de água, então mesmo nas piores tempestades a vista para o mar infinito permanece intacta. Uma vez por semana, uma equipe vem limpar tudo e recolher a roupa para lavar. Um chef de renome prepara a maior parte das refeições, em geral utilizando peixes frescos e vegetais produzidos na estufa.

Por insistência de Marcus, ela se exercita cinco vezes por semana, para manter a mente e o emocional saudáveis. Quando o clima está ruim, usa a academia no primeiro andar, e nos raros dias amenos de inverno aproveita para correr na pista ao ar livre. São seus momentos preferidos, porque tem a sensação de estar dando voltas no topo do mundo.

Seu laboratório de pesquisa tem novecentos metros quadrados — ocupando todo o terceiro andar da Estação Fawkes —, e nessas dez semanas ela avançou mais do que nos cinco anos passados na Stanford. Ali ela tem tudo de que possa vir a precisar. Não há contas para pagar, nem relacionamentos para distraí-la. Nada a fazer além de se concentrar exclusivamente na sua pesquisa.

Até então, vinha manipulando lembranças em ratos a partir de aglomerados celulares manipulados geneticamente para se tornarem sensíveis à luz. Uma vez que um desses aglomerados era isolado e associado a uma lembrança específica (um choque elétrico, por exemplo), ela estimulava a lembrança do medo experimentado pelo rato ativando os aglomerados celulares fotossensíveis por meio de um laser especial para optogenética, que é inserido no crânio do animal por filamentos.

O que ela faz ali na Estação Fawkes é completamente diferente.

Helena chefia a equipe encarregada do problema principal, que por acaso é sua área de especialização: identificar e catalogar as redes neurais vinculadas a determinada lembrança para, em seguida, reconstruir um modelo digital do cérebro que permita o rastreio e mapeamento da memória.

Em princípio, não difere muito daquilo que fazia com cérebros de ratos; é apenas de uma ordem de magnitude mais complexa.

As tecnologias que os outros três grupos de pesquisa estão desenvolvendo são desafiadoras, mas não revolucionárias — tecnologia de ponta, sim, mas que apenas com os profissionais certos e o orçamento milagroso de Marcus poderão ser imbatíveis, e ela deve conseguir recriá-las sem grandes dificuldades.

São vinte pessoas sob seu comando, em quatro equipes diferentes. Ela coordena a Equipe de Mapeamento. A Equipe de Imagem tem como incumbência encontrar um jeito de registrar impulsos nervosos sem que seja necessário atravessar o crânio da pessoa para o laser chegar até o cérebro. Acabaram por construir um dispositivo que utiliza uma forma avançada de magnetoencefalografia, ou MEG. Sensores SQUID (dispositivos supercondutores de interferência quântica) detectam campos magnéticos infinitesimais produzidos por impulsos nervosos individuais no cérebro humano, permitindo mapear com precisão a posição de cada neurônio. Chamam o aparelho de microscópio MEG.

A Equipe de Reativação está construindo um aparato que é basicamente uma vasta rede de estimuladores eletromagnéticos formando uma concha em volta da cabeça para obter precisão cirúrgica na identificação 3-D das centenas de milhões de neurônios que são necessários para reativar uma lembrança.

E, por fim, a Equipe de Infraestrutura está construindo a cadeira para os testes clínicos.

Hoje foi um bom dia. Talvez até excelente. Ela se reuniu com Slade, Jee-woon e os gerentes do projeto para avaliarem o andamento das pesquisas, e estão todos adiantados no cronograma. São quatro horas da tarde no fim de janeiro, um daqueles fugazes dias de inverno com calor e céu azul. O sol está mergulhando no oceano, as nuvens e a água adquirindo matizes de cinza e rosa que ela nunca viu antes, e Helena está sentada na beira da plataforma, no lado oeste, os pés balançando acima da água.

Sessenta metros abaixo, ondas se quebram de encontro às imensas pernas desta fortaleza em alto-mar.

Ela não acredita que está aqui.

Não acredita que esta seja sua vida.

Dia 225

O microscópio MEG está quase pronto, e o equipamento de reativação progrediu até o ponto necessário. Agora, todos esperam que a Equipe de Mapeamento chegue a uma solução para o problema da catalogação.

Helena está frustrada com o atraso. Durante o jantar com Slade em sua suíte suntuosa, ela expõe a situação com honestidade: a equipe não está conseguindo avançar porque o obstáculo é um problema de força bruta. Como estão partindo de uma escala mínima, cérebros de ratos, e ampliando para a escala máxima dos cérebros humanos, os computadores que utilizam são incapazes de mapear algo tão prodigiosamente complexo como a estrutura da nossa memória. A menos que ela consiga pensar em um atalho, eles simplesmente não têm tecnologia à altura.

— Já ouviu falar da D-Wave? — pergunta Slade, enquanto Helena toma um gole de um vinho branco da Borgonha, o melhor que já provou na vida.

— Desculpe, mas não.

— É uma empresa canadense, da Colúmbia Britânica. Ano passado eles lançaram o protótipo de um processador quântico. É uma máquina com uso bastante específico, mas ideal para o tipo de problema que você descreveu, de mapeamento de um volume gigantesco de dados.

— Qual é o custo?

— Não é barato, mas a tecnologia me interessou, então faz um tempo encomendei algumas unidades dos protótipos avançados deles, pensando em projetos futuros.

Do outro lado da mesa, ele sorri, e alguma coisa no jeito como a observa dá a Helena a perturbadora sensação de que Slade sabe mais sobre ela do que seria confortável. Seu passado. Sua psique. O que a move. Mas ela dificilmente poderia condená-lo se ele tiver realmente ido mais a fundo que o normal. Afinal, Slade está investindo anos e milhões na mente dela.

Pela janela atrás dele, Helena vê um único ponto de luz, a quilômetros e quilômetros de distância mar adentro, e lhe vem à mente, não pela primeira vez, quão absolutamente sozinhos eles se encontram ali.

Dia 270

Os dias de verão são longos e ensolarados, e a pesquisa está em suspenso enquanto aguardam a chegada de dois computadores do chamado recozimento quântico. Helena sente uma saudade gritante dos pais, e seus telefonemas semanais se tornaram o ápice de sua existência na plataforma. A distância vem exercendo um efeito curioso em sua relação com o pai. Ela se sente próxima dele como há anos não acontecia, desde a época do colégio. Os menores acontecimentos da vida da família no Colorado adquirem, de repente, outra importância. Ela absorve com voracidade as minúcias do dia a dia deles; quanto mais entediantes, melhor.

As caminhadas que fazem ao pé da montanha nos fins de semana. Descrições do volume de neve que ainda não derreteu nos campos. Um show a que foram no Red Rocks. Como foram as últimas consultas da mãe ao neurologista, em Denver. Filmes a que assistiram. Livros que leram. Fofocas do bairro.

A maioria das atualizações é o pai que faz.

Às vezes a mãe está lúcida, a Dorothy de sempre, e nesses dias elas conseguem se falar normalmente.

Mas em geral a mãe tem dificuldade em manter uma conversa.

Helena sente uma saudade irracional de tudo relacionado ao Colorado. Da vista ampla que se tem do deque da casa dos pais, que permite contemplar a extensão das planícies até alcançarem as formações rochosas das Flatirons, o início das Montanhas Rochosas. Do verde, já que as únicas plantas ali no complexo são a pequena horta da estufa. Acima de tudo, sente falta da mãe. Como lhe dói não poder estar com ela durante esse período que talvez seja o mais assustador de sua vida.

A parte mais difícil é não poder contar nada sobre os avanços gigantescos que estão fazendo no projeto da cadeira, pois tudo está coberto pela couraça férrea do termo de confidencialidade. Ela suspeita de que Slade ouça todas as suas conversas. É claro que, quando ela perguntou, ele negou, mas suas suspeitas permanecem.

Ainda por conta das preocupações com a confidencialidade, não é permitido que ninguém de fora visite a Estação Fawkes, e a tripulação não está autorizada a deixar o local até o prazo estipulado em contrato, exceto em casos de emergência médica ou familiar.

As quartas-feiras foram escolhidas para as noites de festa, em uma tentativa de desenvolver algum espírito fraternal entre os colegas de trabalho. É um desafio para Helena, uma pessoa bastante introvertida que até pouco tempo levava uma vida de cientista ermitã. Eles jogam paintball, vôlei e basquete.

Improvisam um churrasco na piscina e bebem a cerveja que chega por navio. Colocam música alta e se embebedam. Às vezes até dançam. A área da piscina e das quadras de esporte são cercadas por altos painéis de vidro para bloquear o vento quase incessante, mas mesmo com essas barreiras muitas vezes precisam conversar aos gritos.

Quando o clima está ruim, reúnem-se no salão perto do refeitório para partidas de jogos de tabuleiro ou então brincam de esconde-esconde na superestrutura.

Como Helena é chefe de quase todo mundo ali, exceto Slade, ela fica hesitante em se aproximar das pessoas sob seu comando. Mas está no meio de um deserto de água a perder de vista, centenas de metros acima do oceano. Evitar amizades e o convívio com os outros provavelmente a condenaria a um isolamento psicótico.

É durante uma dessas brincadeiras de esconde-esconde, dentro do depósito de roupas de cama no último andar, que ela transa com Sergei — um engenheiro elétrico genial e muito bonito que sempre a massacra nas partidas de raquetebol. Estão muito próximos um do outro no ambiente escuro, ouvindo as pessoas passarem pelo esconderijo deles, quando de repente ela o puxa e o beija, e ele abaixa o short dela e a joga na parede.

Slade trouxe Sergei de Moscou. Talvez seja o cientista mais genuíno e incontestável do grupo, e definitivamente é o mais competitivo.

Mas ele não é seu verdadeiro interesse romântico ali na Estação. Esse papel cabe a Rajesh, o engenheiro de software recém-contratado por Slade para cuidar dos computadores D-Wave. A simpatia e a honestidade nos olhos dele a atraem. É um homem de fala suave e inteligência inacreditável. Ontem, durante o café da manhã, ele sugeriu começarem um clube de leitura.

Dia 302

Os processadores quânticos chegam em um gigantesco navio-cargueiro. O clima é de véspera de Natal, todos aguardando no deque, acompanhando com um fascínio horrorizado o guindaste içar trinta milhões de dólares em potência tecnológica sessenta metros acima até a plataforma.

Dia 312

O projeto é retomado, os novos processadores estão a pleno vapor, e os códigos que vão mapear a memória e transferir os dados das coordenadas neurais para o equipamento de reativação estão sendo escritos. A sensação de estarem empacados passou. A pesquisa ganha impulso, e Helena passa da solidão à euforia, além de se sentir maravilhada com a presciência de Slade. Não apenas no nível macro, de prever a dimensão do sonho dela, mas, o que é ainda mais impressionante, no nível micro: o fato de ele conhecer a ferramenta exata para processar o imenso volume de dados envolvido no mapeamento da memória humana. E ele sabia que um processador não seria suficiente. Ele comprou dois.

Durante seu jantar semanal com Slade, Helena informa a ele que, se as coisas se mantiverem nesse ritmo, em um mês devem estar prontos para o primeiro teste com humanos.

O olhar dele se ilumina.

— Sério?

— Sério. Aproveito para dizer que *eu* serei a primeira a testar a tecnologia.

— Sinto muito, mas é muito perigoso.

— Por que essa decisão caberia a você?

— Por milhares de razões. Até porque sem você não temos como prosseguir.

— Eu insisto, Marcus.

— Olha, que tal discutirmos isso em outro momento? Hoje é dia de comemorar.

Ele vai até sua adega particular e pega uma garrafa de um Cheval Blanc 1947. Leva alguns instantes para retirar a frágil rolha e então derrama o conteúdo num decantador de cristal.

— Não resta muito dessa safra no mundo — comenta ele.

No momento em que Helena ergue a taça e inspira o aroma doce e picante das uvas de décadas atrás, seu conceito do que um vinho pode ser é transformado irrevogavelmente.

— A você, e a este momento — diz Slade, tocando sua taça na dela.

Esse é o sabor que todos os vinhos que ela já tomou na vida sonhavam ter. A escala interna de Helena, aquela que mede os níveis de bom, excelente e transcendente, é recalibrada.

É sobrenatural.

Cálido, rico, opulento, de um frescor impressionante.

Compota de frutas vermelhas, flores, chocolate e...

— Eu estava para lhe fazer uma pergunta — diz Slade, tirando-a de repente do transe.

Helena olha para ele, sentado do outro lado da mesa.

— Por que estudar a memória? Você já trabalhava nisso antes de sua mãe adoecer.

Ela balança o vinho na taça, vê o reflexo dos dois sentados à mesa na janela imensa que abraça a escuridão lá fora.

— Porque memória... é tudo. Fisicamente, uma lembrança não passa de uma combinação específica de impulsos nervosos, uma sinfonia de atividade cerebral. Mas, na verdade, é o filtro que se coloca entre nós e a realidade. Você acha que está tomando vinho, ouvindo as palavras que eu digo, *no presente*, mas isso não existe. Os impulsos neurais das suas papilas gustativas e dos seus ouvidos são transmitidos para o seu cérebro, que processa tudo e joga na memória operacional. Então, quando você tem a percepção de estar vivendo alguma coisa, essa coisa já é passado. Já é uma lembrança. — Helena se inclina para a frente e estala os dedos. — O que nosso cérebro faz para interpretar um mero estímulo como esse já é incrível. As informações visuais e auditivas chegam aos seus olhos e ouvidos a velocidades diferentes, e são processadas a velocidades diferentes. Nosso cérebro espera até que o estímulo mais lento seja processado, para então reordenar corretamente os impulsos nervosos, e é assim que ele permite que a gente absorva tudo junto, como um evento simultâneo... cerca de meio segundo depois que aquilo realmente aconteceu. Achamos que apreendemos o mundo direta e imediatamente, mas todas as nossas experiências são essas reconstruções tardias e cuidadosamente editadas.

Ela deixa que ele absorva tudo aquilo por um instante, enquanto saboreia mais um gole do magnífico vinho.

— E quanto aos instantâneos? Aquelas lembranças supervívidas, com enorme carga emocional e significado pessoal?

— Isso tem a ver com outra ilusão. O paradoxo do presente especioso. O que encaramos como "presente" não é de fato um momento. É um segmento de tempo recente, e é arbitrário. Os últimos dois ou três segundos, geralmente. Agora, injete no organismo uma dose de adrenalina e bote a amígdala para trabalhar que você cria uma lembrança hipervívida, em que o tempo parece desacelerar, ou até mesmo parar. Se alteramos a forma de nosso cérebro processar um evento, alteramos a duração do "agora". Na verdade, mudamos o ponto em que o presente se torna passado. Mais uma prova de que o conceito de presente é apenas uma ilusão, um acúmulo de lembranças organizado pelo nosso cérebro.

Helena se recosta, constrangida com sua empolgação. O vinho começa a lhe subir à cabeça de repente.

— Por isso a memória — conclui ela. — Por isso a neurociência. — Ela toca a têmpora. — Se quiser entender o mundo, é preciso entender, mas entender de verdade, como o vivenciamos.

Slade assente.

— "É claro que a mente não conhece as coisas imediatamente, apenas por intermédio das ideias que faz delas."

Helena dá uma risada, surpresa.

— Quer dizer que você leu John Locke.

— Que foi? Só porque sou um cara da tecnologia significa que nunca peguei num livro? Tudo isso que você está falando se resume a usar a neurociência para perfurar o véu da percepção. Ver a realidade tal como ela é de fato.

— O que é impossível. Por mais que se compreendam os mecanismos da percepção humana, nunca conseguiremos escapar às nossas limitações.

Slade apenas sorri.

Dia 364

Helena passa o cartão para acessar o terceiro andar e segue por um corredor com iluminação intensa, em direção à sala de testes principal. Nunca esteve tão nervosa desde que chegou. Seu estômago está tão sensível que pela manhã só conseguiu tomar café e comer alguns pedaços de abacaxi.

Na noite anterior, a Equipe de Infraestrutura trouxe da oficina a cadeira que eles vêm construindo e a instalou na sala de testes principal, diante da qual Helena para nesse instante. John e Rachel estão fixando a base da cadeira no piso.

Ela já imaginava que seria um momento intenso, mas o impacto de ver o objeto pela primeira vez é atordoante. Até agora, o produto de todo o seu trabalho consistia em imagens de redes neurais, softwares sofisticados e uma tonelada de incertezas. Mas a cadeira é concreta. É palpável. É a manifestação física daquilo que ela vem perseguindo há dez longos anos, em um percurso que foi acelerado pela doença da mãe.

— O que acha? — pergunta Rachel. — Slade nos fez alterar os desenhos para surpreender você.

Helena ficaria furiosa com ele por essa modificação arbitrária no design se não tivesse diante de si algo tão perfeito. Está encantada. Em sua mente, a cadeira sempre foi um dispositivo utilitário, um meio para um fim. O que eles construíram é ao mesmo tempo engenhoso e elegante; lembra uma Charles Eames, com a diferença de que é uma peça única.

Os dois engenheiros estão olhando para ela, sem dúvida tentando interpretar sua reação, saber se agradaram a chefe.

— Vocês se superaram — diz Helena.

Ao fim da manhã, a cadeira está totalmente instalada. O microscópio MEG, posicionado acima do apoio de cabeça, parece um capacete suspenso. Os muitos cabos que saem dele passam pelas costas da cadeira e se conectam a uma abertura no piso, de modo que a aparência geral é de um dispositivo esguio e de linhas suaves.

Helena venceu a briga com Slade para ser a primeira cobaia ao omitir a informação de que seria necessário um número altíssimo de sinapses para a reativação adequada de uma lembrança. Slade tentou dissuadi-la da ideia, é claro, argumentando que a mente e a memória dela eram valiosas demais para correrem o risco, mas era uma batalha perdida, fosse contra ele ou qualquer outra pessoa.

E assim, às 13h07, ela se acomoda no assento de couro macio e se recosta. Lenore, uma das técnicas de imagem, baixa o microscópio cuidadosamente até a cabeça de Helena, o estofamento permitindo um encaixe confortável. Então prende a tira do queixo. Slade acompanha tudo de um canto da sala, gravando o processo com uma filmadora portátil e sorrindo de orelha a orelha, como se estivesse registrando o nascimento do primogênito.

— Está confortável? — pergunta Lenore.

— Sim.

— Vou travar agora.

Lenore abre dois compartimentos no apoio para cabeça e puxa uma série de bastões de titânio dobráveis, que encaixa na estrutura do microscópio, para estabilizá-lo.

— Tente mexer a cabeça — orienta Lenore.

— Não consigo.

— Como se sente na cadeira que projetou? — pergunta Slade.

— Acho que vou vomitar.

Todos começam a sair da sala de teste, dirigindo-se à sala de controle adjacente, ambas conectadas por uma parede de vidro que permite acompanhar o que se passa do outro lado. Segundos depois, a voz de Slade surge por um alto-falante no apoio de cabeça.

— Está me ouvindo?

— Sim.

— Vamos diminuir a luz agora.

Então Helena passa a ver apenas o rosto de seus colegas, levemente azulados pela luz de uma dezena de monitores.

— Tente relaxar — diz Slade.

Helena inspira fundo e solta o ar devagar enquanto os sensores SQUID começam a zunir baixinho acima dela, um sibilar mecânico que dá a sensação de que seu couro cabeludo é massageado em um bilhão de pontos microscópicos.

Eles debateram exaustivamente que tipo de lembrança deveriam mapear primeiro. Algo simples? Complexo? Recente? Antigo? Feliz? Trágico? Ontem, Helena concluiu que eram elucubrações desnecessárias. Afinal, o que caracterizaria uma lembrança como "simples"? Será que se pode dizer que isso existe, em se tratando da condição humana? Hoje mesmo, pela manhã, quando corria na pista, viu um albatroz pousar na plataforma — um mero flash mental que um dia será lançado no vazio do esquecimento onde as memórias vão para morrer. No entanto, aquela lembrança contém em si o cheiro do mar; as penas brancas e molhadas da ave brilhando ao sol nascente; o bater acelerado de seu coração devido ao esforço físico da corrida; o suor frio escorrendo pelo corpo e fazendo seus olhos arderem; seus pensamentos naquele momento em que contemplava o que, na homogeneidade infinita do oceano, a ave considerava sua casa.

Se cada lembrança contém um universo, o que se poderia chamar de simples?

A voz de Slade perguntou:

— Helena? Está pronta?

— Estou.

— Escolheu sua lembrança?

— Sim.

— Então vou começar a contagem regressiva, e quando você ouvir o sinal... lembre.

BARRY

5 DE NOVEMBRO DE 2018

No verão, é impossível encontrar um assento vago no trem cheio de nova-iorquinos com destino aos Hamptons. Mas é uma tarde fria de novembro, com nuvens cor de chumbo ameaçando a primeira neve do outono, e é por isso que Barry tem quase o vagão inteiro da Long Island Railroad para si.

Pela janela, ele observa as luzes do Brooklyn se afastarem pelo vidro sujo, até que começa a sentir os olhos pesarem.

Quando desperta, já é noite. O que vê lá fora agora é escuridão, postes de luz e o próprio reflexo no vidro.

Montauk é a parada final da linha. Ele sai do trem pouco antes das oito da noite e é engolfado por uma chuva gelada que parece cair em véus à luz dos postes. Aperta o cinto do casaco de lã e levanta a gola, sua respiração condensando no ar gélido. Segue ao longo da linha do trem até o prédio da estação, já fechado, e entra no táxi que chamou quando estava chegando.

Grande parte do centro de Montauk se encontra fechada, por conta da baixa temporada. Ele esteve ali apenas uma vez, vinte anos atrás, com Julia e Meghan, num fim de semana agitado de verão, quando as ruas e praias estavam apinhadas de turistas.

A Pinewood Lane é uma rua isolada, polvilhada de areia, o asfalto rachado e envergado por raízes de árvores. A uns oitocentos metros rua adentro, os faróis do táxi recaem em um portão, em que uma placa com o numeral romano "VI" está afixada a um dos pilares de pedra.

— Pare ali perto do interfone — pede Barry ao motorista.

O táxi avança mais um pouquinho, e ele desce o vidro da janela.

Estende o braço e aperta o botão. Sabe que tem gente em casa porque, antes de pegar o trem, ligou, se passando por um funcionário da FedEx para agendar uma entrega.

Uma mulher atende.

— Residência dos Behrman.

— Aqui é Barry Sutton, da Polícia de Nova York. Seu marido está?

— Aconteceu alguma coisa?

— Eu só preciso falar com ele.

Faz-se silêncio, seguido por uma conversa sussurrada.

Então um homem diz:

— Aqui é Joe. Do que se trata?

— Gostaria de conversar pessoalmente. E em particular.

— Estamos jantando.

— Peço desculpa pelo incômodo, de verdade, mas vim de trem de Manhattan só para isso.

A subida é por um caminho sinuoso entre trechos gramados e arvoredos em uma ladeira até uma casa empoleirada no alto de uma pequena ribanceira. A distância, parece uma construção inteiramente de vidro, o interior iluminado reluzindo como um oásis na noite.

Barry paga a corrida em dinheiro, acrescentando vinte dólares para que o motorista o espere, e, saindo à chuva, sobe a escadinha até a entrada. A porta se abre quando ele alcança o último degrau. Joe Behrman parece mais velho do que na foto que consta nos registros; o cabelo está grisalho, e o rosto magro marcado pelo sol faz suas bochechas pesarem.

Franny envelheceu melhor.

Ele hesita por três longos segundos, sem saber se vão deixá-lo entrar ou não, até que Franny finalmente recua um passo, abre um sorriso forçado e o convida a entrar.

A casa é ampla e mistura design e conforto com primor. Barry imagina que, durante o dia, a parede de vidro presenteie seus moradores com uma vista espetacular do mar e da área arborizada ao redor. O cheiro que vem da cozinha lhe lembra como era comer refeições preparadas em casa, em vez de depender de comida requentada no micro-ondas ou entregue por estranhos.

— Vou deixar os pratos no forno — diz Franny, apertando a mão do marido, então se vira para Barry: — Posso guardar seu casaco?

Joe o conduz até um escritório com uma parede de vidro e as outras ocupadas por estantes de livros. Eles se sentam um de frente para o outro, perto da lareira.

— Devo admitir que é um pouco preocupante receber a visita inesperada de um investigador de polícia a essa hora da noite.

— Lamento ter assustado vocês. Não há nenhum problema nem nada.

Joe sorri.

— Você bem que podia ter começado por aí.

— Vou direto ao assunto. Quinze anos atrás, sua esposa subiu até o quadragésimo primeiro andar do Poe Building, no Upper West Side, e…

— Ela está bem melhor hoje em dia. É outra pessoa. — Uma faísca de irritação, de medo, cruza o rosto de Joe, que ganhou certo rubor. — O que o traz aqui? Por que resolveu aparecer na minha casa para estragar uma noite tranquila com minha esposa, revirando o passado dessa forma?

— Três dias atrás, eu estava a caminho de casa quando recebi um chamado pelo rádio para cobrir um 10-56A… uma tentativa de suicídio. Fui até o local e encontrei uma mulher sentada no parapeito do quadragésimo primeiro andar do Poe Building. Ela disse que sofria de SFM. O senhor sabe o que é isso?

— Aquele negócio de falsa memória.

— Ela me descreveu uma vida inteira que nunca aconteceu. Disse que tinha um marido e um filho, que moravam em Vermont, que tinham uma empresa juntos. Disse que o nome dele era Joe. Joe Behrman.

Joe fica paralisado.

— Ela se chamava Ann Voss Peters — continua Barry. — Ann achava que Franny tinha de fato *se jogado* do prédio, do mesmo lugar onde ela estava. Disse que veio à sua casa procurar você, mas que você não a reconheceu. E que havia escolhido o Poe Building porque tinha esperança de que você fosse até lá para impedi-la, como uma forma de se redimir por não ter conseguido salvar Franny. Mas, obviamente, havia uma falha na memória de Ann, porque você *salvou* Franny. Eu li o boletim de ocorrência hoje.

— O que aconteceu com Ann?

— Não consegui salvá-la.

Joe fecha os olhos, mas volta a abri-los um instante depois.

— O que você quer de mim? — pergunta ele, numa voz que não passa de um sussurro.

— Você conhecia Ann Voss Peters?

— Não.

— Então como ela o conhecia? Como sabia que sua esposa tinha ido até aquele mesmo local na intenção de cometer suicídio? Por que ela acreditava ter sido casada com você, por que acreditava que vocês tinham um filho chamado Sam?

— Não faço ideia, e gostaria que o senhor fosse embora.

— Sr. Behrman...

— Por favor. Eu respondi suas perguntas, e não fiz nada errado. Vá embora.

Embora não faça a mais vaga ideia do porquê, ele tem certeza de uma coisa: Joe Behrman está mentindo.

Barry se levanta. Do bolso do paletó, pega um cartão de visita, que deixa na mesa de centro entre os dois.

— Se mudar de ideia, por favor, me telefone.

Joe não diz nada, não se levanta nem olha para Barry. Mantém as mãos no colo (para impedi-las de tremer, Barry bem sabe) e encara fixamente a lareira.

Novamente no táxi, cruzando Montauk, Barry consulta os horários dos trens no celular. Deve conseguir comer alguma coisa a tempo de pegar o que sai às 21h50.

O restaurante modesto está quase vazio. Ele se senta ao balcão, ainda sentindo a adrenalina da conversa com Joe.

Está aguardando a comida quando um homem de cabeça raspada entra e se dirige a uma das mesas. Pede café e começa a ler algo no celular.

Não.

Finge ler algo no celular.

Seus olhos estão atentos demais, e o volume sob a jaqueta de couro indica um coldre de ombro. O homem tem a intensidade disfarçada de um policial ou soldado: os olhos nunca ficam parados, sempre indo de um lado para outro, sempre analisando, ainda que a cabeça não se mexa um centímetro. É um condicionamento que não se desaprende.

Mas em momento algum ele olha para Barry.

Isso é paranoia sua.

Barry está na metade de seu prato de ovos rancheiros, pensando em Joe e Franny Behrman, quando sente uma pontada de dor atrás dos olhos.

Seu nariz começa a sangrar, e no breve intervalo em que leva um guardanapo ao rosto, os últimos três dias lhe vêm à mente em lembranças de eventos totalmente diferentes. Estava no carro a caminho de casa na sexta à noite, mas não recebeu nenhum chamado por um 10-56A. Não foi ao Poe Building nem subiu até o quadragésimo primeiro andar. Nunca conheceu Ann Voss Peters. Não a viu cair. Nunca acessou o boletim de ocorrência da tentativa de suicídio de Franny Behrman. Não comprou uma passagem de trem até Montauk. Nunca conversou com Joe Behrman.

De alguma forma, ele estava sentado na poltrona reclinável de seu quarto e sala em Washington Heights, assistindo a uma partida do Knicks, e agora, do nada, está num restaurante barato em Montauk com o nariz sangrando.

Quando tenta capturar uma dessas lembranças alternativas e olhar mais de perto, descobre que as três carregam uma sensação diferente de qualquer outra lembrança que ele já teve. São momentos sem vida e estáticos, tingidos em tons de cinza, bem como Ann Voss Peters descreveu.

Será que peguei isso dela?

O nariz parou de sangrar, mas as mãos começaram a tremer. Ele deixa o dinheiro no balcão e sai para a noite, tentando ficar calmo, mas está em pânico.

São tão poucas as coisas nessa existência com que podemos contar para termos a sensação de permanência, de terra firme sob nossos pés. Pessoas se vão; nosso corpo enfraquece; nós desistimos. Ele passou por tudo isso. E a que vamos nos agarrar, momento após momento, se as lembranças simplesmente forem mutáveis? Nesse caso, o que é real? E se a resposta é *nada*, o que resta?

Barry começa a se perguntar se está ficando louco, se é isso que acontece quando se perde a cabeça.

São quatro quarteirões até a estação de trem. Não há carro nenhum na rua, a cidade está morta, e, sendo uma criatura de uma cidade que nunca dorme, todo esse silêncio de baixa temporada o deixa inquieto.

Recosta-se num poste, aguarda as portas do trem se abrirem. Na plataforma há apenas ele e mais três pessoas, entre elas o careca do restaurante.

A chuva deixa suas mãos rígidas, seus dedos estão duros, mas ele prefere assim.

O frio é a única coisa que o mantém ancorado à realidade.

HELENA

31 DE OUTUBRO DE 2008 – 14 DE MARÇO DE 2009

Dia 366

Dois dias após o teste inaugural, Helena está na sala de controle com a Equipe de Imagem encarando um monitor imenso que mostra uma imagem 3-D estática de seu cérebro, a atividade elétrica representada por variados tons de azul brilhante.

— A resolução espacial está incrível, pessoal. Melhor do que jamais sonhei.

— Espere só pra ver — diz Rajesh.

Com um toque na barra de espaço do teclado, a imagem ganha vida. Neurônios se acendendo e se apagando como um trilhão de vaga-lumes numa noite de verão. Como a fusão nuclear de uma estrela.

Rajesh amplia a imagem até o nível de neurônios individuais. Sinais elétricos são transmitidos de sinapse a sinapse. Ele então reduz a velocidade para mostrar a atividade cerebral ao longo de um milissegundo, e mesmo assim a complexidade ainda é incomensurável.

Ao final, ele diz:

— Você prometeu que ia contar o que estamos vendo.

Helena sorri.

— Eu tinha seis anos. Meu pai me levou para pescar num riacho que ele adorava, no Rocky Mountain National Park.

— Pode dizer exatamente no que estava pensando durante esses quinze segundos? Foi a tarde inteira, ou alguns momentos específicos?

— Eu descreveria como flashes, que, somados, englobam o impacto emocional da lembrança.

— Por exemplo...

— O barulho da água correndo pelas pedras do rio. As folhas amarelas dos álamos, parecendo moedas de ouro sendo levadas pela correnteza. As mãos calejadas do meu pai prendendo a isca no anzol. A empolgação de pegar um peixe. Eu deitada na grama, olhando a água. O céu muito azul e o sol passando pelas árvores em um mosaico de luz. O peixe que meu pai pescou se sacudindo nas mãos dele, e ele explicando que era por causa daquele avermelhado embaixo da boca que chamam de truta garganta-cortada. No fim da tarde, o anzol entrou no meu polegar. — Helena levanta o dedo para mostrar a marquinha branca da cicatriz. — Não saía de jeito nenhum, por causa das farpas, então meu pai teve que cortar a pele com o canivete para tirar. Lembro que chorei, e ele me falava para não mexer a mão, e depois que finalmente conseguiu tirar o anzol, ele segurou meu dedo na água gelada até ficar dormente. Fiquei olhando o sangue fluir na correnteza.

— Qual é a conexão emocional que você tem com essa lembrança? — pergunta Rajesh. — Por que a escolheu?

Helena olha no fundo de seus grandes olhos negros.

— Por causa da dor do machucado, mas em grande parte porque é a minha lembrança preferida do meu pai. O momento em que ele foi mais essencialmente *ele*.

Dia 370

Helena volta à cadeira e retoma aquela mesma lembrança várias e várias vezes, desmembrando-a em partes até que a equipe de Rajesh consiga atribuir determinados padrões sinápticos a momentos específicos.

Dia 420

A primeira tentativa de reativação acontece na véspera do segundo Natal que Helena passa na Estação. Na cadeira, ela coloca um capacete com a rede de estimuladores eletromagnéticos integrada. Sergei programou o equipamento com as coordenadas sinápticas de um único trecho da lembrança da tarde de pesca. Quando as luzes se apagam na sala de testes, Helena ouve Slade perguntar pelo apoio de cabeça:

— Pronta?

— Sim.

Ficou decidido que Helena não será avisada do momento em que o mecanismo de reativação será acionado nem de qual trecho da lembrança eles selecionaram, para evitar que, de forma automática, sua consciência acesse a lembrança voluntariamente.

Helena fecha os olhos e começa o exercício de limpeza da mente que vem praticando há uma semana. Ela se imagina entrando em uma sala, no meio da qual há um banco, como em um museu. Ela se senta e observa a parede à sua frente. Do piso ao teto, a cor da parede transita suavemente do branco ao preto, passando por tons de cinza que escurecem aos poucos. Helena começa de baixo e, com calma, vai subindo por toda a extensão da parede, observando com atenção a cor de cada parte antes de passar para a seguinte, cada trecho apenas ligeiramente mais escuro que o anterior...

A pontada súbita de um anzol farpado entrando no dedo, seu grito agudo de dor, uma gota vermelha de sangue brotando ao redor do metal, seu pai vindo correndo.

— Foi agora? — pergunta Helena, o coração martelando no peito.

— Você sentiu alguma coisa? — questiona Slade.

— Sim, nesse instante.

— Descreva.

— Um flash nítido do anzol perfurando meu dedo. Foram vocês?

A sala de controle irrompe em comemoração.

Helena cai no choro.

Dia 422

Eles começam a registrar e catalogar as lembranças pessoais de todos os envolvidos no projeto, atendo-se estritamente a instantâneos.

Dia 424

Lenore autoriza que gravem sua lembrança da manhã de 28 de janeiro de 1986.

Ela estava com oito anos e foi ao dentista. O dono da clínica havia trazido de casa um aparelho de televisão e o colocado na sala de espera. Lenore estava sentada com a mãe aguardando sua vez, e viu a cobertura do histórico lançamento do ônibus espacial que explodiu acima do oceano Atlântico.

As informações que seu cérebro codificou com mais intensidade foram a do pequeno televisor na mesa com rodinhas; a cena das nuvens brancas se revolvendo, nos momentos anteriores à explosão; sua mãe dizendo "Meu Deus"; o olhar carregado de preocupação do dr. Hunter; e uma das assistentes aparecendo para conferir o que se passava, encarando a tevê enquanto as lágrimas escorriam pelo rosto, por baixo da máscara cirúrgica.

Dia 448

Rajesh se lembra da última vez que viu o pai antes de emigrar para os Estados Unidos. Foram fazer um safári juntos, apenas os dois, no Vale de Spiti, no alto dos Himalaias.

Ele se lembra do cheiro dos iaques; do sol forte da montanha; da temperatura gélida das águas do rio; da tontura que sentia por causa do ar rarefeito na altitude de quatro mil metros. Lembra-se do marrom monocromático e da aridez em tudo à volta, exceto pelos lagos, que eram como olhos azul-claros, e pelos templos, com suas bandeiras de oração em cores vibrantes, e a neve brilhando no topo dos picos mais altos.

Mas se lembra especialmente do acampamento que montaram para passar a noite, quando o pai abriu o coração e expôs o que pensava sobre a vida, sobre Raj, sobre a mãe de Raj, tudo, em um fugaz momento de vulnerabilidade diante da fogueira que se apagava.

Dia 452

Sergei está na cadeira recordando a vez em que uma moto bateu na traseira de seu carro. Ele se lembra do impacto repentino de metal no metal; de ver, pela janela, a moto sendo catapultada pela rodovia; do medo, do terror, do gosto de ferrugem no fundo da garganta e da sensação de ver tudo aquilo em câmera lenta.

Lembra-se de, depois, parar o carro no meio da movimentada rua de Moscou e, ao sair, sentir o cheiro do óleo e da gasolina que vazavam da moto amassada, e do motorista sentado no meio da via, a perneira toda rasgada, olhando atônito para as mãos, os dedos quase todos destroçados, gritando de raiva ao ver Sergei, tentando se levantar para agredi-lo, mas depois berrando de dor quando a perna, torcida em um ângulo impossível, se recusou a lhe obedecer.

Dia 500

É um dos primeiros dias de clima ameno no ano. Durante todo o inverno, a Estação Fawkes foi castigada por tempestade após tempestade, testando os limites da resistência até mesmo de Helena para ambientes de trabalho claustrofóbicos. Mas hoje o dia está agradável e limpo, o mar calmo a ponto de toda a superfície da água cintilar abaixo da plataforma.

Ela e Slade caminham calmamente pela pista de corrida.

— Como você se sente diante de todo o progresso que fizemos? — pergunta ele.

— É incrível. Está sendo muito mais rápido do que eu sonhava. Acho que devemos publicar um artigo.

— Com certeza.

— Estou pronta para pegar tudo que aprendemos e começar a transformar a vida das pessoas.

Slade olha para ela; está mais magro e mais forte em comparação ao dia em que se conheceram, quase um ano e meio atrás. Ela também mudou. Está em sua melhor forma física, como nunca esteve na vida, e seu trabalho também nunca foi tão envolvente.

Em todos os aspectos, o envolvimento de Slade no projeto foi além de todas as suas expectativas. Desde que Helena chegou, ele deixou a plataforma apenas uma vez e acompanhou de perto cada etapa. Assim como Jee-woon, esteve presente em todas as reuniões das equipes, consultou-a para todas as decisões importantes. Seria de se imaginar que um homem ocupado como ele aparecesse apenas em uma ou outra ocasião, mas sua obsessão tem se equiparado à dela.

— Você está falando em publicar um artigo — diz Slade —, e eu sinto que chegamos a um beco sem saída. — Eles estão fazendo uma curva na pista. — A experiência de reativar uma lembrança é decepcionante.

— Estou chocada em ouvir você dizer isso. Todos que passaram pela reativação relataram uma experiência muito mais vívida e intensa do que uma recordação natural ou espontânea. A reativação altera todos os sinais vitais, às vezes chegando a causar muito estresse. Você viu as avaliações clínicas. Você mesmo passou pela experiência. E mesmo assim discorda?

— Não discordo de que seja uma experiência mais intensa que o processo natural, mas não chega nem perto do que eu esperava.

Helena sente o rosto ruborizar de raiva.

— Estamos avançando a um ritmo alucinante, fazendo descobertas revolucionárias na compreensão que temos da memória e dos engramas, que vão transformar o mundo se você permitir a publicação. Quero começar a mapear as lembranças de pacientes com Alzheimer em estágio três, e quando alcançarem os estágios mais avançados, reativar as lembranças que armazenamos para eles. E se esse for o caminho para a regeneração sináptica? Para a cura? Ou, no mínimo, para a preservação de memórias formadoras de uma pessoa com o cérebro em declínio?

— Está pensando na sua mãe, Helena?

— Claro! Em um ano, ela vai chegar a um ponto em que não vai ter sobrado nenhuma lembrança para ser mapeada. O que você acha que estou fazendo aqui? Por que acha que dediquei minha vida a isso?

— Admiro sua paixão, e também é do meu interesse erradicar essa doença. Mas, antes de tudo, eu quero a *Plataforma imersiva para projeção de memória episódica declarativa de longa duração*.

O nome exato do pedido de patente com que ela sonhava há anos e ainda não havia solicitado.

— Como você sabe da minha patente?

Em vez de responder, ele faz outra pergunta:

— Você acha que o que construímos até aqui é minimamente imersivo?

— Eu dei tudo de mim nesse projeto.

— Por favor, não fique na defensiva. A tecnologia que você desenvolveu é perfeita. Só quero ajudar você a fazê-la chegar ao seu potencial máximo.

Eles fazem outra curva. As equipes de Imagem e Mapeamento estão se enfrentando na quadra de vôlei. Rajesh está pintando uma aquarela à beira da piscina coberta. Sergei pratica lances de basquete, sozinho.

Slade para de andar e olha para Helena.

— Quero que a Equipe de Infraestrutura construa um tanque de isolamento. Eles vão precisar coordenar isso com Sergei, para encontrar uma maneira de tornar o equipamento de reativação impermeável e estável dentro do tanque.

— Para quê?

— Para enfim criar a versão magnífica de reativação de memória que estou buscando.

— Como você pode saber que...

— Feito isso, comece a desenvolver um método de fazer o coração do sujeito no tanque parar.

Helena encara Slade como se ele tivesse enlouquecido.

— Quanto maior o nível de estresse a que o corpo humano for submetido durante o processo de reativação, mais intensa será a experiência da memória. No fundo do nosso cérebro existe uma glândula do tamanho de um grão de arroz chamada pineal, que exerce um papel na criação de uma substância química chamada dimetiltriptamina, ou DMT. Já ouviu falar?

— Um dos psicodélicos mais potentes conhecidos pelo ser humano — responde Helena.

— Em doses minúsculas, liberada no nosso cérebro à noite, a DMT é responsável pelos sonhos. Mas, no momento da morte, a glândula pineal libera uma verdadeira enxurrada de DMT. Uma liquidação final antes de fechar as portas. É por isso que as pessoas veem coisas quando estão próximas do fim, por exemplo, um túnel em direção à luz, ou o flash de sua vida inteira passando diante de seus olhos. Para produzirmos uma memória imersiva, equiparável à do sonho, precisamos ter aspirações maiores. Em outras palavras, precisamos de uma dose bem maior de DMT.

— Ninguém sabe o que a mente consciente experimenta no momento da morte. Não há como termos certeza de que isso vai ter algum efeito na imersão de memória. Podemos acabar apenas matando pessoas, isso sim.

— Quando foi que você se tornou tão pessimista?

— Quem você acha que vai se oferecer para morrer por esse projeto?

— Nós vamos trazê-los de volta à vida. Consulte sua equipe. Ofereço um bom pagamento em troca, considerando os riscos. E se você não arranjar voluntários, eu procuro em outro lugar.

— Você vai se oferecer para entrar no tanque de isolamento e deixar que parem seu coração?

Slade abre um sorriso sombrio.

— Quando o procedimento estiver concluído? Claro. E então, só então, você poderá trazer sua mãe e usar todo o meu equipamento e seu conhecimento para mapear e armazenar as lembranças dela.

— Marcus, por favor...

— Só então.

— O tempo dela está se esgotando.

— Então mãos à obra.

Helena fica olhando Slade se afastar. Antes, aquela sensação inquietante estava sempre sob a superfície da sua consciência, fácil de ignorar. Agora, está bem diante dela. Helena não entende como, mas sabe que Slade tem conhecimento de coisas que não deveria, que não havia como terem chegado aos seus ouvidos. A começar por tudo que ela planejava para a tecnologia de projeção de memória, inclusive o nome da patente que um dia teria solicitado. Teve também a questão dos processadores quânticos, que de alguma forma ele sabia que dariam conta do problema do mapeamento. E agora essa ideia absurda de interromper os batimentos cardíacos como meio de intensificar a experiência imersiva. O mais preocupante é o fato de ele jogar essas pequenas pistas no ar, quase como se quisesse fazê-la entender que ele tem informações impossíveis. Como se quisesse que ela tenha medo da extensão de seu poder e conhecimento. É quando ocorre a Helena que, se continuar a bater de frente com Slade, ele pode revogar seu acesso à plataforma de memória. Talvez ela convença Raj a providenciar, escondido, uma conta de usuário reserva, só por garantia.

Pela primeira vez desde que pôs os pés na Estação, ela se pergunta se está realmente segura ali.

BARRY

5-6 DE NOVEMBRO DE 2018

— Senhor? Com licença, senhor?

Barry desperta, abre os olhos, a visão momentaneamente borrada. Por cinco desnorteantes segundos, não faz ideia de onde está. Até que registra o movimento do trem, os postes de luz passando lá fora, pela janela do outro lado do corredor, e o rosto idoso do funcionário.

— Seu bilhete, por favor — pede o homem, com uma cortesia expressa em tom e trejeitos que em outra era seriam considerados refinados.

Barry apalpa o casaco até encontrar o celular no fundo do bolso interno. Abre o aplicativo e estende o aparelho para que o homem escaneie o código de barras na tela.

— Obrigado, sr. Sutton. Perdão por tê-lo acordado.

O homem se encaminha ao vagão seguinte. No celular, Barry vê as notificações de quatro chamadas perdidas, todas de um número com o código de área 934.

E um recado.

Ele acessa a caixa postal e leva o telefone ao ouvido. "Oi, aqui é o Joe. Joe Behrman. Hã... pode me ligar assim que receber esta mensagem? Preciso muito falar com você."

Barry retorna a ligação na mesma hora, e Joe atende no segundo toque.

— Investigador Sutton?

— Sim.

— Onde você está?

— No trem, voltando para Nova York.

— Você precisa entender, eu nunca imaginei que alguém descobriria. Eles me prometeram.

— Não estou entendendo.

— Eu estava com medo. — Ele está chorando. — Você pode voltar pra cá?

— Joe. Estou no trem. Mas você pode falar comigo agora.

Por um momento, Joe apenas respira com sofreguidão no telefone. Barry tem a impressão de ouvir uma mulher chorando ao fundo também, mas não tem certeza.

— Eu não deveria ter feito aquilo — diz Joe. — Hoje eu sei. Eu tinha uma vida perfeita, um filho lindo, mas não conseguia encarar a mim mesmo no espelho.

— Por quê?

— Porque eu não fui atrás dela, e ela se jogou. Eu não conseguia me perdoar por...

— Quem se jogou?

— Franny.

— Do que você está falando? Franny não se matou. Acabei de vê-la na sua casa.

Barry ouve o choro desesperado de Joe na ligação permeada por estática.

— Joe, você conhecia Ann Voss Peters?

— Sim.

— Qual era sua relação com ela?

— Éramos casados.

— Quê?

— É culpa minha Ann ter se matado. Eu vi um anúncio nos classificados: "Você gostaria de uma segunda chance?" Tinha um número de telefone, e eu liguei. Ann disse que tinha a Síndrome da Falsa Memória?

— Exato. — *E agora eu tenho também.* — Parece que você está sofrendo do mesmo mal. Dizem que se propaga por círculos sociais.

Joe ri, mas o som é cheio de remorso.

— A SFM não é o que as pessoas pensam.

— Você sabe o que é a SFM?

— Claro.

— Conte o que sabe.

A linha fica muda, e por um momento Barry pensa que a ligação caiu.

— Joe? Ainda está aí?

— Estou aqui.

— O que é a SFM?

— São pessoas como eu, que fizeram o que eu fiz. E só vai piorar.

— Por quê?

— Eu... — Faz-se um silêncio prolongado. — Não tenho como explicar. É uma coisa insana. Você precisa ver com os próprios olhos.

— E como eu faria isso?

— Quando liguei para o número do anúncio, eles fizeram uma entrevista comigo pelo telefone e depois me indicaram um hotel em Manhattan.

— Existem muitos hotéis em Manhattan, Joe.

— Não como aquele. Não é qualquer um que entra. *Eles* chamam você. O único acesso é por uma garagem subterrânea.

— Você sabe o endereço?

— Fica na 50th Street, entre a Lexington e a Terceira Avenida. Perto de um restaurante vinte e quatro horas.

— Joe...

— Essa gente é poderosa. Franny teve um colapso nervoso quando lembrou, e eles souberam. Foram à minha casa. Eles me ameaçaram.

— Quem são *eles*?

Silêncio.

— Joe? Joe?

A ligação caiu.

Barry liga novamente, mas vai direto para a caixa postal.

Ele olha pela janela — nada para ver lá fora além da escuridão interrompida ocasionalmente pelas luzes de uma casa ou uma estação.

Ele se concentra nas lembranças alternativas que surgiram em sua mente quando estava no restaurante. Continuam ali. Eventos que nunca vivenciou, mas que parecem tão reais quanto as lembranças normais, e ele não consegue solucionar aquele paradoxo.

Olha em volta: é o único passageiro no vagão.

Só o que ouve é o batimento constante do trem que segue acelerado pelos trilhos.

Ele toca o assento, passa os dedos no tecido.

Abre a carteira para conferir a carteira de motorista, depois olha o distintivo da polícia.

Respirando fundo, diz a si mesmo: *Você é Barry Sutton. Está em um trem vindo de Montauk a caminho de Nova York. Seu passado é seu passado. Não há como mudá-lo. Este momento é real. O trem. O vidro gelado da janela. A chuva escorrendo do outro lado. E você. Existe uma explicação lógica para essas lembranças falsas, para o que aconteceu com Joe e Ann Voss Peters, seja lá qual for. Para tudo isso. É só um enigma. E você é muito bom em decifrar enigmas.*

Que papo furado.

Ele nunca sentiu tanto medo na vida.

Quando Barry desce do trem, na estação Pennsylvania, já passa da meia-noite. Do céu arroxeado cai uma neve pesada, e uma camada fina já cobre as ruas.

Ele levanta a gola do casaco, abre o guarda-chuva e segue pela 34th Street.

As ruas e calçadas estão desertas.

A neve abafa o ruído de Manhattan, produzindo uma quietude rara.

Quinze minutos de caminhada rápida o levam até o cruzamento da 8th Avenue com a 50th Street, onde ele pega o sentido leste, atravessando as avenidas. Sente mais frio agora que avança no sentido contrário à nevasca, o guarda-chuva inclinado para a frente como um escudo contra o vento e a neve.

Na altura da Lexington Avenue, ele para e aguarda a passagem de três carros limpa-neve, e é quando um letreiro em neon vermelho do outro lado da rua chama sua atenção:

Restaurante McLachlan's
Café da manhã
Almoço
Jantar
Aberto 24 horas
Segunda a segunda

Barry atravessa a rua, para embaixo do letreiro e observa a neve cair através do brilho avermelhado, pensando que este só pode ser o restaurante que Joe mencionou ao telefone.

Já faz quase quarenta minutos que está andando por Nova York e começou a tremer de frio, a umidade da neve penetrando nos sapatos. Ele segue em frente, desviando de um mendigo que está sentado na calçada murmurando algo ininteligível e se balançando, abraçado às pernas. Depois passa por um mercadinho, uma loja de conveniência, uma loja cara de roupas femininas e um banco, todos já fechados.

Quase chegando à esquina, Barry para em frente a uma entrada para carros às escuras, que leva até uma garagem subterrânea. Acima há um prédio neogótico espremido entre dois arranha-céus de aço e vidro.

Fechando o guarda-chuva, ele entra pelo acesso de veículos e desce para a penumbra. Uns dez metros adiante, depara-se com uma porta de garagem em aço reforçado. Há um teclado numérico e, acima, uma câmera de segurança.

Merda. Parece que é o fim da linha por hoje. Só resta voltar amanhã e ficar na entrada esperando que alguém saia ou...

O barulho das engrenagens se movendo faz seu coração dar um pulo. Ele se vira: a porta da garagem está subindo devagar, e a luz que vem lá de dentro vai se esticando em direção à rua, já alcançando a ponta dos seus sapatos molhados.

Ir embora?

Entrar?

Pode nem ser o lugar certo.

A porta continua subindo, já na metade agora, mas não há ninguém do outro lado. Barry hesita, mas decide avançar e chega a um estacionamento, uma estrutura modesta que abriga uma dúzia de veículos.

Seus passos ecoam sob a luz incandescente que as lâmpadas halógenas no alto projetam.

Ele vê um elevador e, ao lado, uma porta, que presume que leve à escada.

A lâmpada acima do elevador se acende.

Ele ouve uma campainha.

Barry se abaixa atrás de um Lincoln MKX e, através do vidro escurecido da janela do carro, observa as portas do elevador se abrirem.

Vazio.

Que merda é essa?

Ele não deveria estar ali. Nada disso tem a ver com suas investigações em andamento, e, que ele saiba, nenhum crime foi cometido. Tecnicamente, *ele* é que está errado, invadindo o local.

Dane-se.

O elevador tem as paredes internas de metal escovado liso e aparentemente é acionado por algum controle externo.

As portas se fecham.

Seu coração martela no peito.

Barry engole em seco duas vezes para aliviar a pressão nos ouvidos, e depois de trinta segundos o elevador para abruptamente.

A primeira coisa que ele ouve quando as portas se abrem é Miles Davis — uma de suas canções lentas perfeitas do álbum *Kind of Blue* —, a música se propagando em um eco solitário, vindo do que parece ser o lobby de um hotel.

Ele sai do elevador e segue pelo piso de mármore. Há móveis soturnos de madeira escura por toda parte. Poltronas de couro, cadeiras pretas laqueadas. Um rastro de fumaça de charuto no ar.

Um quê de atemporal no ambiente.

Avança mais um pouco e se depara com um balcão de recepção vazio, em frente a uma parede de tijolinhos coberta de caixas de correio antigas, remanescentes de outra época, com as letras *HM* acima.

Ele ouve o leve tilintar de cubos de gelo num copo de vidro, e então vozes que vêm de um bar localizado junto a uma parede de vidro. Dois homens conversam em banquetas de assento de couro, enquanto uma atendente vestida de preto está lustrando copos.

O cheiro de charuto fica mais forte à medida que Barry se aproxima do bar, a fumaça formando uma atmosfera enevoada.

Barry se senta em uma banqueta e apoia os braços no balcão de mogno maciço. Pelas janelas próximas, vê os prédios e as luzes da cidade sob um véu de neve.

A atendente se aproxima.

É uma mulher bonita: olhos pretos e cabelo prematuramente grisalho preso com hashis. A plaquinha em sua camisa a identifica como TONYA.

— O que vai beber? — pergunta ela.

— Você tem uísque?

— Algum em especial?

— À sua escolha.

Ela se afasta para servir a bebida, e Barry olha discretamente para os homens sentados a várias banquetas de distância. Estão tomando uísque, e entre os dois, no balcão, há uma garrafa pela metade.

O homem mais próximo parece ter pouco mais de setenta anos, com esparsos fios grisalhos e uma magreza extrema que sugere uma doença terminal. Espirais de fumaça sobem do charuto em sua mão, que cheira a chuva no deserto.

O outro homem aparenta uma idade próxima à de Barry; rosto sem barba e sem expressão, olhos cansados.

— E você está aqui há quanto tempo, Amor? — pergunta ele ao mais velho.

— Uma semana, mais ou menos.

— Não lhe deram uma data?

— Vai ser amanhã.

— Não acredito. Parabéns!

Eles brindam.

— Está nervoso?

— Olha, não posso dizer que não. Mas eles fazem um trabalho intenso de preparação.

— E é verdade, tipo... Sem anestesia?

— Infelizmente, sim. Você chegou quando?

— Ontem.

Amor dá uma baforada.

Tonya reaparece com o uísque e coloca o copo na frente de Barry, em um guardanapo que tem os dizeres HOTEL MEMORY gravados em letras douradas.

— Já decidiu o que vai fazer quando voltar? — pergunta o homem mais novo.

Barry toma um gole do uísque: xerez, caramelo, frutas secas e álcool.

— Tenho algumas ideias. Isso aqui — diz Amor, erguendo o charuto —, nunca mais. E isso — aponta para o copo —, menos. Eu sou arquiteto, e tem um prédio em que sempre lamentei não ter investido. Poderia ter sido minha *magnum opus*. E você?

— Não sei. Me sinto muito culpado.

— Por quê?

— Não acha que é um pouco egoísta da nossa parte?

— As lembranças são *nossas*. Ninguém tem nada a ver com elas. — Amor toma o último gole de uísque no copo. — É melhor eu encerrar por hoje. Tenho um grande dia pela frente amanhã.

— É, também vou para meu quarto.

Os dois descem da banqueta, trocam um aperto de mãos e desejam boa sorte um ao outro. Barry os observa enquanto se dirigem aos elevadores.

Quando se vira novamente para o balcão, dá de cara com a atendente.

— Que lugar é esse, Tonya? — pergunta ele, mas sua boca está estranha, e as palavras saem meio emboladas, entorpecidas.

— O senhor não parece muito bem.

Ele sente algo se afrouxar atrás dos olhos.

O corpo se desconectando.

Olha para o copo. Olha para Tonya.

— Vince vai conduzi-lo a um dos quartos — diz ela.

Barry desce do banco, vacilando ligeiramente, e, ao se virar, depara-se com o olhar frio do homem que viu no restaurante em Long Island. Seu pescoço exibe uma tatuagem de mãos femininas o estrangulando.

Barry leva a mão à arma, mas é como tentar se mexer em areia movediça, e Vince já está com as mãos dentro de seu casaco, tirando o coldre de ombro com agilidade e enfiando a arma dele no cós da própria calça. Em seguida, pega o celular no bolso de Barry e o joga para Tonya.

— Sou da polícia — balbucia Barry.

— Eu também era.

— Que lugar é esse?

— Já vai descobrir.

A tontura está piorando.

Vince pega Barry pelo braço e o leva ao hall de elevadores próximo ao balcão da recepção. Ele chama um e empurra Barry para dentro.

Dali, Barry segue cambaleante por um corredor de hotel, o mundo derretendo à sua volta.

Percorre o macio carpete vermelho em zigue-zague, passando por arandelas vintage que lançam uma luz tênue nos lambris entre as portas dos quartos.

O número 1414 é projetado por uma luz na parede oposta que faz os algarismos se moverem lentamente, como se desenhassem a figura de um oito em volta do olho mágico.

Vince o arrasta para dentro e o joga na enorme cama com dossel, onde Barry se encolhe em posição fetal.

Prestes a perder a consciência, ele pensa: *Agora você ferrou tudo, não é?*

A porta do quarto bate.

Está sozinho, incapaz de se mexer.

As luzes da cidade em meio à nevasca atravessam a fina cortina na imensa janela, e a última coisa que Barry vê antes de apagar são os Vs ornamentados do Chrysler Building, brilhando como joias.

A boca está seca.

O braço esquerdo, dolorido.

O ambiente se cristaliza, entrando em foco.

Barry está reclinado em uma cadeira de couro — preta, elegante, moderna —, à qual está preso. Correias nos tornozelos, nos pulsos, uma na cintura, outra no peito. Um cateter intravenoso está inserido em seu braço esquerdo (daí a dor), e ao lado da cadeira há um carrinho de metal, do qual sai o tubo de plástico que se liga à sua corrente sanguínea.

Na parede diante dele há um terminal de computador e uma variedade de equipamentos médicos, incluindo (para sua considerável preocupação) um carrinho de emergência hospitalar. Do outro lado da sala, num nicho na parede, ele vê um objeto branco e liso do qual saem vários tubos e fios; parece um ovo gigante.

Num banco ao lado de Barry há um homem desconhecido. Tem uma barba comprida e desalinhada, olhos muito azuis que irradiam inteligência e uma intensidade desconfortável.

Barry abre a boca, mas não consegue formar palavras.

— Ainda zonzo?

— Aham.

O homem aperta um botão no carrinho ao lado. Barry vê um líquido transparente passar pela sonda em direção ao seu braço. Sua visão fica nítida. Ele se sente despertar na mesma hora, como se tivesse acabado de injetar uma dose de cafeína, e com a consciência vem o medo.

— Melhor agora? — pergunta o homem.

Barry tenta virar a cabeça, mas descobre que está imobilizada. Não consegue mexê-la nem um milímetro para o lado.

— Sou da polícia.

— Eu sei — diz o homem. — Sei bastante sobre você, inspetor Sutton, inclusive que é um homem de muita sorte.

— Por que diz isso?

— Por causa do seu passado, decidi não matá-lo.

Isso é bom? Ou esse homem está apenas brincando com ele?

— Quem é você?

— Não importa. Em breve vou lhe dar o maior presente da sua vida. O maior presente que se pode sonhar em receber. Agora, se não se incomoda — diz ele, a cortesia paradoxalmente assustadora —, gostaria de fazer algumas perguntas antes de começarmos o procedimento.

Barry sente o cérebro ficar cada vez mais alerta, os resquícios de confusão mental se desfazendo ao recobrar a última lembrança antes de ter apagado: o corredor do hotel e o quarto 1414.

— Sua visita à casa de Joe e Franny Behrman foi oficial? Fazia parte de alguma investigação? — pergunta o homem.

— Como sabe disso?

— Apenas responda.

— Não. Só queria satisfazer minha curiosidade.

— Algum colega ou superior sabe que você foi a Montauk?
— Ninguém.
— Você conversou com alguém sobre Ann Voss Peters e Joe Behrman?

Embora tenha falado com Gwen sobre a SFM no domingo, ele tem quase certeza de que não há como alguém saber disso. Então mente.

— Não.

O sistema de rastreamento está ativado em seu celular. Barry não faz ideia de quanto tempo passou inconsciente, mas, supondo que ainda seja a manhã de terça-feira, sua ausência no trabalho só será notada no fim da tarde. Dali a várias horas. Ele não tem compromissos marcados. Ninguém com quem tenha combinado de jantar ou beber. Podem se passar dias até que alguém dê por sua falta.

— Vão começar a procurar por mim — diz Barry.
— Nunca vão encontrar você.

Barry inspira devagar, tentando conter o pânico crescente. Ele precisa convencer esse homem a soltá-lo usando apenas sua lábia e sua lógica.

— Eu não sei quem você é. Não sei o que fazem aqui. Mas se me soltarem agora, nunca mais vão ouvir falar de mim. Prometo.

O homem se levanta do banco e vai até o computador. Diante do imenso monitor, digita algo no teclado. No instante seguinte, o estranho equipamento acoplado à sua cabeça começa a emitir um zunido quase imperceptível, como um mosquito.

— O que é isso? — insiste Barry, seu coração acelerando, o medo embotando seu raciocínio. — O que quer comigo?

— Quero que me conte sobre a última vez que viu sua filha viva.

Movido por uma fúria pura e cegante, Barry força as amarras de couro, usando toda a sua força na tentativa de libertar a cabeça do que quer que a esteja prendendo. O couro guincha. Sua cabeça não se move. Gotas de suor brotam em seu rosto e escorrem para o olho, mas nem levantar as mãos para aliviar a ardência ele pode.

— Eu vou matar você!

O homem se inclina para a frente, a centímetros dele, os olhos azuis frios. Barry sente cheiro de perfume caro, sente o amargor de café no hálito dele.

— Não estou provocando você — diz o homem. — Estou tentando ajudá-lo.

— Vai se foder.

— Você veio ao *meu* hotel.

— Ah, é? Aposto que disse a Joe Behrman exatamente o que ele deveria falar para me fazer vir aqui.

— Ok, você tem uma escolha simples: ou responde honestamente às minhas perguntas, ou morre aí mesmo onde está.

Preso à cadeira, Barry não tem escolha. Só lhe resta obedecer, manter-se vivo até enxergar uma brecha, uma chance, por menor que seja, de fugir.

— Tudo bem — responde, contrariado.

O homem ergue a cabeça e diz para o teto:

— Computador, iniciar sessão.

Uma voz feminina robótica responde: *Nova sessão iniciada.*

O homem fita Barry.

— Agora me conte como foi a última vez que viu sua filha viva, e não omita nenhum detalhe.

HELENA

29 DE MARÇO DE 2009 - 20 DE JUNHO DE 2009

Dia 515

Na saída da doca de carregamento, Helena fecha a jaqueta corta-vento, pensando que a ventania parece um fantasma de voz grave rugindo do outro lado da porta. Durante toda a manhã, os ventos sopraram a uma velocidade que chegou a cento e vinte quilômetros por hora, o bastante para lançá-la longe.

Abrindo a porta com força, ela encara um mundo cinzento em que o vento faz a chuva cair inclinada, e prende o mosquetão de seu arnês ao cabo estendido na extensão da plataforma. Embora conheça a potência da ventania, não se sente pronta para a violência que às vezes quase a arranca do chão. Então toma coragem, prepara-se e sai.

A plataforma está encoberta por um véu cinza, e só o que ela ouve é o frenesi alucinado do vento e as agulhadas da chuva atingindo o capuz do casaco como chumbo.

Ela leva dez minutos para atravessar a plataforma, cada passo uma batalha vencida contra o constante desequilíbrio. Por fim, chega ao seu lugar preferido na Estação — a ponta nordeste —, onde se senta com as pernas pendendo da beirada e fica olhando as ondas de vinte metros se quebrarem nas pernas da plataforma.

Os últimos dois membros da Infraestrutura foram embora ontem, antes de a tempestade cair. Seu pessoal não apenas se opôs à nova diretiva de "botar pessoas num tanque de isolamento e parar o coração delas" — com exceção de Helena e Sergei, todos os envolvidos abandonaram o projeto e exigiram voltar para casa imediatamente. Sempre que se sente culpada por ter ficado, ela pensa na mãe e nas outras pessoas que sofrem de Alzheimer, mas é um consolo ínfimo.

Mesmo porque ela tem certeza de que Slade não a deixaria ir embora.

Jee-woon foi buscar profissionais para a equipe médica e novos engenheiros para construir o tanque de isolamento. Assim, Helena está sozinha com Slade e uma tripulação de mortos-vivos na Estação.

Aqui, na beirada da plataforma, é como se o mundo gritasse em seu ouvido.

Erguendo o rosto para o céu, ela grita de volta.

Dia 598

Alguém bate à porta. Estendendo a mão para a escuridão, ela acende o abajur e se levanta. Está de calça de pijama e uma regata preta. O relógio na mesa marca 9h50 da manhã.

Ela vai até a sala e, ao lado da porta, aperta o botão na parede para subir o blecaute.

Slade está no corredor de calça jeans e um casaco de moletom. Faz semanas que ela não o vê.

— Merda, acordei você — diz ele.

Ela o fita com os olhos semicerrados, sob o brilho forte das luminárias de LED do teto.

— Posso entrar?
— Eu tenho escolha?
— Por favor, Helena.

Ela recua um passo para dar passagem a ele e o acompanha pelo pequeno corredor de entrada, passando pela porta do lavabo, até a sala.

— O que você quer?

Ele se senta em um pufe que faz conjunto com uma poltrona larga junto à janela com vista para um mundo de águas infinitas.

— Ouvi dizer que você não tem comido nem se exercitado. Que não fala com ninguém e não sai do quarto há dias.

— Por que não posso falar com meus pais? Por que está me impedindo de ir embora?

— Você não está bem, Helena. No momento, seu estado mental é um risco para o sigilo da Estação.

— Já falei que estou fora do projeto. Minha mãe foi internada, e não sei nada sobre o estado de saúde dela. Meu pai não ouve minha voz há um mês, e sei que ele está preocupado com...

— Sei que não percebe isso agora, mas estou protegendo você de si mesma.

— Ah, vai se foder.

— Você quer sair porque discorda da direção que estamos tomando. Só estou lhe dando tempo para repensar a ideia antes de jogar fora tudo que alcançamos.

— O projeto era *meu*.

— Mas o dinheiro é meu.

As mãos dela tremem. De medo. De raiva.

— Eu não vou compactuar com isso. Você destruiu meu sonho. Você me impediu de ajudar minha mãe e outras pessoas. Quero ir para casa. Você vai continuar me mantendo presa aqui contra minha vontade?

— Claro que não.

— Então posso ir embora?

— Você se lembra do que lhe perguntei no dia em que chegou?

Ela balança a cabeça, as lágrimas brotando nos olhos.

— Eu perguntei se você queria mudar o mundo comigo. Temos diante de nós todo o trabalho brilhante que você realizou, e vim aqui hoje lhe dizer que estamos quase lá. Esqueça tudo que aconteceu. Vamos cruzar a linha de chegada juntos.

Ela o encara do outro lado da mesinha, as lágrimas escorrendo.

— O que você está sentindo? — pergunta ele. — Pode me contar.

— Sinto que você roubou meu sonho.

— Nada estaria mais longe da verdade. Eu entrei em cena quando sua visão estava embaçada. É o que parceiros fazem. Hoje é o dia mais importante da nossa vida. O tanque de isolamento está pronto. O equipamento de reativação foi adaptado para funcionar dentro. Vamos fazer um novo teste em dez minutos, e esse vai ser pra valer.

— Quem é o voluntário?

— Não importa.

— Eu me importo.

— É um cara que está recebendo vinte mil dólares para fazer o maior dos sacrifícios pela ciência.

— E você avisou a ele dos sérios perigos do experimento?

— Ele está ciente dos riscos. Olha, se você quiser mesmo ir para casa, faça suas malas e esteja no heliporto ao meio-dia.

— E quanto ao contrato que assinei?

— Nosso acordo foi de três anos, então você vai quebrar o contrato. Vai perder sua remuneração, participação nos lucros, tudo. Você sabia as regras do jogo quando entrou. Mas se quiser terminar o que começamos, venha comigo ao laboratório agora. O dia de hoje vai entrar para a história.

BARRY

6 DE NOVEMBRO DE 2018

Preso a uma cadeira como se em um pesadelo, Barry responde:

— Foi no dia 24 de outubro. Onze anos atrás.

— Qual é a primeira coisa que lhe vem à mente quando pensa nesse dia? — pergunta o homem. — Que imagem ou sentimento mais forte?

Barry se vê em uma sobreposição de emoções das mais estranhas. Quer quebrar a cara desse homem, mas, ao pensar em Meghan naquela noite, ele próprio é que se quebra por dentro.

— Quando encontrei o corpo dela — responde, num tom frio.

— Desculpe se não fui claro. Quis dizer antes da morte.

— A última vez em que falei com ela.

— É isso que quero que você descreva.

Barry olha para o outro lado da sala, trincando os dentes.

— Por favor, continue, inspetor Sutton.

— Eu estava na minha poltrona, na sala, vendo a série final do campeonato de beisebol.

— Você lembra quem estava jogando?

— Red Sox e Rockies. Segundo jogo. O Sox tinha ganhado o primeiro e acabaria conquistando o título com quatro vitórias seguidas.

— Para qual time você estava torcendo?

— Para nenhum, na verdade. Acho que queria ver o Rockies empatar, para ficar mais emocionante. Por que está fazendo isso comigo? Qual é o sentido de...

— Então você estava sentado na poltrona...

— Devia estar tomando uma cerveja.

— Julia estava com você?

Meu Deus. Ele sabe o nome dela.

— Não. Acho que estava vendo outra coisa na tevê do quarto. Já tínhamos jantado.

— Os três juntos?

— Não lembro. Provavelmente. — Barry de súbito sente uma pressão esmagadora no peito. — Faz anos que eu não falo sobre aquela noite.

O homem permanece sentado no banco, em silêncio, passando a mão na barba e avaliando Barry com frieza, esperando que continue.

— Então Meghan apareceu na sala. Não tenho certeza de que era o que ela estava vestindo, mas por algum motivo sempre me lembro dela naquela noite de calça jeans e com um suéter azul-turquesa que sempre usava.

— Quantos anos sua filha tinha?

— Faltavam dez dias para completar dezesseis anos. Ela parou em frente à mesa de centro... dessa parte tenho certeza... e ficou ali de pé, entre mim e a tevê, com as mãos na cintura e uma expressão séria no rosto.

Lágrimas se acumulam nos olhos de Barry.

— Ainda é uma recordação bastante forte para você — diz o homem. — Muito bom.

— Por favor, não me obrigue a...

— Continue.

Barry respira fundo, tentando recuperar algum resquício de equilíbrio mental. Por fim, ele prossegue:

— Era a última vez que eu olharia nos olhos da minha filha. E eu não sabia. Fiquei me inclinando para um lado e para outro, tentando ver a tevê.

Ele não quer chorar na frente desse homem. Nossa, tudo menos isso.

— Continue.

— Ela perguntou se podia ir ao Dairy Queen. Ela ia lá várias noites por semana, para fazer algum trabalho da escola ou encontrar os amigos. Comecei o interrogatório padrão: Sua mãe deixou? Não, ela estava pedindo para mim. Você terminou o dever? Não, mas um dos motivos para ela querer ir até lá era encontrar Mindy, sua dupla num trabalho de biologia. Quem mais iria? Uma lista de nomes, a maioria conhecida. Lembro que olhei o relógio: eram oito e meia da noite e ainda estava nas primeiras entradas do jogo. Falei que ela podia ir, mas que precisava voltar antes das dez. Ela tentou negociar para as onze, mas eu disse: "Não, amanhã tem aula, você precisa dormir cedo." Então ela concordou e se dirigiu à porta. — Ele faz uma pausa. — Lembro que eu a chamei logo antes de ela sair e disse que a amava.

As lágrimas caem, a emoção faz seu corpo inteiro tremer, mas as amarras o mantêm preso com firmeza à cadeira.

— A verdade é que não sei se fiz isso. Acho que não, provavelmente só voltei a assistir ao jogo e me esqueci dela até passar das dez da noite e eu me perguntar por que ela ainda não tinha voltado.

— Computador, encerrar sessão — diz o homem, antes de acrescentar: — Obrigado, Barry.

Ele se inclina e passa as costas da mão no rosto de Barry, secando suas lágrimas.

— Qual o sentido disso? — pergunta Barry, arrasado. — É pior do que qualquer tortura física.

— Vou lhe mostrar.

O homem aperta um botão no carrinho hospitalar.

Barry olha para a sonda em seu braço e para o líquido transparente que avança em direção à sua veia.

HELENA

20 DE JUNHO DE 2009

Dia 598

O homem é magro e alto, os braços finos cheios de marcas de agulha. Em seu ombro esquerdo há o nome *Miranda* — a tatuagem parece recente, pois ainda está vermelha e inflamada. Acoplaram à cabeça dele uma espécie de capacete prateado que se encaixa tão perfeitamente quanto um gorro, embora um pouco mais espesso, e um segundo dispositivo, do tamanho de um apagador de quadro-negro, foi afixado ao seu antebraço esquerdo. Afora os equipamentos, ele está nu diante de uma estrutura branca em forma de concha que lembra um ovo. Um homem e uma mulher estão de prontidão na lateral da sala, ao lado de um carro hospitalar de emergência.

Helena acompanha tudo pelo espelho falso na sala de controle contígua. Está sentada em frente aos monitores, entre Marcus Slade e o dr. Paul Wilson, responsável pela equipe médica. À esquerda de Slade está Sergei, o único membro da equipe original que permaneceu na plataforma.

Alguém toca seu ombro. Helena se vira e se depara com Jee-woon, que acabou de entrar discretamente na sala e se sentou atrás dela.

Inclinando-se para a frente, ele sussurra no ouvido dela:

— Fico muito feliz que você tenha decidido participar desse momento conosco. O laboratório não é o mesmo sem você.

Slade olha para Sergei, que está concentrado em uma tela que exibe uma imagem em alta resolução do crânio da cobaia.

— Como estamos nas coordenadas de reativação? — pergunta Slade.

— Tudo perfeito.

Slade se vira para o médico.

— Paul?

— Quando quiser.

Slade aperta um botão no seu headset.

— Reed, estamos todos prontos. Pode entrar, por favor.

O homem magro não se mexe. Fica ali de pé, tremendo, olhando para o tanque pela escotilha aberta. As luzes dão uma tonalidade azulada à sua pele, exceto pelas marcas de agulha, que adquirem um brilho avermelhado em contraste com sua palidez doentia.

— Reed? Está me ouvindo?

— Sim.

A voz do homem chega por quatro alto-falantes posicionados nos cantos da sala de controle.

— Pronto para começar?

— Sim, eu só... E se doer? Não sei o que esperar.

Ele olha para o espelho falso; seu rosto tem um aspecto abatido e emaciado, as costelas aparecendo sob a pele.

— Você pode esperar aquilo que conversamos — diz Slade. — O dr. Wilson está aqui ao meu lado. Quer dizer alguma coisa, Paul?

O homem de cabelo grisalho ondulado coloca o fone.

— Reed, estou acompanhando seus sinais vitais, e vou monitorá-los em tempo real, e temos um plano de contingência completo, se houver alterações sérias.

Slade acrescenta:

— Não se esqueça do bônus que prometi se o teste for bem-sucedido.

Reed volta a dirigir seu olhar vazio ao tanque.

— Ok — diz ele, parecendo se convencer. — Ok, vamos lá.

Ele se segura nos apoios das laterais do tanque e entra vacilante, o barulho da água audível pelos alto-falantes.

— Reed, nos avise quando estiver confortável.

Depois de um momento, o homem diz:

— Estou boiando.

— Se você estiver de acordo, vou fechar a escotilha agora.

Dez tensos segundos se passam.

— Tudo bem por aí, Reed?

— Aham, tudo bem.

Slade aciona um comando no teclado. A escotilha se abaixa lentamente, fechando-se com ajuste perfeito.

— Reed, estamos prontos para apagar as luzes e começar. Como se sente?

— Acho que estou pronto.

— Lembra-se de tudo que nós dois discutimos pela manhã?

— Acho que sim.

— Preciso que você tenha certeza.

— Tenho certeza.

— Ótimo. Vai dar tudo certo. Quando se encontrar comigo de novo, diga que o nome da minha mãe é Susan. Assim vou saber.

Slade reduz a luz até ficarem totalmente no escuro. Um monitor antes inativo se acende, exibindo as imagens ao vivo de uma câmera de visão noturna instalada no alto do tanque, voltada diretamente para Reed. O monitor o mostra boiando de costas na água salinizada. Slade abre um timer no monitor central e o ajusta para cinco minutos.

— Reed, esta é minha última comunicação com você. Vamos lhe dar alguns minutos para relaxar e se concentrar. Depois daremos início.

— Tudo bem.

— Boa sorte. Você vai fazer história hoje.

Slade aciona a contagem regressiva no timer e retira o headset.

— Que tipo de lembrança vocês vão reativar? — pergunta Helena.

— Você notou uma tatuagem no ombro esquerdo dele?

— Sim.

— Fizemos ontem de manhã. E à noite nos dedicamos ao mapeamento da lembrança.

— Por que uma tatuagem?

— Por causa da dor. Eu queria uma experiência intensa e codificada recentemente.

— E um viciado em heroína foi o melhor voluntário que você conseguiu?

Slade não responde. Está totalmente transformado, cruzando um limite que ela jamais consideraria ultrapassar. Helena nunca imaginou que encontraria alguém mais determinado e obcecado do que ela.

— Ele ao menos sabe no que está se metendo? — pergunta ela.

— Sim.

Helena acompanha a passagem do tempo no timer. Segundos e minutos indo embora.

Ela olha novamente para Slade.

— Isso está muito além dos limites de um experimento científico responsável.

— Concordo.

— E você não se importa?

— O tipo de avanço que tenho em mente não acontece em águas rasas.

Helena observa a tela que mostra Reed boiando dentro do tanque.

— Então está disposto a arriscar a vida desse homem?

— Sim. Assim como ele próprio. Ele compreende a situação. Acho bastante heroico da parte dele. Além do mais, quando terminarmos, vai poder se internar em uma clínica de reabilitação de luxo. E, se isso funcionar, você e eu estaremos tomando champanhe no seu apartamento... — Ele olha para o Rolex no pulso. — Daqui a dez minutos.

— Do que está falando?

— Você vai ver.

Todos aguardam os últimos dois minutos em um silêncio tenso. Até que o timer soa.

— Paul? — chama Slade.

— A postos.

Slade olha para a extremidade da mesa de controle, para o homem no controle dos estimuladores.

— Sergei?

— Quando quiser.

— Reanimação?

— Desfibrilador carregado.

Slade assente para Paul.

RECURSÃO

O médico respira fundo e aperta uma tecla.

— Um miligrama de rocurônio liberado.

— O que é isso? — pergunta Helena.

— Um bloqueador neuromuscular — explica o dr. Wilson.

— Aconteça o que acontecer, temos que impedir que ele se debata lá dentro. Pode destruir o equipamento.

— Ele sabe que vai ser paralisado temporariamente?

— Claro.

— Como as drogas estão sendo administradas?

— Por uma sonda sem fio no braço direito. É basicamente uma versão do coquetel de injeção letal, só que sem o sedativo.

— 2,2 miligramas de tiopental sódico liberados — diz o médico.

Helena divide sua atenção entre o monitor que mostra o interior do tanque e a tela do médico, que mostra a pulsação, a pressão sanguínea, a frequência cardíaca e vários outros sinais vitais.

— Pressão sanguínea caindo — diz o dr. Wilson. — Frequência cardíaca reduzida a cinquenta por minuto.

— Ele está sentindo dor? — pergunta Helena.

— Não — responde Slade.

— Como pode ter certeza?

— Vinte e cinco batimentos por minuto.

Helena se aproxima do monitor, observando o rosto de Reed nos tons verdes da visão noturna. Está de olhos fechados e não dá sinais visíveis de dor. Parece plácido, na verdade.

— Dez batimentos por minuto. Pressão trinta por cinco.

De repente, ouve-se na sala de controle o tom contínuo da linha reta de uma parada cardíaca.

O médico interrompe o som e diz:

— Hora da morte: 10h13.

No tanque, Reed não mostra alteração alguma, continua boiando na água salinizada.

— Quando vão revivê-lo? — pergunta Helena.

Slade não responde.

— Pronto — diz Sergei.

Uma nova janela surgiu no monitor do médico. *Tempo decorrido da parada cardíaca: 15 segundos.*

Quando o relógio chega a um minuto, o médico informa:

— Liberação de DMT detectada.

— Sergei — diz Slade.

— Iniciando programa de reativação de memória. Acionando estimuladores...

O médico continua atento aos sinais vitais, agora indicando basicamente os níveis de oxigenação no cérebro e a atividade cerebral. Sergei também informa algo a cada dez segundos, mais ou menos, mas, para Helena, as vozes deles estão emudecidas. Não consegue tirar os olhos do homem no tanque, perguntando-se o que ele está vendo e sentindo. Perguntando-se se ela própria estaria disposta a morrer para experimentar todo o poder de sua invenção.

O relógio chega à marca de dois minutos e trinta segundos.

— Programa de memória concluído — avisa Sergei.

— Repita — ordena Slade.

Sergei olha para ele, surpreso.

— Marcus — diz o médico —, em cinco minutos as chances de trazê-lo de volta são praticamente nulas. As células do cérebro estão morrendo rapidamente.

— Eu conversei com Reed sobre isso hoje cedo. Ele está preparado.

— Tirem-no de lá — diz Helena.

— Também não me sinto confortável com isso — diz Sergei.

— Por favor, confiem em mim. Inicie a reativação mais uma vez.

Com um suspiro, Sergei digita algo rapidamente.

— Iniciando programa de reativação de memória. Acionando estimuladores.

Como Helena continua olhando furiosa para Slade, ele diz:

— Jee-woon tirou esse homem de um antro de drogas numa das piores partes de São Francisco, inconsciente, a agulha ainda no braço. Provavelmente estaria morto se não fosse por...

— Isso não é justificativa.

— Eu entendo que você se sinta assim. Vou pedir mais uma vez, a todos vocês, que apenas confiem um pouquinho mais. Reed vai ficar bem.

O dr. Wilson intervém:

— Marcus, se você tem alguma intenção de reviver o sr. King, sugiro que oriente minha equipe a tirá-lo da câmara imediatamente. Mesmo que seja possível reanimarmos o coração, se ele perder as funções cognitivas não terá utilidade alguma para você.

— Não vamos tirá-lo do tanque.

Sergei se levanta para sair da sala.

Helena faz o mesmo, indo atrás dele.

— A porta está trancada — diz Slade. — E, mesmo que saiam, meus seguranças estão de prontidão. Sinto muito. Pressenti que vocês perderiam o controle quando chegássemos a esse momento.

O médico diz no microfone:

— Dana e Aaron, quero que tirem o sr. King do tanque e o reanimem imediatamente.

Helena encara o vidro: os médicos junto ao carro de emergência não se mexem.

— Aaron! Dana!

— Eles não estão ouvindo — pergunta Slade. — Eu desliguei a comunicação externa logo depois de iniciada a sequência de liberação das drogas.

Sergei esmurra a porta de metal com o ombro.

— Você quer mudar o mundo? — diz Slade. — É isso que é preciso. É essa a sensação. Momentos de resolução inabalável.

Dentro do tanque, Reed não mexe um músculo.

A água está perfeitamente calma.

Helena olha para o monitor do médico. *Tempo decorrido da parada cardíaca: 304 segundos.*

— Passou de cinco minutos — diz ela ao dr. Wilson. — Ainda temos chance?

— Não sei.

Helena corre até uma cadeira vazia e a pega. Jee-woon e Slade só entendem tarde demais o que ela pretende fazer, e os dois se levantam num pulo para impedi-la.

Ela ergue a cadeira na altura do ombro e a arremessa no espelho falso.

Mas não chega a atingi-lo.

BARRY

6 DE NOVEMBRO DE 2018

Está de olhos abertos, mas não vê nada. Não tem noção do tempo. Podem ter se passado anos. Ou segundos. Pisca, mas nada muda. *Eu morri?*, ele se pergunta. Inspira fundo, o peito se expandindo, e solta o ar. Quando ergue o braço, ouve o barulho de água e sente algo deslizando por sua pele.

Está boiando, de costas, sem esforço, em uma piscina da temperatura exata de sua pele. Quando está imóvel, não sente nada ao seu redor, e mesmo agora, quando para de se mexer, a sensação é de que seu corpo não tem início nem fim.

Quer dizer... ele sente uma coisa. Tem algo preso em seu braço esquerdo.

Levando a mão direita ao local, sente o que parece um invólucro de plástico grosso. Uns três centímetros de largura, mas comprido, talvez dez centímetros. Tenta arrancar, mas foi colado ou costurado à pele.

— Barry.

É a voz do homem no banco, que o obrigou a falar sobre Meghan enquanto o mantinha preso a uma cadeira.

— Onde estou? O que está acontecendo?

— Você precisa se acalmar. Respire.

— Eu morri?

— Eu estaria mandando você respirar se estivesse morto? Não, você não está morto, e sua localização é irrelevante no momento.

Barry ergue o braço, e seus dedos encontram, na escuridão, uma superfície meio metro acima. Procura uma alavanca, um botão, algum jeito de abrir essa coisa, mas as paredes são lisas, não há nada.

Então sente uma leve vibração no dispositivo preso ao braço esquerdo. Tenta tocá-lo de novo, mas nada acontece. O braço direito se recusa a se mexer.

Tenta levantar o outro braço: nada.

Depois a perna, a cabeça, os dedos.

Não consegue nem piscar, e quando tenta falar, a boca não abre.

— Isso é efeito do bloqueador neuromuscular — diz o homem, a voz saindo de algum lugar na escuridão acima. — A vibração que você sentiu foi a droga sendo injetada. Infelizmente, precisamos mantê-lo consciente. Não vou mentir, Barry, os próximos minutos vão ser bastante desconfortáveis.

O pavor o domina, o terror mais profundo que já sentiu na vida. Não consegue fechar os olhos e continua tentando se mexer — braços, pernas, dedos, qualquer coisa —, mas nada obedece. É como tentar obrigar o coração a parar de bater voluntariamente. E mesmo assim o verdadeiro horror é o que acontece agora: não consegue contrair o diafragma.

Ou seja, não consegue respirar.

É varrido por um tornado de pânico, e por fim vem a dor, e cada segundo que passa aumenta a desesperadora necessidade de inspirar oxigênio. Mas ele perdeu o controle sobre o próprio corpo. Não consegue gritar, debater-se nem implorar por sua vida, o que certamente faria se pudesse emitir qualquer som.

— Você deve ter percebido que não consegue mais respirar. Isso não é sadismo, Barry, juro que não. Vai acabar logo, logo.

Ele só consegue ficar ali deitado na escuridão absoluta, ouvindo a gritaria em sua mente e a torrente de pensamentos acelerados, enquanto o único som de fato são as batidas trovejantes de seu coração, cada vez mais acelerado.

Então o dispositivo no braço esquerdo vibra de novo.

Uma dor lancinante corre por suas veias, e o martelar de seu coração desacelera instantaneamente, reagindo ao que foi lançado em sua corrente sanguínea. Começa a bater mais devagar.

E mais.

E mais.

E mais.

Até que Barry já não consegue mais ouvir nem sentir o coração.

O silêncio agora é absoluto.

Neste momento, ele sabe que o sangue parou de circular em seu corpo.

Não consigo respirar e meu coração parou. Estou morto. Clinicamente morto. Então como continuo pensando? Como continuo consciente? Quanto tempo mais isso vai durar? A dor vai piorar? Será mesmo meu fim?

— Acabei de fazer seu coração parar, Barry. Preste atenção. Você precisa se concentrar a partir de agora, senão vamos perdê-lo. Se chegar ao outro lado, lembre-se do que fiz por você. Não deixe que aconteça de novo. Você pode mudar tudo.

Uma explosão de cores estoura em seu cérebro privado de oxigênio e sangue: um show de luzes para um homem morto, cada flash mais próximo e mais luminoso que o anterior.

Até o momento em que tudo que ele vê é uma brancura cegante que já começa a se apagar, adquirindo tons de cinza em direção ao preto, e ele sabe o que o aguarda ao fim desse espectro: a morte. Mas talvez o fim da dor. Dessa brutal sede de ar. Ele está pronto. Para qualquer coisa que faça isso acabar.

Então sente um cheiro. Estranho, porque é um cheiro que lhe provoca uma resposta emocional ainda indefinida, mas que traz junto a dor da nostalgia. Barry leva um instante para se dar conta de que esse era o cheiro que pairava em sua casa depois que ele, Meghan e Julia acabavam de jantar. Mais especificamente, o cheiro do bolo de carne com cenoura e batata que Julia fazia. Em seguida vem o aroma de cevada, malte e levedura. Cerveja, mas não qualquer cerveja. Rolling Rock, as garrafas verdes que ele comprava.

Outros elementos surgem e se fundem, formando um aroma mais complexo que o de qualquer vinho. Um aroma que ele reconheceria em qualquer lugar: o da casa em Jersey City onde morou com a ex-esposa e a falecida filha.

O cheiro do seu lar.

De repente, ele sente o sabor da cerveja e, na boca, a presença constante dos cigarros que fumava.

Seu cérebro rompe o branco evanescente com uma imagem borrada, de contornos indefinidos, mas que rapidamente entra em foco. Uma televisão. Na tela, um jogo de beisebol. A imagem aparece claramente, em preto e branco no início, mas depois as cores se espalham por tudo.

O estádio de Fenway Park.

O gramado verde sob os holofotes potentes.

A multidão.

Os jogadores.

A argila vermelha da base do arremessador e Curt Schilling em sua posição, a mão na luva, olhando para Todd Helton na última base.

É como se a lembrança se formasse pouco a pouco diante dele. Primeiro a estrutura de cheiros e gostos. Depois os andaimes do campo de visão. Então o revestimento do tato, quando ele sente, realmente *sente*, o couro macio e fresco da poltrona em que está sentado, com os pés no suporte, e ele vira a cabeça, e com a mão — *sua mão* — pega a garrafa de Rolling Rock do porta-copos na mesa ao lado.

Quando alcança a garrafa, sente a condensação gelada no vidro verde, e quando a leva aos lábios, é surpreendido pela realidade do sabor e do cheiro. Não são as sensações de uma mera lembrança, mas sim de algo que está acontecendo *agora*.

Ele tem a aguda consciência não apenas da lembrança em si, mas de sua perspectiva daquele momento. É diferente de qualquer recordação, porque ele está *dentro* do momento, olhando em volta pelos olhos de uma versão mais jovem de si mesmo e vendo o filme de sua antiga vida se desenrolar diante de si como um observador imerso.

A dor da morte se tornou uma estrela distante, quase morta, e agora ele começa a ouvir — apenas pinceladas de sons a princípio, abafados e indistintos, mas aos poucos crescendo em volume e clareza, como se lentamente girassem o botão do aparelho.

Os locutores do jogo na tevê.

Um telefone tocando em casa.

Passos no piso de madeira do corredor.

Então Meghan está diante dele. Ele olha para a filha, e ela está mexendo a boca, e ele ouve sua voz — muito fraca, muito distante para distinguir as palavras —, só absorve o tom familiar que há onze anos vem se apagando de sua memória.

Ela é linda. É cheia de vida. Está parada na frente da tevê, a mochila no ombro, de calça jeans e suéter azul-turquesa, o cabelo preso num rabo de cavalo.

É intenso demais. Pior que a tortura da asfixia, mas igualmente fora de seu controle, porque não é uma lembrança que ele esteja buscando por conta própria. De alguma forma, está sendo projetada em sua mente, contra sua vontade, e lhe ocorre que talvez haja um motivo para nossas lembranças serem armazenadas com um ar nebuloso e desfocado. Talvez a abstração que as reveste sirva como um anestésico, um amortecedor que nos protege da agonia do tempo e de tudo que ele rouba e apaga de nossa vida.

Ele quer parar de relembrar isso, mas não consegue. Todos os seus sentidos estão ativos. Tudo é tão claro e vívido como a vida real. Com a diferença de que ele não tem controle algum. Não pode fazer nada além de acompanhar com os olhos de seu eu de onze anos atrás e reviver a última conversa que teve com a filha, sentindo a vibração da laringe e o movimento da boca e da língua pronunciando as palavras.

— Você falou com a sua mãe?

Sua voz não soa estranha. Parece exatamente igual ao que ele ouve quando fala.

— Não, estou pedindo para você.

— Você terminou o dever?

— É isso o que vou fazer lá.

Barry sente seu outro eu inclinar o corpo para ver a tevê, onde Todd Helton consegue rebater a bola. O corredor da terceira-base marca, mas Helton é eliminado.

— Você não está me ouvindo, pai!

— Estou ouvindo, sim.

Ele volta a olhar para ela.

— Eu e Mindy temos um trabalho para entregar na quarta que vem.

— Trabalho de quê?

— De biologia.

— Quem mais vai estar lá hoje?

— Ai, caramba. Eu, Mindy, talvez o Jacob, e o Kevin e a Sarah com certeza.

Barry vê a si mesmo levantando o pulso esquerdo para olhar o relógio, o mesmo que dali a dez meses ele vai perder durante a mudança, quando sair dessa casa por conta do explosivo fim de seu casamento após a morte de Meghan.

São oito e meia da noite.

— Eu posso ir ou não?

Não a deixe ir.

O Barry mais jovem vê o próximo jogador do Rockies entrar em campo.

Não a deixe ir!

— Você volta antes das dez?

— Onze.

— Onze é só no fim de semana, você sabe disso.

— Dez e meia.

— Então é melhor não ir.

— Tá bom, dez e quinze.

— Está de brincadeira?

— É uma caminhada de dez minutos até o Dairy Queen. A não ser que você queira me levar de carro.

Uau. Ele tinha bloqueado essa parte, é dolorosa demais. Ela sugeriu que ele a levasse, e ele se negou. Se tivesse seguido sua sugestão, ela ainda estaria viva.

Isso! Vá levá-la! Vá levá-la, seu idiota!

— Eu estou vendo o jogo, meu bem.

— Dez e meia, então?

Ele sente um sorriso se formando, lembra-se perfeitamente da antiga sensação de perder uma negociação para a filha. Da irritação, mas também do orgulho por estar criando uma mulher firme, decidida, que lutava pelo que queria. Lembra-se de torcer para que ela mantivesse essa chama acesa quando ficasse adulta.

— Tudo bem — concorda ele, e Meghan se dirige à porta de casa. — Mas nem um minuto a mais. Promete?

Não deixe que ela saia.

Não deixe!

— Prometo, pai.

As últimas palavras dela. Agora ele lembra. *Prometo, pai.*

O Barry mais jovem volta a acompanhar o jogo, vê Brad Hawpe lançar uma bola bem no meio. Ele ouve os passos de Meghan se distanciando, e está gritando por dentro, mas nada acontece. É como se não tivesse controle sobre o próprio corpo.

Seu eu mais jovem nem sequer vê Meghan sair. Só se importa com o jogo, e não sabe que acabou de fitar os olhos da filha pela última vez, que poderia ter impedido tudo que aconteceu com uma única palavra.

Ele ouve a porta da frente se abrir e bater com força.

E ela vai embora, para longe de casa, longe dele, para a morte. Enquanto Barry está sentado numa poltrona reclinável vendo um jogo de beisebol.

A dor de não conseguir respirar cessou. Ele não sente mais a sensação de estar boiando na água morna nem o coração inerte no peito. Só o que sente é a dor excruciante de ser forçado a rever essa lembrança por motivos que estão além de sua compreensão, e o fato de que a filha acabou de sair de casa pela última...

Seu dedo mindinho se mexe.

Na verdade, ele o mexe. O movimento resulta de uma ação voluntária.

Ele tenta de novo. A mão inteira se mexe.

Ele estica um braço, depois o outro.

Pisca. Respira.

Abre a boca e emite um grunhido — um som gutural, sem sentido —, mas foi um som que *ele* fez.

O que isso significa? Antes, ele estava revivendo a lembrança como um observador acessando um documento bloqueado para edição. Como assistir a um filme. Agora consegue se mexer, emitir sons e interagir com o ambiente, e a cada segundo sente que tem mais controle sobre seu corpo.

Ele desce o apoio para os pés. Então se levanta da poltrona, olha em volta, observa a casa em que morou mais de uma década atrás, maravilhado com quão incrivelmente real ela é.

Cruza a sala e para diante do espelho ao lado da entrada e analisa o próprio reflexo. O cabelo está mais farto e ainda é de um louro-claro, sem o cinza que nos últimos anos vem invadindo novos terrenos em seu cabelo cada vez mais esparso.

Seu queixo é firme, sem papada. Não tem olheiras nem rosácea no nariz. Ele se dá conta de como relaxou com a aparência desde a morte de Meghan.

Barry olha para a porta. A porta pela qual a filha acabou de sair.

O que está acontecendo? Ele estava num hotel em Manhattan, morrendo numa espécie de tanque de isolamento.

Isto é real?

Está mesmo acontecendo?

Não pode ser, mas a sensação é exatamente a de estar vivo.

Ele abre a porta e sai na noite fria de outono.

Se isso não é real, é o pior tipo de tortura possível. Mas e se o homem estivesse lhe dizendo a verdade? *Em breve vou lhe dar o maior presente da sua vida. O maior presente que se pode sonhar em receber.*

Ele volta subitamente ao presente. As perguntas ficam para depois. Agora, ele está na frente de casa, ouvindo as folhas do carvalho em seu jardim chilrearem à leve brisa que também empurra o balanço de corda. Ao que tudo indica, hoje é, inexplicavelmente, 25 de outubro de 2007, a noite em que a filha morreu atropelada. Ela não chegou a encontrar os amigos no Dairy Queen, o que significa que a tragédia vai acontecer nos próximos dez minutos.

E ela já saiu faz dois.

Barry está descalço, mas não pode perder mais tempo.

Batendo a porta de casa, ele desce para o gramado, os pés descalços esmagando as folhas secas, e mergulha na noite.

HELENA

20 DE JUNHO DE 2009

Dia 598
Alguém bate à porta. Estendendo a mão para a escuridão, ela acende o abajur e se levanta. Está de calça de pijama e uma regata preta. O relógio na mesa marca 9h50 da manhã.

Ela vai até a sala e, ao lado da porta, aperta o botão na parede para subir o blecaute, o tempo todo sentindo uma intensa sensação de déjà-vu.

Slade está no corredor de calça jeans e um casaco de moletom, trazendo uma garrafa de champanhe, duas taças e uma caixa de DVD. Faz semanas que ela não o vê.

— Merda, acordei você — diz ele.

Ela o fita com os olhos semicerrados, sob o brilho forte das luminárias de LED do teto.

— Posso entrar?
— Eu tenho escolha?

— Por favor, Helena.

Ela recua um passo para dar passagem a ele e o acompanha pelo pequeno corredor de entrada, passando pela porta do lavabo, até a sala.

— O que você quer?

Ele se senta em um pufe que faz conjunto com uma poltrona larga junto à janela com vista para um mundo de águas infinitas.

— Ouvi dizer que você não tem comido nem se exercitado. Que não fala com ninguém e não sai do quarto há dias.

— Por que não posso falar com meus pais? Por que está me impedindo de ir embora?

— Você não está bem, Helena. No momento, seu estado mental é um risco para o sigilo da Estação.

— Já falei que estou fora do projeto. Minha mãe foi internada, e não sei nada sobre o estado de saúde dela. Meu pai não ouve minha voz há um mês, e sei que ele está preocupado com...

— Sei que você não percebe isso agora, mas estou protegendo você de si mesma.

— Ah, vai se foder.

— Você quer sair porque discorda da direção que estamos tomando. Só estou lhe dando tempo para repensar a ideia antes de jogar fora tudo que alcançamos.

— O projeto era *meu*.

— Mas o dinheiro é meu.

As mãos dela tremem. De medo. De raiva.

— Eu não vou compactuar com isso. Você destruiu meu sonho. Você me impediu de ajudar minha mãe e outras pessoas. Quero ir pra casa. Você vai continuar me mantendo presa aqui contra minha vontade?

— Claro que não.

— Então posso ir embora?

— Você se lembra do que lhe perguntei no dia em que você chegou?

Ela balança a cabeça, as lágrimas brotando nos olhos.

— Eu perguntei se você queria mudar o mundo comigo. Temos diante de nós todo o trabalho brilhante que você realizou, e vim aqui hoje lhe dizer que conseguimos.

Ela o encara do outro lado da mesa de centro, as lágrimas escorrendo.

— Do que você está falando? — pergunta Helena.

— Hoje é o dia mais importante da nossa vida. Finalmente alcançamos tudo pelo qual trabalhamos. Por isso vim aqui, para comemorarmos juntos.

Slade começa a tirar o invólucro de arame que envolve a rolha da garrafa de Dom Pérignon e, quando termina, o joga na mesa de centro. Então, segurando a garrafa entre as pernas, empurra a rolha com cautela. Helena o observa servir o champanhe nas taças, enchendo as duas cuidadosamente até a borda.

— Você ficou louco.

— Ainda não podemos beber. Temos que esperar até... — ele olha o relógio no pulso — ... dez e quinze, mais ou menos. Enquanto isso, quero que você veja uma coisa que aconteceu ontem.

Ele pega o DVD, insere o disco no aparelho junto à tevê e aumenta o volume.

Na tela, um homem alto e esquelético que ela não conhece está reclinado na cadeira da memória. Debruçado sobre ele, Jee-woon Chercover tatua algumas letras (*M-i-r-a-n*) em seu ombro esquerdo. O homem raquítico ergue o braço e diz: "Pare."

Slade aparece em cena, perguntando: "O que foi, Reed?"

"Eu voltei. Estou aqui. Meu Deus."

"Como assim?"

"O experimento funcionou."

"Prove."

"Sua mãe se chama Susan. Você acabou de pedir que eu dissesse isso, logo antes de eu entrar no tanque."

Na tela, um sorriso enorme se abre no rosto de Slade. Ele pergunta: "A que horas fizemos o experimento amanhã?"

"Às dez."

Slade desliga a tevê e se vira para Helena.

— Isso deveria fazer algum sentido para mim? — pergunta ela.

— Acho que já vamos saber.

Eles aguardam, sentados em um silêncio constrangido. Helena fica olhando as bolhinhas do champanhe subirem.

— Eu quero ir para casa — diz ela.

— Pode ir hoje mesmo, se quiser.

Ela olha para o relógio na parede: dez e dez. Está tudo tão quieto que ela chega a ouvir o leve chiado do gás borbulhando nas taças. Ela contempla o mar, pensando que não importa o que signifique esse vídeo, para ela acabou. Vai abandonar a Estação, a pesquisa, tudo. Vai perder a remuneração e a participação nos lucros, porque nenhum sonho, nenhuma ambição vale o que Slade lhe fez. Vai voltar para o Colorado e ajudar a cuidar da mãe. Não conseguiu preservar suas lembranças nem impedir o avanço da doença, mas ao menos pode ficar ao lado dela pelo tempo de vida que lhe resta.

Já passa das dez e quinze.

Slade olha o relógio a todo momento, uma ligeira preocupação se insinuando em seu rosto.

— Olha, seja lá o que for isso, é melhor você ir embora agora — diz ela. — A que horas o helicóptero pode me levar para a Califórnia?

O nariz de Slade começa a sangrar.

Então ela sente gosto de ferrugem, e seu nariz também está sangrando. Leva a mão ao rosto para limpá-lo, mas o fluxo escorre por seus dedos, pinga na blusa. Ela corre até o lavabo, pega duas toalhas de rosto no armário e, levando uma ao próprio nariz, entrega a outra para Slade.

Quando a estende para ele, sente uma dor lancinante atrás dos olhos, como a pontada que se sente ao tomar algo gelado, só que muito pior. E, pela expressão de Slade, ele sente o mesmo.

Mas ele sorri, o sangue manchando os dentes. Levantando-se, Slade limpa o rosto e joga a toalha num canto.

— Está sentindo?

De início, Helena pensa que ele está se referindo à dor, mas não. De repente, lhe vêm à mente lembranças totalmente diferentes da última meia hora. Um trecho de memória cinzento, estranho. Nessas outras lembranças, Slade não veio ao seu apartamento com champanhe. Ele a convidou para acompanhá-lo à sala de testes. Ela se lembra de estar sentada na sala de controle e ver um viciado em heroína entrar no tanque de isolamento. Eles reativaram a lembrança da tatuagem sendo feita e então o mataram. Ela estava tentando jogar uma cadeira no espelho falso quando, de repente, se viu ali: no seu apartamento, com o nariz sangrando e uma dor de cabeça terrível.

— Não estou entendendo. O que foi isso?

Slade ergue a taça de champanhe, a encosta na dela e toma um longo gole.

— Helena, você não construiu apenas uma cadeira que ajuda as pessoas a reviverem lembranças. Você construiu algo capaz de levá-las de volta ao passado.

BARRY

25 DE OUTUBRO DE 2007

As telas dos televisores fazem as janelas das casas vizinhas piscarem, e não há ninguém na rua exceto Barry, que corre pela calçada vazia, coberta de folhas dos carvalhos que enchem o quarteirão. Ele se sente forte como há séculos não se sentia. A dor no joelho esquerdo, decorrente de um movimento mal calculado durante um jogo de softbol no Central Park que só vai acontecer dali a cinco anos, desapareceu. E está muito mais leve, no mínimo dez quilos mais magro.

Uns oitocentos metros à frente ele vê as luzes dos hotéis baratos e restaurantes, entre eles o Dairy Queen. Então percebe algo no bolso da frente da calça. Reduzindo o passo para uma caminhada acelerada, pega um iPhone de primeira geração cuja proteção de tela é a foto de Meghan cruzando a linha de chegada em um campeonato de cross-country.

Só após quatro tentativas ele consegue destravar a tela. Então procura Meghan nos contatos e liga para ela enquanto volta a correr.

Chama uma vez.

Caixa postal.

Ele liga de novo.

Caixa postal.

Ele cruza uma calçada toda quebrada, passando por uma série de construções antigas que na próxima década vão ser gentrificadas, transformadas em um prédio de lofts, um café e uma cervejaria. Por ora, porém, está tudo abandonado, às escuras.

A pouco menos de trezentos metros ele vê alguém surgir na escuridão dessa área a caminho do iluminado centro comercial.

Suéter azul-turquesa. Rabo de cavalo.

Ele chama o nome da filha. Meghan não olha para trás, e ele corre, mais rápido do que jamais correu a vida inteira, gritando o nome dela ofegante, o tempo todo se perguntando...

Isso é real? Quantas vezes não fantasiou com esse momento, com a chance de impedir a morte da filha?

— Meghan!

Ele está a uns quarenta metros de distância, perto o suficiente para ver que ela está falando ao telefone, distraída.

Pneus cantam em algum lugar atrás de Barry. Ele olha para trás, vê faróis se aproximando rapidamente e ouve o rugido do motor. O restaurante a que Meghan nunca chegou está do outro lado da rua, e ela se prepara para atravessá-la.

— Meghan! Meghan! *Meghan!*

Antes de chegar ao meio da rua, ela para e olha para trás, na direção de Barry, o celular ainda no ouvido. A essa distância, ele vê sua expressão surpresa, o barulho do carro que se aproxima, logo atrás dele.

Um Mustang preto passa voando, a noventa por hora pelo meio da via, ziguezagueando pelo asfalto.

E vai embora.

Meghan continua ali.

Barry a alcança, sem fôlego, as pernas ardendo depois de correr sem parar por quase um quilômetro.

Ela tira o celular do ouvido.

— Pai? O que aconteceu?

Ele olha de um lado para outro. Há apenas os dois na rua, sob a luz amarelada de um poste, nenhum carro à vista, e um silêncio que permite ouvir as folhas secas no chão sendo sopradas pelo vento.

Aquele Mustang foi o carro que a atropelou naquele dia onze anos atrás, que também é, inexplicavelmente, hoje? Ele acabou de impedir a morte da filha?

— Você está descalço — diz Meghan.

Ele a abraça com força, ainda sem fôlego, mas a respiração é entrecortada por soluços, e ele não consegue conter o choro. É muita coisa para absorver. O cheiro dela. A voz. Sua presença.

— O que houve? — pergunta Meghan. — O que você está fazendo aqui? Por que está chorando?

— Aquele carro... Ele ia...

— Ai, pai, eu estou bem.

Se isto não é real, é a coisa mais cruel que alguém poderia fazer, porque não parece uma realidade virtual ou seja lá o que aquele homem tenha feito. Parece *real*. Isto é a vida. Não há como voltar.

Ele olha para ela, toca seu rosto, vivo e perfeito à luz do poste.

— Você é real?

— Pai, você está bêbado?

— Não, eu estava...

— O quê?

— Estava preocupado com você.

— Por quê?

— Porque... porque os pais se preocupam. A gente se preocupa com os filhos.

— Bem, olha eu aqui. — Meghan dá um sorriso constrangido, claramente, e com razão, questionando a sanidade mental do pai. — Sã e salva.

Ele se lembra da noite em que a encontrou, não muito longe de onde estão agora. Tentou ligar para ela por uma hora, e só chamava sem parar, até cair na caixa postal. Estava seguindo por esse caminho quando viu a tela rachada e acesa do celular da filha, caído no meio da rua. Em seguida encontrou o corpo, destruído e estirado nas sombras, depois do meio-fio, os ferimentos indicando que ela havia sido atingida por um veículo em alta velocidade.

É uma lembrança que ele nunca vai esquecer, mas que agora está acinzentada e desbotada em sua mente, igual às falsas lembranças que o acometerem naquela noite em Montauk. Será que de alguma forma ele mudou os acontecimentos? É impossível.

Meghan o olha por um longo momento. Não mais um olhar irritado. Afetuoso. Preocupado. Ele continua enxugando os olhos, tentando parar de chorar, e ela parece ao mesmo tempo assustada e comovida.

— Não tem problema chorar — diz ela. — O pai da Sarah fica emotivo por qualquer coisa.

— Eu tenho muito orgulho de você.

— Eu sei. — Então Meghan diz: — Pai, meus amigos estão me esperando.

— Tudo bem.

— Mas vejo você mais tarde, certo?

— Com certeza.

— A gente ainda vai ao cinema no fim de semana? O nosso programa?

— Claro que vamos. — Ele não quer que ela vá embora. Sua vontade é abraçá-la por uma semana inteira, e mesmo assim não se daria por satisfeito. Mas diz apenas: — Tome cuidado, por favor.

Ela se vira e segue seu caminho. Ele a chama. Ela olha para trás.

— Eu te amo, Meghan.

— Também te amo, pai.

E Barry continua ali, tremendo e tentando entender o que foi que acabou de acontecer, vendo-a se afastar e atravessar a rua e então entrar no Dairy Queen, onde se senta a uma mesa à janela com os amigos.

Passos se aproximam por trás dele.

Barry se vira e vê um homem de preto vindo em sua direção. Mesmo distante, ele o acha vagamente familiar, e, quando o homem chega mais perto, vem o reconhecimento. É o homem do restaurante em Montauk, Vince, que o levou ao quarto de hotel depois de ele ter sido drogado no bar. O da tatuagem no pescoço — só que o desenho não existe mais. Ou ainda não. O homem tem uma cabeleira farta, está mais magro. E parece *dez anos* mais jovem.

Barry instintivamente recua, mas Vince ergue as mãos em um gesto de paz. Eles se encaram na calçada vazia, à luz do poste.

— O que está acontecendo? — pergunta Barry.

— Sei que está confuso e desorientado, mas isso vai passar. Vim aqui cumprir a última exigência do meu contrato de trabalho. Já está entendendo?

— Entendendo o quê?

— O que meu chefe fez por você.

— Isso é real?

— É real.

— Como?

— Você está de novo com sua filha, e ela está viva. O "como" realmente importa? Esta é a última vez que você vai me ver, mas preciso lhe dizer uma coisa. São as regras essenciais, simples. Não tente alterar as coisas com o que sabe que virá pela frente. Apenas viva sua vida de novo. Viva um pouco melhor. E não diga nada a ninguém. Nem à sua esposa, nem à sua filha. *Ninguém*.

— E se eu quiser voltar?

— A tecnologia que o trouxe até aqui não foi inventada ainda.

Vince se vira.

— Como posso agradecer? — pergunta Barry, as lágrimas voltando aos olhos.

— Agora mesmo, em 2018, ele está prestando atenção em você e na sua família. Com sorte, está vendo que você aproveitou sua chance. Que está feliz. Que sua filha está bem. E, o mais importante, que você manteve a boca fechada e seguiu as regras que acabei de explicar. É assim que você pode agradecer a ele.

— Como assim, "agora mesmo, em 2018"?

Vince dá de ombros.

— O tempo é uma ilusão construída pela memória humana. Não existe passado, presente ou futuro. Tudo está acontecendo agora.

Barry tenta absorver isso, mas é demais para processar.

— Você também voltou, não foi?

— Pouco antes de você. Já faz três anos que estou revivendo minha vida.

— Por quê?

— Eu estraguei tudo quando estava na polícia. Me meti com quem não devia. Agora, tenho uma loja de pesca, e a vida é boa. Boa sorte com a sua segunda chance.

Vince se vira e se afasta na noite.

LIVRO DOIS

Os lugares que deixam mais saudade são aqueles em que nunca estivemos.
— CARSON MCCULLERS

HELENA

20 DE JUNHO DE 2009

Dia 598
Ainda no sofá, Helena tenta absorver a magnitude dos últimos trinta minutos de sua vida. Sua reação instintiva é negar que isso tenha qualquer chance de ser verdade; só pode ser uma ilusão ou um truque. Mas a todo momento lhe volta a imagem da tatuagem no ombro do voluntário, a mesma tatuagem que aparece incompleta no vídeo que Slade acabou de lhe mostrar. E ela sabe que, de alguma forma, apesar da nítida e detalhada lembrança que tem do experimento dessa manhã (inclusive de ter jogado uma cadeira no espelho falso), nada daquilo aconteceu. É um ramo seco de memória na estrutura neuronal de seu cérebro. Em termos de comparação, o mais próximo em que ela consegue pensar é a lembrança de um sonho muito vívido.

— O que está passando pela sua cabeça? — indaga Slade.

Helena olha para ele.

— Esse procedimento... Morrer no tanque de isolamento durante o processo de reativação de uma lembrança... Isso é realmente capaz de alterar o passado?

— Não existe passado.

— Isso é absurdo.

— Quer dizer que você pode ter suas teorias, mas eu não posso ter as minhas?

— Explique, então.

— É como você mesma disse: o "agora" não passa de uma ilusão, um efeito aleatório do modo como nosso cérebro processa a realidade.

— Isso é... é pura filosofia barata.

— Nossos ancestrais vieram dos mares. Considerando a diferença de velocidade com que a luz se propaga na água e no ar, o alcance sensorial desses seres, isto é, a área em que conseguiam enxergar possíveis presas, era limitado pelo seu alcance motor, ou seja, a área em que conseguiam de fato interagir com o ambiente. Qual você acha que é o resultado disso?

Helena pensa um pouco e responde:

— Eles só podiam reagir a estímulos imediatos.

— Certo. Agora, o que você acha que aconteceu quando aqueles peixes finalmente saíram dos mares, quatrocentos milhões de anos atrás?

— O alcance sensorial deles aumentou, já que a luz se propaga mais rápido no ar do que na água.

— Alguns biólogos evolutivos acreditam que essa diferença terrestre entre o alcance motor e o sensorial foi a base para o desenvolvimento da consciência. Se enxergamos mais longe, nossos pensamentos também vão mais longe; podemos fazer planos. E podemos projetar o futuro, mesmo que o futuro não exista.

— Aonde você quer chegar?

— A consciência é um produto do meio ambiente. Nossas cognições, a ideia que fazemos da realidade, são moldadas pelo que conseguimos apreender e estão sujeitas às limitações dos nossos sentidos. Achamos que estamos vendo o mundo como ele realmente é, mas você, Helena, mais do que todo mundo, sabe... que são só sombras na parede da caverna. Somos tão limitados quanto nossos ancestrais aquáticos, e as capacidades finitas do nosso cérebro são igualmente um acaso da evolução. E, assim como eles, por definição, não podemos notar o que nos escapa. Quer dizer... não podíamos, até agora.

Helena se lembra do sorriso misterioso dele durante aquele jantar, tantos meses atrás.

— Perfurar o véu da percepção — conclui ela.

— Exato. Para um ser bidimensional, transitar por uma terceira dimensão seria não só impossível como inconcebível. É essa mesma limitação que nosso cérebro nos impõe. Imagine se pudéssemos ver o mundo pelos olhos de seres mais evoluídos, em quatro dimensões. Os momentos da vida poderiam transcorrer em qualquer sequência. Poderíamos reviver qualquer lembrança que quiséssemos.

— Mas isso é... é ridículo. E vai contra a lógica de causa e efeito.

Lá estava aquele sorriso presunçoso de novo. Sempre um passo à frente.

— Bem, a física quântica concorda comigo — retruca Slade. — Já foi provado no nível subatômico. A "seta do tempo" não é tão simples quanto os seres humanos pensam.

— Você acredita mesmo que o tempo é uma ilusão?

— Seria mais exato dizer que nossa percepção do tempo é tão falha que não passa de uma ilusão. Todos os momentos são reais em igual medida e todos estão acontecendo agora, mas nossa consciência, devido à sua natureza, só nos dá acesso a um de cada vez. Pense na vida como um livro. Cada página é um momento distinto, mas só conseguimos apreender um momento, uma página de cada vez. Nossa percepção limitada impede que tenhamos acesso a todos os outros. Impedia, até agora.

— Mas como isso é possível?

— Você me disse que a memória é o único meio verdadeiro de acessarmos a realidade. Acho que você tem razão. Outro momento, uma lembrança antiga, é tanto o *agora* quanto essa frase que estou falando, tão acessível quanto entrar em outro cômodo. Só nos faltava um jeito de convencer nosso cérebro disso. Subverter nossas limitações evolutivas e expandir a consciência para além do nosso alcance sensorial.

Helena sente a cabeça girar.

— Você sabia? — pergunta ela.

— Se eu sabia o quê?

— A dimensão real do que estávamos fazendo. Você sabia desde o início? Que era muito mais que reativar memórias?

Slade baixa o rosto, depois volta a encará-la.

— Meu respeito por você me impede de mentir.

— Então... sim.

— Antes de falarmos sobre o que eu fiz, podemos celebrar um pouco seu sucesso? Nesse momento, você é a maior cientista e inventora que já existiu. Você fez a descoberta mais importante do século. De todos os séculos.

— E a mais perigosa.

— Nas mãos erradas, sem dúvida.

— Meu Deus, como você é arrogante! Nas mãos de qualquer pessoa. Como você sabia aonde esse projeto nos levaria?

Pousando sua taça na mesa de centro, Slade se levanta e vai até a janela. Quilômetros e quilômetros mar adentro, nuvens carregadas se avolumam, cada vez mais próximas da plataforma.

— Na primeira vez que nos conhecemos, você coordenava um grupo de pesquisa e desenvolvimento para uma empresa de São Francisco chamada Ion.

— Como assim "na primeira vez"? E eu nunca trabalhei para...

— Por favor, me ouça. Você me contratou como assistente de pesquisa. Eu digitava documentos, providenciava artigos para a sua pesquisa, cuidava da sua agenda e das suas viagens. Garantia que você tivesse sempre café fresco e uma mesa organizada. Ou quase isso. — Ele sorri de um jeito que é quase nostálgico. — Acho que o nome oficial do meu cargo era faz-tudo do laboratório. Mas você me tratava bem. Fazia com que eu me sentisse incluído na pesquisa, como se eu fizesse parte da equipe. Antes de nos conhecermos, eu estava mergulhado nas drogas. Talvez você tenha salvado minha vida. — Slade para por alguns instantes e depois continua: — Você construiu um microscópio MEG incrível e uma boa rede de estimulação eletromagnética. Os processadores quânticos à sua disposição eram muito superiores aos que estamos usando aqui, já que a tecnologia qubit estava muito mais avançada. Você chegou à solução do tanque de isolamento e de como fazer o equipamento de reativação funcionar na água. Mas não estava satisfeita. Você sempre acreditou que o tanque colocaria a cobaia em uma privação sensorial tão intensa que, quando acionássemos as coordenadas neurais de uma lembrança, a experiência se tornaria um evento completamente imersivo, transcendental.

— Espere aí. Quando foi que isso tudo aconteceu?

— Na linha do tempo original.

Helena leva um momento para entender a magnitude daquelas informações.

— Eu estava trabalhando numa cápsula do tempo para pacientes com Alzheimer? — pergunta ela.

— Acho que não. A Ion estava interessada em encontrar uma aplicação para a cadeira que fosse voltada para o entretenimento, e era esse o caminho que estávamos seguindo. Mas as coisas não foram muito além do que aconteceu aqui: você só tinha chegado a uma experiência ligeiramente mais vívida de uma lembrança, sem que fosse preciso acessá-la voluntariamente. Dezenas de milhares de dólares já tinham sido gastos e você tinha dedicado toda a sua carreira a uma tecnologia que não se concretizava. — Slade dá as costas para a janela e olha para ela. — Até o dia 2 de novembro de 2018.

— O *ano* 2018?

— Sim.

— Daqui a nove anos.

— Isso mesmo. Naquela manhã, aconteceu algo inesperado, ao mesmo tempo trágico e incrível. Foi durante uma reativação em um voluntário chamado Jon Jordan. O evento da lembrança a ser acessada era um acidente de carro em que ele havia perdido a esposa. Tudo corria bem, mas ele infartou dentro do tanque. Uma parada cardíaca grave. Então, enquanto a equipe médica corria para tirá-lo de lá, uma coisa extraordinária aconteceu. Antes que abrissem o tanque, todas as pessoas presentes no laboratório se viram, de repente, numa posição ligeiramente diferente. Estávamos todos com o nariz sangrando, alguns também com uma dor de cabeça fortíssima, e no tanque, em vez de Jon Jordan, havia um cara chamado Michael Dillman. Tudo aconteceu num piscar de olhos, como se tivessem apertado um botão.

"Ninguém entendeu nada. Nos nossos registros não havia nenhum indício de que Jordan sequer houvesse pisado naquele laboratório. Ficamos desnorteados, tentando extrair algum sentido de tudo aquilo. Eu não consegui tirar aquele incidente da cabeça, e você pode chamar de um ato impensado de curiosidade, mas o fato é que fui tentar localizar Jordan, para ver o que tinha acontecido com ele, onde tinha ido parar, e foi muito estranho… Sabe o acidente? Da lembrança que estávamos reativando? Descobri que ele também tinha morrido naquele dia, ele e a esposa, quinze anos antes."

Uma chuva leve começa a tamborilar no vidro, um ruído que mal se ouve dentro do apartamento.

Slade volta a se sentar no pufe.

— Acho que eu fui o primeiro a perceber o que tinha acontecido, a entender que de alguma forma você tinha enviado a consciência de Jordan para dentro de uma lembrança. Claro que nunca vamos saber com certeza, mas suponho que a desorientação dele ao voltar para aquele momento tenha interferido no acidente, fazendo com que ele também morresse.

Helena encara o chão enquanto tenta processar o horror dessa revelação. Por fim, ela ergue o olhar.

— E o que você fez, Marcus?

— Eu tinha quarenta e seis anos. Era dependente químico. Tinha jogado minha vida no lixo. Tive medo de que você destruísse o equipamento se soubesse do que ele era capaz.

— O que você fez?

— Três dias depois, na noite de 5 de novembro de 2018, fui ao laboratório e mapeei uma lembrança *minha*. Então entrei no tanque e programei o mecanismo para injetar em mim mesmo uma dose letal de cloreto de potássio. Nossa, ardeu como fogo nas minhas veias. A pior dor que já senti. Meu coração parou, e quando o DMT foi liberado, minha consciência foi lançada de volta para uma lembrança de quando eu tinha vinte anos. E esse foi o início de uma nova linha do tempo que se ramificou a partir da original, em 1992.

— Para o mundo inteiro?

— Aparentemente, sim.

— E é nessa linha temporal que estamos vivendo?

— Sim.

— O que aconteceu com a original?

— Não sei. As lembranças que tenho daquele outro curso de eventos são cinzentas e estranhas. Como se a vida tivesse sido sugada delas.

— Então você ainda se lembra da linha original, quando tinha quarenta e seis anos e era meu assistente?

— Sim. Essas lembranças vieram junto comigo.

— E por que eu não me lembro de nada disso?

— Pense no experimento que acabamos de fazer. Você e eu não tínhamos nenhuma lembrança disso até chegarmos ao momento preciso em que Reed morreu no tanque, voltando para a lembrança de quando estava fazendo a tatuagem. Foi só aí que suas lembranças e sua consciência da linha do tempo anterior, em que você tentou quebrar o vidro com a cadeira, foram transportadas para esta.

— Então daqui a nove anos, no dia 5 de novembro de 2018, eu vou me lembrar de toda essa outra vida?

— Acredito que sim. Sua consciência e suas lembranças da linha do tempo original vão se fundir a esta. Você vai ter duas linhas paralelas de lembranças: uma viva, a outra, morta.

A chuva agora bate com força no vidro, borrando o mundo lá fora.

— Você precisava de mim para construir a cadeira pela segunda vez — conclui Helena.

— Sim.

— E com o que sabia sobre o futuro, você construiu um império ao voltar, e me atraiu com a promessa de orçamento ilimitado depois que eu fiz os progressos iniciais em Stanford.

Ele assente.

— Assim você teria controle total sobre o processo de criação da nova tecnologia e sobre como seria usada.

Slade não responde.

— Então você basicamente está me perseguindo desde o início desta segunda linha do tempo.

— Acho que "perseguir" é uma palavra forte demais.

— Me corrija se eu estiver errada, mas nós estamos no meio do oceano Pacífico numa plataforma de petróleo desativada que você adaptou exclusivamente para mim. Perdi alguma parte?

Slade pega novamente a taça e termina o champanhe.

— Você roubou de mim aquela outra vida.

— Helena...

— Eu era casada? Tinha filhos?

— Você quer mesmo saber? Não faz diferença agora. Nunca aconteceu.

— Você é um monstro.

Ela se levanta e vai até a janela, de onde vê mil tons diferentes de cinza: o mar próximo e o mar distante, camadas estratificadas de nuvens, uma tempestade iminente. No último ano, este apartamento foi progressivamente se tornando uma prisão, mas nunca tanto quanto agora. Então lhe ocorre, enquanto derrama lágrimas de raiva, que foi sua própria ambição autodestrutiva que a trouxe até este momento, e provavelmente até aquele em 2018.

Ao olhar para trás, ela também vê que tudo isso explica o comportamento de Slade, principalmente seu ultimato, vários meses atrás, para que começassem a matar voluntários a fim de elevar o nível da experiência de reativação. Na época, ela julgou que fosse um ato inconsequente da parte dele, pois resultou num êxodo em massa dos profissionais até então envolvidos. Mas agora ela entende a verdade: foi um movimento meticulosamente calculado. Slade sabia que estavam na reta final e queria que apenas uma tripulação mínima, extremamente dedicada, testemunhasse a verdadeira função do que haviam criado. Ao repensar aquele momento, Helena começa a se perguntar se os desertores realmente voltaram para casa.

Ela vinha suspeitando de que talvez sua vida corresse perigo.

Agora, tem certeza.

— Fale comigo, Helena. Não se feche de novo.

Sua reação nesse momento provavelmente será o fator determinante do que Slade vai decidir fazer com ela.

— Estou com raiva — diz Helena.

— Entendo. Eu também estaria.

Ela sempre achou que Slade tivesse um intelecto brilhante, que fosse um mestre da manipulação, como tendem a ser os grandes líderes empresariais. Talvez isso até seja verdade, mas uma parcela gigantesca de seu sucesso e fortuna se devem meramente ao que ele sabe dos eventos futuros. E ao intelecto *dela*.

Esse projeto não pode ser só uma questão de dinheiro para ele. Slade já está nadando em dinheiro, fama e poder.

— Agora que você tem o que queria, o que pretende fazer com a cadeira? — pergunta Helena.

— Não sei ainda. Estava pensando em traçarmos um caminho juntos.

Não vem com essa. Você sabe, sim. Teve vinte e seis anos para pensar nisso.

— Me ajude a aperfeiçoá-la — sugere ele. — Me ajude a testá-la com segurança. Você não tinha ideia da primeira nem da segunda vez que lhe fiz esta pergunta, mas agora que sabe a verdade vou perguntar uma terceira vez, e espero que diga sim.

— Perguntar o quê?

Slade vai até ela e segura suas mãos. Está tão próximo que Helena sente o aroma do champanhe em seu hálito.

— Helena, quer mudar o mundo comigo?

BARRY

25-26 DE OUTUBRO DE 2007

Ele entra em casa e fecha a porta, parando novamente diante do espelho ao lado do cabideiro de casacos para observar o reflexo de seu eu mais jovem.

Isto não é real.

Não pode ser real.

Do quarto, Julia o chama. Ele cruza a sala, onde a tevê continua passando o jogo, e segue pelo corredor, o piso rangendo sob os pés descalços em todos os pontos familiares. Passa pelo quarto de Meghan, depois por um quarto de hóspedes que faz as vezes de escritório, até enfim chegar ao quarto deles.

Sua ex-esposa está sentada na cama com um livro aberto no colo e uma xícara de chá na mesinha de cabeceira.

— Ouvi a porta bater. Você saiu? — pergunta ela.

Como Julia está diferente.

— Sim.

— E Meghan, onde está?

— Foi ao Dairy Queen.

— Mas ela tem escola amanhã.

— Ela prometeu voltar às dez e meia.

— Ela sabia direitinho a quem pedir, hein?

Julia sorri e dá um tapinha na cama ao seu lado. Barry entra no quarto, seus olhos passando pelas fotos do casamento, por um retrato em preto e branco de Julia segurando Meghan no dia do nascimento dela e, por fim, pelo quadro pendurado acima da cama, uma reprodução da *Noite estrelada* de Van Gogh que compraram no MoMA dez anos atrás, depois de verem a pintura original. Ele se senta ao lado de Julia na cama, recostado na cabeceira. De perto, ela parece retocada no Photoshop, a pele muito lisa. As rugas que viu dois dias atrás, no café, estão apenas começando a surgir.

— Por que não está vendo o jogo? — pergunta ela.

A última vez que eles se sentaram juntos nesta cama foi na noite em que ela o deixou. Olhando no fundo dos olhos dele, disse: *Sinto muito, mas não consigo separar você de toda essa dor.*

— Meu amor, que cara é essa? Parece que alguém morreu.

Há quanto tempo ele não ouve Julia chamá-lo de *meu amor*, e não, a sensação não é a de que alguém morreu. Barry se sente... extremamente desorientado e desconectado. Como se o próprio corpo fosse uma marionete que ele ainda estivesse aprendendo a movimentar.

— Está tudo bem.

— Uau, quer tentar de novo, ver se soa mais convincente?

Será que a perda que carregou desde a morte de Meghan está se derramando de sua alma pelos olhos, infiltrando-se neste momento impossível? Será que, de alguma forma, Julia detecta essa mudança nele? Porque a ausência da tragédia está tendo um efeito inverso e proporcional sobre o que ele vê nos olhos dela. Ele está encantado. São olhos brilhantes, vivos, límpidos. Os olhos da mulher por quem se apaixonou. Então vem de novo aquele impacto, todo o poder destruidor do luto.

Julia passa os dedos pela nuca dele, provocando um arrepio que sobe pela coluna e o faz estremecer. Há uma década ele não sente o toque da esposa.

— O que foi? É algum problema no trabalho?

Tecnicamente, no seu último dia de serviço ele foi morto num tanque de isolamento e lançado de volta para esta lembrança, então...

— Na verdade, sim.

A experiência sensorial é o que o deixa desnorteado. O cheiro do quarto deles. O toque macio das mãos de Julia. Todas as coisas que tinha esquecido. Tudo que ele perdeu.

— Quer conversar sobre isso?

— Posso só ficar aqui deitado enquanto você lê?

— Claro.

Então Barry deita a cabeça no colo dela. Imaginou isso milhares de vezes, geralmente às três da manhã, na cama do apartamento em Washington Heights, naquela pesada transição entre a embriaguez e a ressaca, se perguntando...

E se sua filha não tivesse morrido? E se seu casamento tivesse sobrevivido? E se sua vida não tivesse ido para o fundo do poço? E se...

Isto não é real.

Não pode ser real.

O único som no quarto é o leve ruído de Julia virando as páginas do livro mais ou menos a cada minuto. De olhos fechados, Barry apenas respira, sentindo a esposa passar os dedos pelo seu cabelo do jeito que sempre fazia, e se vira de lado para esconder as lágrimas.

Por dentro, Barry é um mero aglomerado de protoplasma, e está fazendo um esforço hercúleo para não desabar. O que sente é atordoante, mas Julia não parece notar que suas costas se arqueiam às vezes, denunciando o choro a muito custo contido.

Ele acabou de reencontrar *a filha morta*.

Viu Meghan, ouviu sua voz, a abraçou.

Agora, não sabe como, está em seu antigo quarto com Julia, e é tudo intenso demais.

Um pensamento aterrorizante se insinua em sua mente: *E se tudo não passar de um surto psicótico?*

E se tudo se desfizer?

E se eu perder Meghan de novo?

Ele começa a hiperventilar.

E se...

— Barry, você está bem?

Pare de pensar.

Respire.

— Sim.

Apenas respire.

— Tem certeza?

— Tenho.

Durma.

Não sonhe.

E veja se tudo isso ainda vai existir pela manhã.

A luz que entra pelas persianas o desperta cedo. Barry se vê deitado ao lado de Julia, ainda com as roupas de ontem. Ele se levanta com cuidado para não acordá-la e anda pé ante pé pelo corredor até o quarto de Meghan. A porta está fechada. Ele abre uma fresta, espia lá dentro. A filha dorme debaixo de uma montanha de cobertores, e no silêncio que reina na casa a essa hora, Barry consegue ouvir a respiração dela.

Está viva. Intacta. Está bem ali.

Barry e Julia deveriam estar em luto e em choque, chegando em casa só agora, depois de passarem a noite toda no necrotério. Ele nunca se esqueceu da imagem do corpo de Meghan na mesa de necropsia — o tórax esmagado e coberto por um hematoma preto —, embora a lembrança tenha adquirido a mesma estranheza das outras lembranças falsas.

Mas ali está ela, e aqui está ele, sentindo-se mais à vontade nesse corpo a cada segundo que passa. Aquela sequência interrompida de lembranças de sua outra vida está se afastando, como se ele tivesse acabado de acordar de um pesadelo interminável e aterrador. Um pesadelo que se arrastou por onze anos.

É exatamente isso, pensa ele. *Um pesadelo*. Porque o aqui e agora parece cada vez mais sua realidade.

Ele entra em silêncio no quarto da filha, vai até a cama e a observa dormir. Nem se testemunhasse a criação do universo ele sentiria tamanho maravilhamento, alegria e essa esmagadora gratidão pela força insondável que reconstruiu o mundo para Meghan e para ele.

Mas, ao mesmo tempo, um pavor faz os pelos de sua nuca se arrepiarem só de pensar que tudo isso pode ser apenas uma ilusão.

Uma perfeição inexplicável, apenas esperando para ser arrancada de suas mãos.

Barry vaga pela casa como um fantasma visitando uma vida passada, redescobrindo espaços e objetos quase perdidos na memória. A pequena área da sala onde eles armavam a árvore de Natal todos os anos; a mesinha junto à porta da frente, onde guardava seus itens pessoais do dia a dia; sua caneca preferida; a antiga escrivaninha no quarto de hóspedes, onde ele se sentava para organizar as contas; a cadeira na sala onde, todo domingo, ele lia o *Washington Post* e o *New York Times* de ponta a ponta.

Um museu de lembranças.

Seu coração está acelerado, acompanhando o ritmo de uma leve dor atrás dos olhos. Precisa de um cigarro. Não é uma necessidade psicológica — ele finalmente conseguiu parar de fumar cinco anos atrás, após uma série de tentativas frustradas —, mas parece que seu corpo de trinta e nove anos exige nicotina.

Ele vai até a cozinha e pega um copo de água. Fica de pé diante da pia, acompanhando o jardim ganhar vida com as pinceladas de luz do início da manhã.

Abre o armário à direita da pia e pega o pacote do café que costumava tomar. Depois de ligar a cafeteira, coloca os pratos sujos de ontem na máquina de lavar louça até não caber mais nada, e então se põe a cumprir seu papel no casamento: lavar o restante à mão.

Quando termina, os cigarros continuam o tentando. Ele vai até a mesinha da entrada, pega o maço de Camel e o joga na lixeira do lado de fora. Então fica sentado na varanda, bebendo café no frio, torcendo para clarear os pensamentos e se perguntando se o homem que o enviou de volta está observando sua vida agora. Talvez de algum plano superior da existência? De um ponto além do tempo? Novamente sente medo. Será que vai ser subitamente arrancado deste momento e devolvido à sua antiga vida, ou isso é permanente?

Ele suprime o pânico crescente. Diz a si mesmo que não imaginou a SFM e o futuro. É intrincado demais, mesmo para sua mente de investigador, para ter sido inventado.

Isso é real.

É o agora.

Isso é.

Meghan está viva, e nada jamais vai tirá-la dele novamente.

Barry diz em voz alta, e é o mais próximo de uma oração que já fez: *Se você está me ouvindo, por favor, não me tire daqui. Faço qualquer coisa.*

O silêncio do amanhecer não oferece resposta.

Ele continua a tomar seu café e a contemplar o sol que se esgueira pelos galhos do carvalho, derramando sua luz pela grama coberta de gelo, que começa a derreter.

HELENA

5 DE JULHO DE 2009

Dia 613

Helena está pensando nos pais enquanto desce até o terceiro andar da plataforma. Na mãe, principalmente.

Ouviu a voz dela essa noite, em sonhos.

O sotaque levemente anasalado típico do Oeste americano.

A suavidade cantada.

Estavam sentadas num campo próximo à antiga fazenda onde Helena cresceu. Era um dia de outono. O ar frio e o sol se escondendo atrás das montanhas, lançando sua luz dourada de fim de tarde em tudo ao redor. Dorothy era jovem, o cabelo ainda de um tom vivo de ruivo esvoaçando ao vento. Apesar de seus lábios não se mexerem, sua voz soava clara e firme. Helena não se lembra das palavras que a mãe dizia no sonho, apenas do sentimento que provocavam: amor puro, incondicional, mas com uma pontada de intensa nostalgia que doía no coração.

Está desesperada para falar com eles, mas desde que Slade lhe revelou que haviam construído algo muito mais poderoso que um equipamento de imersão em memória, duas semanas atrás, não se sentiu confortável para mencionar a possibilidade de telefonar novamente para os pais. Vai tocar no assunto quando surgir a chance, mas por enquanto tudo ainda é muito recente.

Helena ainda não conseguiu chegar a uma conclusão clara sobre o que pensa de sua invenção acidental, de como Slade a manipulou e do que a aguarda daqui para a frente.

Mas retomou o trabalho no laboratório.

Voltou a se exercitar.

Está fingindo que tudo está bem.

Tentando se mostrar útil.

Quando chega ao andar do laboratório, é tomada por uma onda de adrenalina. Hoje eles vão realizar o nono teste com Reed King, uma experiência nova. Mais uma vez a realidade vai oscilar sob seus pés, e não pode negar que a perspectiva é empolgante.

Quando está chegando à sala de testes, Slade surge em seu caminho.

— Bom dia — diz ela.

— Venha comigo.

— O que houve?

— Mudança de planos.

Ele está tenso e agitado, e a conduz até uma sala de reunião, batendo a porta. Helena vê Reed já à mesa, com uma calça jeans rasgada e um suéter de lã, as mãos em volta de uma caneca de café fumegante. Sua estadia na Estação Fawkes parece estar ajudando-o a se livrar do aspecto esquelético e do olhar vidrado de viciado.

— O experimento foi cancelado — afirma Slade, sentando-se na cabeceira da mesa.

— Mas eu ia receber cinquenta mil dólares — lamenta Reed.

— Você ainda vai receber seu dinheiro. A questão é que já realizamos o experimento.

— Como assim? — pergunta Helena.

Slade olha o relógio.

— Cinco minutos atrás. — Então se dirige a Reed: — Você morreu.

— A ideia não era essa? — retruca ele.

— Você morreu no tanque, mas não houve alteração da realidade — explica Slade. — Só morreu.

— Como sabe tudo isso? — pergunta Helena.

— Depois que Reed morreu, eu me instalei na cadeira e registrei a lembrança de ter me cortado enquanto fazia a barba, hoje cedo. — Ele inclina a cabeça para mostrar um talho bem feio no pescoço. — Removemos Reed do tanque. Então eu entrei, morri e voltei a esta manhã, para encontrar vocês e impedir o experimento.

— Por que não funcionou? — pergunta ela. — O número de sinapses não era...

— O número de sinapses estava perfeitamente normal.

— Qual era a lembrança?

— De quinze dias atrás, dia 20 de junho. A primeira vez que Reed entrou no tanque, com a tatuagem completa no braço.

É como se algo detonasse no cérebro de Helena.

— Mas é óbvio que ele morreu. Aquela não é uma lembrança real.
— Como assim?
— Aquela versão dos eventos nunca aconteceu. Reed nunca terminou a tatuagem. Ele mudou aquele momento quando morreu no tanque. — Ela olha para Reed, as peças começando a se encaixar. — O que significa que você não tinha para onde voltar.
— Mas eu me lembro daquilo — diz Reed.
— E como essa lembrança aparece na sua mente? — pergunta ela. — Escura? Estática? Em tons de cinza?
— Como se o tempo tivesse parado.
— Então não é real. É uma lembrança... Não sei como chamar. Vazia. Falsa.
— Morta — sugere Slade, olhando novamente para o relógio.
— Então não foi um acidente. — Helena lança um olhar furioso para Slade. — Você sabia.
— Lembranças mortas me fascinam.
— Por quê?
— Elas representam... outra dimensão de movimento.
— Não sei que merda você quer dizer com isso, mas nós concordamos ontem que você não tentaria mapear um...
— Toda vez que Reed morre no tanque, uma cadeia de lembranças é interrompida, lembranças que se tornam mortas na nossa mente depois que a realidade é alterada. Mas o que acontece com essas linhas do tempo? Elas são realmente destruídas, ou continuam por aí em algum lugar, só fora do nosso alcance? — Slade olha para o relógio uma terceira vez. — Eu me lembro de todo o experimento que fizemos hoje cedo, e a qualquer momento as lembranças mortas vão surgir em vocês dois também.

Eles ficam sentados em silêncio, e Helena sente um calafrio.

Estamos mexendo com coisas com as quais não deveríamos ter mexido.

Então vem a dor atrás dos olhos. Ela pega alguns lenços de papel da caixa no centro da mesa para estancar o sangramento no nariz.

A lembrança morta do teste malsucedido surge com toda a força em sua mente.

Reed morrendo no tanque.

Cinco minutos se passando.

Dez minutos.

Quinze.

Ela gritando para que Slade fizesse alguma coisa.

Correndo até a sala de teste, abrindo a escotilha do tanque.

Reed boiando placidamente na água.

Sem vida.

Tirando-o do tanque com a ajuda de Slade e deitando-o, ainda pingando, no chão.

Fazendo a massagem cardíaca, enquanto o dr. Wilson diz pelo sistema interno de comunicação: "É inútil, Helena. Passou tempo demais."

Insistindo mesmo assim, o suor escorrendo pela testa, enquanto Slade segue para o corredor rumo à sala em que fica a cadeira de mapeamento.

Quando ele volta, Helena já desistiu de tentar ressuscitar Reed. Sentada no canto, tenta processar que mataram alguém de verdade. Não uma pessoa qualquer. Reed era sua responsabilidade. Estava ali por algo que ela construiu.

Slade começa a tirar a roupa.

— O que você vai fazer? — pergunta ela.

— Vou reverter isso. — *Ele olha para o espelho falso que os separa da sala de controle.* — Alguém pode tirá-la daqui, por favor?

Os seguranças vêm às pressas, enquanto Slade entra nu no tanque.

— Por favor, dra. Smith...

Erguendo-se devagar do chão, saindo voluntariamente, encaminhando-se à sala de controle e, sentando-se atrás de Sergei e do dr. Wilson, acompanhando a reativação da lembrança de Slade do corte enquanto fazia a barba.

O tempo todo pensando: Isso é errado, isso é errado, isso é errado, até que...

De repente ela está na sala de reunião, estancando o sangue com o lenço.

Olha para Slade, que observa Reed, que por sua vez encara o vazio com um sorriso no rosto, como se estivesse em transe.

— Reed? — chama Slade.

Ele não responde.

— Reed, está me ouvindo?

Reed vira o rosto devagar. O sangue escorre pelos lábios, pinga na mesa.

— Eu morri.

— Eu sei. Eu voltei até uma lembrança minha para salvar...

— Foi a coisa mais linda que já vi.

— O que você viu? — pergunta Slade.

— Eu vi... — ele tenta encontrar as palavras — ... tudo.

— Não estou entendendo.

— Cada momento da minha vida. Parecia que estava voando muito rápido por um túnel cheio de lembranças, e era tão bom... Encontrei uma que eu tinha esquecido. Uma lembrança maravilhosa. Acho que a primeira lembrança da minha vida.

— O que era? — indaga Helena.

— Eu tinha dois ou três anos. Estava na praia, no colo de alguém, e eu sei que era meu pai mesmo sem conseguir vê-lo. Estávamos em Cape May, no litoral de Nova Jersey, onde passávamos as férias. Eu sabia que minha mãe estava atrás de mim, apesar de também não conseguir vê-la, e meu irmão, Will, estava na água, curtindo as ondas. Eu sentia o cheiro do mar, de protetor solar e do bolo que vendiam no calçadão. — As lágrimas começam a escorrer pelo rosto dele. — Nunca senti tanto amor. Tudo era tão bom. Seguro. O momento perfeito antes de...

— De quê? — pergunta Slade.

— Antes de eu me tornar o que sou. — Ele seca as lágrimas e olha para Slade. — Você não devia ter me salvado. Não devia ter me trazido de volta.

— O que está dizendo?

— Eu podia ter ficado naquele momento para sempre.

BARRY

NOVEMBRO DE 2007

Cada dia é uma surpresa sublime, cada momento, uma dádiva. O simples ato de se sentar à mesa com a filha no jantar e ouvi-la contar como foi seu dia é uma espécie de prêmio divino. Como pôde deixar de aproveitar um segundo sequer dessa vida?

Ele saboreia cada momento: os olhos de Meghan se revirando com desdém quando ele pergunta sobre namorados, mas se iluminando quando fala sobre as universidades que pretende visitar. Barry chora à toa quando ela está por perto, mas encontrou boas desculpas: a falta do cigarro e a emoção em ver sua garotinha se tornando uma mulher.

Julia nota que há algo estranho. Nesses momentos, ela o observa como quem examina um quadro ligeiramente torto na parede.

Todas as manhãs, quando desperta, ele tem medo de abrir os olhos, de se descobrir de volta ao seu pequeno apartamento em Washington Heights, de sua segunda chance se desfazer.

Mas está sempre ao lado de Julia, sempre vendo a luz penetrar no quarto pelas persianas, e sua única conexão com aquela outra vida está nas lembranças falsas, que ele adoraria esquecer.

HELENA

5 DE JULHO DE 2009

Dia 613

Após o jantar, Helena está lavando o rosto e se preparando para dormir quando ouve alguém bater à porta. É Slade, com um semblante pesado e sombrio.

— O que aconteceu? — pergunta ela.

— Reed se enforcou no quarto.

— Meu Deus. Por causa da lembrança morta?

— Não podemos tirar conclusões precipitadas. O cérebro de um dependente químico não funciona como o nosso. Quem é que pode saber o que ele realmente viu? Bem, achei que você fosse querer ser avisada. Mas não se preocupe, amanhã vou trazê-lo de volta.

— Como assim, "trazê-lo de volta"?

— Com o equipamento. Para ser honesto, não estou muito ansioso para morrer de novo. Como pode imaginar, é uma experiência extremamente desagradável.

— Ele fez a escolha de dar fim à própria vida — diz Helena, tentando controlar as emoções. — Acho que deveríamos respeitar isso.

— Não enquanto o contrato que ele tem comigo durar.

Horas depois, Helena ainda rola na cama, insone.

Pensamentos invadem sua mente, e ela não consegue impedi-los.

Slade a manipulou.

Mentiu para ela.

Impediu que falasse com os pais.

Roubou sua vida.

Embora nada jamais a tenha intrigado tanto quanto o misterioso poder da cadeira, Helena não confia nessa tecnologia nas mãos de Slade. Eles alteraram lembranças. Mudaram a realidade. Trouxeram um homem de volta à vida. E mesmo depois de tudo isso Slade ainda não se deu por satisfeito, e continua ultrapassando limites com uma determinação obsessiva que a faz se perguntar o que ele realmente pretende com tudo isso.

Helena se levanta, vai até a janela e abre as cortinas.

A lua está alta no céu, uma lua cheia que lança sua luz no mar. Um verniz preto-azulado cobre a superfície brilhante da água, que está imóvel como numa fotografia.

O dia em que poderá trazer a mãe à Estação e colocá-la no equipamento para mapear o que sobrou de sua mente nunca existiu.

Isso nunca foi uma possibilidade. É hora de admitir o fim de seu sonho e dar o fora dali.

Mas Helena não pode ir embora. Mesmo que conseguisse escapar em uma das embarcações de carga, assim que Slade desse por sua ausência ele simplesmente retornaria a um momento anterior e a impediria.

Ele pode impedir você antes mesmo que tente escapar. Antes que a própria ideia lhe ocorra. Antes deste momento.

Logo, isso quer dizer que só existe uma maneira de deixar a Estação.

BARRY

DEZEMBRO DE 2007

Ele tem tido um desempenho muito melhor no trabalho, em parte por se lembrar de alguns casos e suspeitos, mas principalmente porque está se dedicando com afinco. Seus superiores cogitam promovê-lo a um cargo de gerência, que pagaria mais e o pouparia do trabalho nas ruas, mas Barry recusa. Quer ser um excelente investigador, nada mais.

Parou de fumar, só bebe nos fins de semana, se exercita regularmente e sai para jantar com Julia toda sexta-feira. Não que a relação dos dois seja perfeita. Ela não carrega o trauma da morte de Meghan e do fim do casamento, mas tais eventos corroeram o laço que os unia, e para Barry não há como ignorar isso. Em sua outra vida, ele levou muito tempo para esquecê-la, e, embora tenha voltado para um momento anterior ao término, essas coisas não são tão simples de deixar para trás.

Ele acompanha o noticiário todas as manhãs e lê os jornais aos domingos, mas, embora se lembre dos acontecimentos mais marcantes (qual candidato será eleito presidente, os primeiros abalos de uma recessão), a maior parte do que tem registrado na memória abrange acontecimentos menores, insignificantes, o suficiente para que ache tudo uma grande novidade.

Agora, ele visita a mãe toda semana. Ela está com sessenta e seis anos, e em cinco anos começará a apresentar os primeiros sintomas do glioblastoma, um câncer no cérebro que vai levá-la à morte. Em seis anos não vai mais reconhecê-lo nem conseguir manter uma conversa, e pouco depois vai falecer em um hospital para pacientes terminais, apenas uma sombra do que foi um dia. Barry vai segurar sua mão esquelética em seus últimos momentos, perguntando-se se no território destroçado que é o cérebro da mãe, ela é ao menos capaz de registrar a sensação do toque humano.

Curiosamente, ele não sente tristeza nem desespero em saber como e quando sua mãe vai morrer. Ali, no apartamento dela no Queens, a uma semana do Natal, seus últimos dias parecem longínquos, inacessíveis. Na verdade, saber isso de antemão lhe parece uma bênção. Barry perdeu o pai aos quinze anos — aneurisma de aorta, uma morte súbita e inesperada. Agora, com a mãe, ele tem alguns anos para se despedir, para fazê-la se sentir amada, para dizer tudo que carrega no coração, e há um conforto imensurável nisso. Nos últimos tempos, ele vem se perguntando se a vida não se resume a uma longa despedida daqueles que amamos.

Meghan veio com ele hoje e está jogando xadrez com a avó. Sentado à janela, Barry ouve a mãe cantar naquele leve falsete que sempre mexe com ele, e divide a atenção entre a partida das duas e os transeuntes na rua lá embaixo.

Apesar da tecnologia antiga à sua volta e de uma ou outra notícia familiar, ele não sente que está vivendo no passado. Sente-se no mais perfeito *agora*. A experiência está tendo um impacto filosófico em seu entendimento do tempo. Talvez Vince tenha razão: talvez tudo seja mesmo simultâneo.

— Barry?
— Sim, mãe?
— Quando foi que você se tornou tão introspectivo?
Ele sorri.
— Não sei. Vai ver foi por ter chegado aos quarenta.
A mãe o observa, e só volta o olhar para o tabuleiro novamente quando Meghan termina sua jogada.

Ele vive seus dias, dorme suas noites.

Vai a festas em que já esteve, assiste a jogos já vistos, resolve casos já solucionados.

Pensa no déjà-vu que o perseguia durante sua vida anterior; a constante sensação de estar fazendo ou vendo algo que já tinha feito ou visto.

E se pergunta: será o déjà-vu o espectro de linhas do tempo que aconteceram sem nunca acontecer projetando sombras na realidade?

HELENA

22 DE OUTUBRO DE 2007

Ela está de volta à sua antiga mesa de trabalho nos recônditos bolorentos do departamento de neurociência de Palo Alto, em plena transição entre memória e realidade.

A dor da morte no tanque ainda é recente — a queimação nos pulmões implorando por oxigênio, o peso excruciante do coração paralisado, o pânico e o medo de seu plano não funcionar. Depois, quando o programa de reativação entrou em ação e os estimuladores dispararam, sentiu apenas euforia e alívio. Slade tinha razão: sem a DMT, a experiência de reativação de uma lembrança é apenas como assistir ao mesmo filme pela milésima vez. Isso é revivê-la.

Jee-woon está sentado na sua frente, seu rosto entrando em foco em meio a um mar turvo, e Helena se pergunta se ele repara algo de estranho, já que ela ainda não consegue controlar o próprio corpo. Mas ela colhe algumas palavras aqui e ali — fragmentos de uma conversa familiar.

— ... muito impressionado com seu artigo sobre mapeamento de memória que saiu na *Neuron*.

O formigamento começa pela ponta dos dedos, depois vai subindo pelas pernas, descendo pelos braços, até que ela recobra movimentos musculares simples, como piscar e engolir saliva. De repente, seu corpo volta a lhe pertencer, e a sensação de controle é completa, trazendo a euforia do pleno domínio de si mesma, de estar totalmente dentro de seu eu mais jovem.

Ela olha em volta, observando seu antigo escritório, as paredes cobertas de imagens em alta resolução de lembranças de ratos. Segundos atrás, ela estava a duzentos e oitenta quilômetros da costa norte da Califórnia, quase dois anos no futuro, morrendo dentro de um tanque de isolamento no terceiro andar de uma plataforma de petróleo desativada.

— Está tudo bem? — pergunta Jee-woon.

Deu certo. Meu Deus, deu certo.

— Sim. Desculpa, o que você disse?

— Que meu empregador ficou muito impressionado com seu trabalho.

— Seu empregador tem nome? — pergunta ela.

— Bem, depende.

— De...?

— De como nossa conversa vai se desenrolar.

Ter esse mesmo diálogo pela segunda vez é surreal e perfeitamente normal ao mesmo tempo. Sem dúvida, é o momento mais estranho de toda a sua existência, e Helena tem que se obrigar a se concentrar no que diz.

Ela olha para Jee-woon e pergunta:

— E por que eu me daria ao trabalho de conversar com alguém sem saber em nome de quem essa pessoa está falando?

— Porque seu financiamento na Stanford se encerra daqui a um mês e meio.

Ele pega sua pasta de couro e tira de lá um fichário azul-marinho: sua proposta de financiamento de pesquisa.

Enquanto Jee-woon tenta convencê-la a trabalhar para seu chefe usufruindo de orçamento ilimitado, ela encara o documento de seu projeto e pensa: *Eu consegui. Construí minha cadeira imersiva, e é algo muito mais poderoso do que eu podia imaginar.*

— Você precisa de uma equipe inteira de desenvolvedores para elaborar um algoritmo de catalogação e projeção de memórias complexas — completa ele. — Infraestrutura para ensaios clínicos.

Plataforma imersiva para projeção de memória episódica declarativa permanente.

Ela construiu isso. E funcionou.

— Helena?

Jee-woon a encara do outro lado da zona de desastre que é a mesa dela.

— Sim?

— Você quer trabalhar com Marcus Slade?

Na noite em que Reed se matou, ela desceu às escondidas até o laboratório e, entrando no sistema usando a conta de usuário reserva que ela convenceu Raj a providenciar antes de ir embora, mapeou a lembrança desse momento: o dia em que Jee-woon foi procurá-la em Stanford. Um momento que deixou marcas neuronais bem fortes, uma condição para que o retorno fosse viável. Em seguida, programou a sequência de reativação, a liberação das drogas e, às três e meia da manhã, entrou no tanque de isolamento.

— Helena? O que me diz?

— Eu adoraria trabalhar com Slade.

Ele pega na bolsa um segundo documento.

— O que é isso? — pergunta Helena, mesmo já sabendo do que se trata. Sua memória tem registrada, em uma lembrança agora morta, a assinatura desse documento.

— Seu contrato de trabalho, que inclui um termo de confidencialidade. Inegociável. Acredito que você vá achar a compensação financeira bastante generosa.

BARRY

JANEIRO DE 2008 – MAIO DE 2010

Então a vida volta a ser apenas a vida, uma sucessão ininterrupta de dias que a velocidade faz se fundirem em aparente repetição e aceleração, sendo cada vez mais comuns aqueles em que Barry já nem pensa no fato de estar vivendo tudo de novo.

HELENA

22 DE OUTUBRO DE 2007 – AGOSTO DE 2010

Ela sente resquícios do perfume de Jee-woon no elevador enquanto sobe para o primeiro andar do prédio de neurociência. Faz quase dois anos que pôs os pés pela última vez no campus da Universidade Stanford. Foram também dois anos sem pisar em terra firme. O verde das árvores e da grama por pouco não a leva às lágrimas. A luz do sol passando pelas folhas oscilantes nos galhos. O cheiro das flores. O canto dos pássaros que não se ouve no mar.

Neste dia de outono claro e quente, Helena olha toda hora para a data na tela de seu celular, porque parte dela ainda não acredita que seja mesmo dia 22 de outubro de 2007.

Lá está seu Jeep, no estacionamento dos funcionários e professores. Ela se senta no banco quente de sol e vasculha a mochila atrás das chaves.

Logo está cruzando a toda velocidade a interestadual, o vento zunindo acima dos arcos da gaiola do carro. A Estação Fawkes parece um sonho cinzento e indistinto, e mais ainda a cadeira, o tanque, Slade e os últimos dois anos de sua vida, que, graças a algo que *ela* construiu, nem aconteceram ainda.

Ao chegar em casa, em San José, ela enfia numa mala um punhado de roupas, um porta-retratos com uma foto dos pais e seis livros que são tudo para ela: *De Humani Corporis Fabrica*, de Andreas Vesalius; *Física*, de Aristóteles; *Principia Mathematica*, de Isaac Newton; *A origem das espécies*, de Charles Darwin; e dois romances: *O estrangeiro*, de Albert Camus, e *Cem anos de solidão*, de Gabriel García Márquez.

Vai ao banco e encerra as contas corrente e poupança — tem pouco menos de cinquenta mil dólares. Pega dez mil em dinheiro vivo, transfere o restante para uma conta em uma corretora e sai da agência ao meio-dia levando um envelope branco cuja finura lhe dá um aperto no coração.

Pouco antes de pegar a Highway 1, para num posto e abastece. Depois de pagar, joga no lixo o cartão de crédito, fecha a capota conversível e se senta ao volante. Não sabe para onde vai. Só chegou a esse ponto nos planos que traçou ontem à noite, na Estação, e o misto de euforia e pavor deixa sua mente acelerada.

No painel central ela vê uma moeda de dez centavos. Joga a moeda para o alto e a pega na mão esquerda, cobrindo com a direita.

Cara, vai para o sul.

Coroa, para o norte.

A estrada corre sinuosa pelo litoral escarpado, o mar recebendo de braços abertos a névoa cinzenta centenas de metros abaixo.

Ela dispara através de florestas de cedros.

Passa por promontórios.

Por campos elevados varridos pelo vento.

Por cidadezinhas que mal justificam um nome próprio — minúsculos vilarejos no meio do nada.

Na primeira noite, ela para por algumas horas ao norte de São Francisco, num hotel de beira de estrada revitalizado chamado Timber Cove, que fica no alto de um penhasco com vista para o mar.

Fica sentada sozinha diante da lareira com uma taça de um vinho produzido a meros trinta e cinco quilômetros dali, vendo o sol se pôr e tentando entender o que sua vida se tornou.

Pega o celular para ligar para os pais, mas hesita.

Neste momento, Marcus Slade acredita que em breve ela chegará à plataforma para começarem a desenvolver o projeto da cadeira, sem dúvida convicto de que é o único a saber dos assombrosos poderes que aquilo de fato reserva. Quando ficar claro que ela não vai aparecer, ele não apenas vai suspeitar do que Helena fez, como vai mover céus e terras para encontrá-la, porque sabe que, sem ela, não tem a mais remota chance de construir (ou, de certa forma, reconstruir) o equipamento.

É capaz até de usar os pais dela para descobrir seu paradeiro.

Helena coloca o celular no chão e o esmaga com a bota.

Ela continua seguindo para o norte pela Highway 1, fazendo um rápido desvio para um lugar da chamada Costa Perdida que sempre quis conhecer: a Black Sands Beach, em Shelter Cove.

Depois, segue cruzando bosques de sequoias e tranquilas comunidades costeiras, adentrando o Noroeste do Pacífico.

Dias se passam e ela chega a Vancouver, e continua subindo pela costa da Colúmbia Britânica, por cidades grandes, médias, pequenas, vilarejos, até chegar a áreas rurais ermas que estão entre as paisagens mais lindas que já viu.

Três semanas depois, vagueando pelos territórios selvagens do norte do Canadá, uma tempestade surge em seu caminho no cair da noite.

Ela para em um bar de beira de estrada, nas cercanias de um vilarejo que é uma relíquia da época da Febre do Ouro. Ali, senta-se ao balcão de um bar todo revestido em madeira, bebe cerveja e joga conversa fora com os moradores, enquanto o fogo crepita em uma imensa lareira de pedra e a primeira neve da estação bate na janela.

Em alguns aspectos, a cidadezinha de Haines Junction, em Yukon, é tão remota quanto a Estação Fawkes, um povoado localizado nos confins do Canadá, numa floresta perene aos pés de uma cordilheira coberta de neve e gelo. Todos ali a conhecem por Marie Iden. O primeiro nome foi inspirado na primeira mulher a ganhar um prêmio Nobel e cujo trabalho levou à descoberta da radioatividade, e o sobrenome vem de uma das suas autoras de suspense preferidas.

Helena mora em um quarto em cima de um bar e recebe um salário informalmente para atender ao balcão nos fins de semana. Não precisa do dinheiro — o que sabe sobre o futuro vai transformar seus investimentos em milhões nos próximos anos —, mas é bom se manter ocupada, e ter uma fonte de renda comprovada ajuda a não levantar suspeitas.

O quarto é modesto. Tem uma cama, uma cômoda e uma janela que dá para a rodovia mais deserta que já viu. Mas, pelo menos por enquanto, serve. Tem conhecidos ali, não amigos, e tem sempre um ou outro viajante que passa pelo bar e pela cidade por tempo suficiente para permitir um ocasional romance fugaz para aliviar a solidão.

E ela realmente se sente só, mas essa parece ser a norma ali. Não demorou muito tempo para perceber que Haines Junction é um refúgio para um grupo específico de pessoas.

Aqueles em busca de paz.

Aqueles em busca de um refúgio.

E, é claro, aqueles em busca das duas coisas.

O estímulo intelectual do trabalho faz falta. O laboratório. Ter um objetivo faz falta. Dói demais imaginar o que os pais devem estar pensando de seu desaparecimento. Ela se sente culpada a cada hora de cada dia em que não está construindo o equipamento que poderia preservar lembranças importantes de pessoas com o mesmo problema da mãe.

Já lhe passou pela cabeça que uma solução para tudo isso seria matar Slade. Seria muito fácil se aproximar dele — poderia ligar para Jee-woon e dizer que reconsiderou a oferta. Mas jamais faria isso. Simplesmente não é esse tipo de pessoa, para o bem ou para o mal.

Assim, seu conforto é saber que cada dia que passa neste canto remoto do planeta sem ter sido encontrada por Slade é mais um dia em que protege o mundo daquilo que poderia criar.

Após dois anos, ela consegue diplomas e documentos falsos pela Dark Web e vai para Anchorage, no Alasca, onde se oferece para trabalhar como assistente de pesquisa não remunerada em uma universidade. Trabalha para um homem gentil que nem desconfia que tem sob sua supervisão a maior cientista do mundo. Helena ocupa seus dias entrevistando pacientes com Alzheimer e registrando suas lembranças em processo de declínio ao longo de semanas e meses, à medida que a doença avança por seus cruéis e desumanizantes estágios. Não há nada de inovador no trabalho, mas ao menos ela sente que coloca seu intelecto a serviço do campo de estudo que é sua paixão. O tédio e a falta de propósito que marcaram seu período em Yukon estavam ameaçando levá-la à depressão.

Agora, há dias em que ela sente um desejo desesperador de começar a construir o microscópio MEG e o mecanismo de reativação, para capturar e preservar as lembranças desses pacientes cujas vidas estão aos poucos lhe escapando, junto com as lembranças que os definem. Mas seria arriscado demais. Slade poderia tomar conhecimento do projeto em andamento, ou alguém poderia — tal como, aparentemente, ela mesma fez — passar da reativação de memórias para a viagem em memórias. Não se pode confiar aos seres humanos tecnologias de tamanho poder. Vide a fissão nuclear, que trouxe a bomba atômica; igualmente perigosa, se não mais, seria a possibilidade de transformar lembranças e, consequentemente, a realidade, sobretudo por ser algo tão sedutor. Ela própria não estava, agora mesmo, mudando o passado, à primeira oportunidade que teve?

Mas a cadeira foi desinventada, Helena sumiu do mapa, e não há ameaça à memória e ao tempo senão o conhecimento armazenado em sua mente, que Helena pretende levar para o túmulo.

A ideia de se matar lhe ocorreu mais de uma vez. Seria a única garantia verdadeira contra o risco de Slade encontrá-la e forçá-la a retomar o projeto. Ela chegou a providenciar comprimidos de cloreto de potássio, para a eventualidade de esse dia chegar.

Estão sempre à mão aonde quer que vá, num medalhão que leva em um cordão ao pescoço.

Helena estaciona numa vaga para visitantes perto da entrada e quando sai é engolida pelo sufocante calor de agosto. A propriedade é bem cuidada. Há coretos, pequenas fontes de água, áreas para piquenique. Ela se pergunta como o pai está pagando por tudo aquilo.

Na recepção, tem que se identificar e escrever seu nome no formulário de visita. Enquanto a atendente tira uma cópia de sua carteira de motorista, Helena olha em volta, nervosa.

Está há três anos vivendo nesta linha do tempo. Slade deve ter recobrado as falsas lembranças de tudo que viveram juntos na Estação Fawkes no início da manhã de 6 de julho de 2009, o momento (na linha do tempo anterior) em que ela morreu no tanque de isolamento e retornou à lembrança de sua primeira conversa com Jee-woon, em seu laboratório em Stanford.

Se ele já não estava procurando por ela antes, com certeza está agora. Muito provavelmente, pagou a alguém da clínica para alertá-lo caso Helena aparecesse.

O que ela acabou de fazer.

Mas está ciente do risco.

Se for encontrada por Slade ou um de seus homens, está preparada.

Helena leva a mão ao medalhão no pescoço.

— Prontinho, querida. — A atendente lhe dá um crachá de visitante. — Dorothy está no quarto 117, no fim do corredor. Vou avisar que você está aqui.

Helena aguarda as portas para a ala de cuidados neurocognitivos se abrirem lentamente.

A mistura de cheiros de desinfetante, urina e comida de refeitório desperta a lembrança da última vez que pôs os pés em uma clínica de repouso: vinte anos atrás, quando o avô estava em seus meses finais de vida.

Ela passa por uma área comum, onde uma televisão exibe um programa sobre natureza para os residentes em um estupor induzido por medicação pesada.

A porta do quarto 117 está entreaberta. Ela a empurra.

Pelos seus cálculos, faz cinco anos que não vê a mãe.

Dorothy está em uma cadeira de rodas, as pernas cobertas por uma manta, olhando pela janela para o sopé das Montanhas Rochosas. Deve ter visto, pela visão periférica, alguém entrar, pois vira o rosto devagar para a porta.

Helena sorri.

— Oi.

A mãe a encara, sem piscar.

Nenhum sinal de reconhecimento.

— Posso entrar?

A mãe baixa a cabeça, em um gesto que Helena interpreta como consentimento. Ela entra e fecha a porta.

— Seu quarto é muito bonito.

A televisão está ligada num canal de notícias, sem som. E há fotos por *todo lado*. Dos pais de Helena em outros tempos, tempos melhores. De Helena quando bebê, outra quando criança, outra na adolescência estreando seus dezesseis anos recém-completados ao volante da Silverado da família no dia em que tirou a carteira de motorista.

De acordo com a página que seu pai criou no CaringBridge, uma espécie de blog para conectar familiares e amigos de pessoas doentes, eles decidiram levar Dorothy para uma clínica especializada depois do último Natal, quando ela quase botou fogo na cozinha ao esquecer o fogão aceso.

Helena se senta ao lado da mãe à mesinha redonda que fica perto da janela, decorada com um buquê de flores. O tapete de folhas e pétalas ao redor do vaso indica que foi deixado ali já tem um tempo.

A mãe transmite a fragilidade de um passarinho, e, à luz de quase meio-dia, sua pele parece fina como papel. Tem apenas sessenta e cinco anos, mas parece bem mais velha. O cabelo grisalho está rareando. Manchas senis cobrem as mãos, embora não a deixem menos femininas ou graciosas.

— Sou eu. Helena. Sua filha.

A mãe apenas olha para ela, cética.

— Seu quarto tem uma vista muito bonita das montanhas.

— Você viu a Nance? — pergunta a mãe.

Não parece em nada seu jeito de falar. As palavras saem lentas e com grande dificuldade. Nancy era a irmã mais velha de Dorothy. Morreu dando à luz, mais de quarenta anos atrás, antes mesmo de Helena nascer.

— Não, não vi — responde Helena. — Já faz um tempo que ela se foi.

A mãe se volta novamente para a janela. Embora o céu esteja limpo acima das planícies e no sopé das montanhas, ao longe nuvens escuras começam a se aglutinar nos picos. Helena pensa que essa doença é uma forma sádica e esquizofrênica de viajar no tempo pelas lembranças, lançando suas vítimas o mais distante possível na extensão de suas vidas, fazendo-as acreditarem que estão vivendo no passado. Deixando-as à deriva no tempo.

— Sinto muito por não ter estado do seu lado — diz Helena. — Não foi por falta de vontade... Penso em você e no papai todos os dias. Mas é que os últimos anos foram... muito difíceis. Você é a única pessoa no mundo a quem posso dizer que tive a chance de desenvolver meu projeto da cadeira imersiva. Acho que falei sobre isso com você. Eu a construí por sua causa. Queria preservar suas lembranças. Achei que fosse mudar o mundo. Achei que tivesse conseguido tudo que um dia sonhei. Mas não deu certo. Eu falhei com você. Falhei com todas as pessoas como você, que poderiam ter usado a cadeira para proteger uma parte de si mesmas contra essa... essa doença maldita. — Helena seca as lágrimas. Não sabe dizer se a mãe está prestando atenção. Talvez não faça diferença. — Eu trouxe algo terrível para o mundo, mãe. Não foi minha intenção, mas aconteceu, e agora tenho que passar o resto da vida me escondendo. Eu nem deveria estar aqui, mas... precisava ver você uma última vez. Preciso que você saiba que eu...

— Vai cair uma tempestade nas montanhas hoje — interrompe Dorothy, ainda observando as nuvens negras.

Helena respira fundo, trêmula.

— É, está parecendo mesmo.

— Eu sempre ia com minha família a essas montanhas. Um lugar chamado Lost Lake.

— Eu lembro. Eu fui com você, mãe.

— Nadávamos na água gelada, depois nos deitávamos nas rochas quentinhas. O céu era quase roxo de tão azul. Havia flores silvestres nos campos. Parece que foi ontem.

Elas ficam em silêncio por um tempo.

Um raio toca o cume de Longs Peak.

Mãe e filha nem ouvem o trovão distante.

Helena se pergunta com que frequência o pai vem visitar Dorothy. Imagina como deve ser difícil para ele. Daria tudo para revê-lo.

Ela reúne todas as fotos e, com calma, mostra uma por uma à mãe, indicando rostos, citando nomes, acrescentando recordações da própria memória. Começa a escolher momentos que imagina terem sido os mais especiais, os mais importantes para a mãe, mas então se dá conta de que é uma escolha pessoal demais. Só o que pode fazer é compartilhar os que são especiais para si.

Então acontece algo muito estranho.

Dorothy olha para ela, e por um momento seus olhos estão claros, lúcidos e resolutos — como se a mulher que Helena conheceu a vida inteira tivesse aberto caminho à força pelo emaranhado da demência e pisoteado vias neurais para ver a filha, mesmo que por um momento fugaz.

— Eu sempre tive orgulho de você — diz Dorothy.

— Verdade?

— Você é o que eu fiz de melhor na vida.

Helena abraça a mãe, as lágrimas caindo sem parar.

— Desculpa não ter conseguido salvar você, mãe.

Mas quando ela se afasta, o momento de clareza se esvaiu.

E ela se vê encarando os olhos de uma estranha.

BARRY

JUNHO DE 2010 – 6 DE NOVEMBRO DE 2018

Certa manhã, ele acorda, e é o dia da formatura de Meghan no ensino médio.

Ela é a oradora, e faz um belo discurso.

Barry chora.

Então chega um outono em que há apenas ele e Julia em uma casa muito quieta.

Certa noite, os dois deitados na cama, ela se vira para ele e pergunta:

— É assim que você quer passar o resto da vida?

Ele não sabe o que dizer. Mentira. Sabe, sim. Sempre culpou a morte de Meghan pela separação. Era a família deles — os *três* — que o unia a Julia. Quando Meghan morreu, esse elo se desfez em questão de um ano. Só agora ele consegue admitir que acabariam rompendo a relação de um jeito ou de outro. Sua segunda jornada pelo casamento foi apenas uma morte mais lenta e menos dramática, culminando no fato de Meghan ter crescido e seguido seu caminho.

Então, sim, ele sabe. Só não quer admitir.

O relacionamento dos dois tinha prazo de validade.

Sua mãe morre exatamente como ele lembra.

Quando chega ao bar, Meghan já está lá, tomando um martíni e digitando no celular. Ele não a avista de imediato, porque ela é só mais uma mulher bonita em um bar sofisticado de Nova York tomando um drinque no fim do dia.

— Oi, Megs.

Ela pousa o celular com a tela para baixo no balcão e, descendo do banco, o abraça mais forte que o normal, sem soltá-lo por um tempo, prolongando o momento.

— Como você está? — pergunta ela.
— Ah, está tudo bem.
— Mesmo?
— Sim.

Ela o observa com desconfiança enquanto ele se senta ao balcão e pede uma garrafa de água mineral e um copo com rodelas de limão.

— Como estão as coisas no trabalho? — pergunta ele.

Meghan está em seu primeiro ano como organizadora comunitária em uma ONG.

— Tudo ótimo e uma correria insana, mas não quero falar de trabalho.
— Você sabe que tenho muito orgulho de você, não sabe?
— Eu sei, pai, você me diz isso toda vez que a gente se vê. Escuta, preciso fazer uma pergunta.
— Claro.

Ele toma um gole da água com limão.

— Há quanto tempo vocês estavam infelizes?
— Não sei — responde Barry. — Fazia um tempo. Anos, talvez.
— Você e minha mãe continuaram juntos por minha causa?
— Não.
— Jura que não?
— Juro. Eu queria que desse certo. E sei que sua mãe também. Às vezes a gente demora a jogar a toalha, só isso. Você pode ter contribuído para que não reparássemos em como estávamos infelizes, mas *nunca* impediu que cada um seguisse seu caminho.
— Você andou chorando?
— Não.
— Mentiroso.

Ela é boa nisso. Apenas uma hora atrás ele assinou o acordo de separação, no escritório de seu advogado, e, a menos que surja algo inesperado, um juiz deverá assinar o divórcio nas próximas semanas.

Foi uma boa caminhada até o bar, e, sim, ele veio chorando pela maior parte do percurso. É uma das melhores coisas de Nova York: ninguém se importa com seu estado emocional desde que não haja sangue envolvido. Chorar pelas ruas em plena luz do dia tem o mesmo grau de privacidade de chorar no quarto à noite. Talvez porque ninguém se importe. Talvez porque esta seja uma cidade brutal, onde todos já tiveram dias ruins.

— Como está Max? — pergunta Barry.
— Max já era.
— Por quê? O que houve?
— Ele finalmente viu o que está escrito na minha testa.
— Que é?
— "Oi, eu sou workaholic."

Barry pede mais uma garrafa de água mineral.

— Você está com uma cara muito boa, pai.
— Acha mesmo?
— Acho. Mal posso esperar para ouvir suas histórias de encontros ruins.
— Mal posso esperar para passar por isso.

Meghan ri, e alguma coisa no movimento de sua boca o faz ver novamente seu rosto de menina, apenas por um breve segundo.

— Domingo é seu aniversário — lembra Barry.
— Pois é.
— Sua mãe e eu ainda queremos levar você para almoçar.
— Tem certeza de que não vai ser constrangedor?
— Ah, vai. Mas queremos ir mesmo assim, se você topar. Queremos que fique tudo bem entre a gente.
— Eu topo — diz Meghan.
— Sério?
— Aham. Também quero que a gente fique bem.

Depois de se despedir de Meghan, Barry decide comer algo rápido em sua lanchonete preferida em Nova York, uma pizzaria minúscula no Upper West Side, não muito longe do trabalho. O tipo de lugar a que as pessoas vão tarde da noite — despretensioso, mal iluminado e sem lugar para sentar, só um balcão ocupando toda a extensão das paredes, todo mundo de pé com seus pratos de papel engordurados, comendo com a mão fatias gigantescas de pizza acompanhadas de refrigerantes enjoativos em copos igualmente imensos.

É uma noite de sexta-feira, barulhenta e perfeita.

Ele cogita beber alguma coisa depois dali, mas seria muito patético beber sozinho após a assinatura dos papéis do divórcio, então segue para o carro. Dirige pelas ruas de sua cidade se sentindo feliz, emotivo e comovido com o puro e simples mistério de estar vivo. Torce para que Julia esteja bem. Depois de assinados os papéis, ele lhe mandou uma mensagem, dizendo que ficava feliz em saber que continuariam amigos, e que ela sempre poderia contar com ele.

Agora, em meio ao trânsito lento, ele olha o celular de novo, para ver se ela respondeu.

Chegou uma mensagem:

Também pode sempre contar comigo. Isso nunca vai mudar.

Essa sensação de completude é algo que ele não se lembra de já ter sentido na vida.

Barry volta a se concentrar na direção. Os carros continuam parados, mesmo com o sinal verde mais à frente. Alguns policiais estão desviando o tráfego, bloqueando o acesso ao próximo quarteirão.

Ele abre o vidro da janela e grita para o policial mais próximo:

— O que está acontecendo?

O homem apenas faz um gesto para que ele siga o fluxo.

Barry acende as luzes da polícia na dianteira do carro e aciona a sirene. Isso atrai a atenção do guarda, que vem correndo, muito contrito.

— Desculpa. Pediram para a gente fechar esse trecho da rua. Está tudo um caos.

— O que aconteceu?

— Uma mulher se jogou de um prédio no outro quarteirão.

— Qual prédio?

— Aquele alto, bem ali.

Quando olha para cima e vê uma torre em estilo art déco, com um ornamento em vidro e aço no topo, Barry sente o estômago embrulhar.

— Qual andar? — pergunta ele.

— Como?

— De qual andar ela se jogou?

Uma escandalosa ambulância passa por eles, as luzes e sirenes berrando enquanto o veículo avança o cruzamento logo adiante em alta velocidade.

— Do quadragésimo primeiro andar. Parece que é mais um suicídio por SFM.

Barry encosta o carro e desce. Segue pela rua em uma corrida lenta, mostrando seu distintivo para o guarda que isola a área deixá-lo passar.

Reduz o passo ao se aproximar de um grupo de policiais, paramédicos e bombeiros, todos reunidos em torno de um Lincoln Town Car preto que teve o teto esmagado de forma espetacular.

Ele se preparou para ver as consequências grotescas de uma queda de cento e vinte metros no corpo humano, mas, ao chegar perto, vê uma Ann Voss Peters quase serena. O único dano externo visível é um filete de sangue saindo dos ouvidos e da boca. Ela caiu de costas, e em tal posição que o teto esmagado do carro parece segurá-la no colo. Os tornozelos estão cruzados, o braço esquerdo sobre o peito, a mão repousando no rosto, como se estivesse apenas dormindo.

Um anjo caído do céu.

Não é que tivesse esquecido. A recordação do Hotel Memory, da morte no tanque de isolamento e seu retorno à noite em que Meghan morreu permaneceram em sua mente o tempo todo, ainda que adormecida — um conjunto de lembranças escurecidas.

Havia também um quê de onírico nos últimos onze anos. Absorvido pelas inúmeras pequenezas do cotidiano e sem uma conexão tangível com a vida da qual o arrancaram, foi muito fácil relegar o que aconteceu aos recessos mais recônditos da consciência e da memória.

Mas agora, sentado com Julia e Meghan no café às margens do rio Hudson, na manhã em que a filha completa vinte e seis anos, ele é tomado por uma sensação intensa de estar vivendo este momento pela segunda vez. Tudo volta num jorro súbito de lembranças claras como água. Ele e Julia a uma mesa próxima à que estão hoje, imaginando o que Meghan estaria fazendo se ainda fosse viva. Ele apostou que ela seria advogada. Os dois riram da ideia, depois recordaram juntos a vez que a filha enfiou o carro na porta da garagem e compararam as lembranças que tinham de uma viagem em família que fizeram à nascente do Hudson.

Agora sua filha está sentada à sua frente, e a presença dela o desconcerta, como há muito não acontecia. A existência dela. A sensação é tão forte quanto nos primeiros dias de seu retorno à antiga vida, quando cada segundo tinha o brilho de um presente.

Barry é arrancado do sono às três da manhã, despertado por fortes batidas à porta. Ele se revira para se levantar, emergindo lentamente da névoa sonolenta enquanto se arrasta até a sala. Jim-Bob, o cão que adotou, late ferozmente para a porta.

Uma espiada pelo olho mágico o desperta imediatamente: é Julia, aguardando à luz fraca do corredor. Ele puxa a tranca, gira a chave e abre a porta. Os olhos inchados indicam que ela andou chorando muito, seu cabelo está um horror, e ela veste um sobretudo por cima do pijama, os ombros polvilhados de neve.

— Eu tentei te ligar, mas seu telefone está desligado — explica ela.

— O que houve?

— Posso entrar?

Ele recua um passo e ela entra, com uma intensidade alarmante no olhar. Pegando-a pelo braço com delicadeza, ele a conduz até o sofá.

— Você está me assustando, Jules. O que foi que aconteceu?

Ela está tremendo.

— Já ouviu falar da Síndrome da Falsa Memória?

— Sim. Por quê?

— Acho que estou com isso.

Ele sente um aperto no estômago.

— Por que acha isso?

— Faz uma hora, acordei com uma dor de cabeça terrível e um monte de lembranças de outra vida. Lembranças meio apagadas, sem cor. — As lágrimas lhe vêm aos olhos. — Nelas, Meghan morreu atropelada quando era adolescente, você e eu nos separamos um ano depois, eu me casei de novo com um homem chamado Anthony. Era tudo tão real... como se eu tivesse realmente vivido aquilo. Uma imagem de nós ontem no mesmo café na beira do rio, só que sem Meghan. Mas eu acordei sozinha, não existe Anthony nenhum, e eu sabia que, na verdade, nós almoçamos com ela ontem. Que ela está viva. — As mãos de Julia tremem muito. — O que é real, Barry? Quais dessas lembranças são verdadeiras? — Ela cai no choro. — Nossa filha está viva?

— Sim.

— Mas eu me lembro de ir ao necrotério. De ver o corpo dela destroçado. Ela morreu. Lembro como se tivesse sido ontem. Tiveram que me carregar para fora de lá, eu gritava... Você lembra, não lembra? Isso aconteceu mesmo? Você se lembra de Meghan ter morrido?

Sentado no sofá apenas de cueca, Barry se dá conta de que isso tudo faz um sentido terrível. Ann Voss Peters se jogou do Poe Building três dias atrás. Ele se encontrou com Meghan e Julia para almoçar ontem. O que significa que nessa noite ele foi enviado de volta à lembrança da última vez que vira a filha viva. Ao chegarem a esse momento no tempo, todas as lembranças que Julia teria daquela vida apagada em que Meghan morreu devem ter sido jogadas na mente dela.

— Estou ficando louca, Barry?

Então lhe ocorre: se Julia recobrou as lembranças, o mesmo aconteceu com Meghan.

Ele encara a ex-esposa.

— Temos que ir.

— Como assim?

Ele se levanta.

— Rápido.

— Barry...

— Acredite, você não está enlouquecendo.

— Você também se lembra de ela ter morrido?

— Lembro.

— Como isso é possível?

— Prometo que vou explicar tudo, mas no momento temos que encontrar Meghan.

— Por quê?

— Porque ela está passando pela mesma coisa que você. Está se lembrando da própria morte.

Barry pega a West Side Highway, seguindo para o sul, passando por uma nevasca que vem do norte de Manhattan, pegando o trânsito livre a essa hora da madrugada.

— Meghan, por favor, me ligue quando receber esta mensagem — diz Julia ao celular. — Estou preocupada. Seu pai e eu estamos indo aí. — Então, virando-se para Barry, diz: — Ela deve estar dormindo. Está tarde.

Eles percorrem as ruas vazias do centro de Manhattan, cruzando a ilha e entrando no NoHo, os pneus derrapando um pouco no asfalto escorregadio.

Param em frente ao prédio de Meghan e saem sob a neve inclemente.

Chegando à entrada, Barry aperta o interfone cinco vezes, mas ela não atende.

— Você tem uma cópia da chave? — pergunta a Julia.

— Não.

Ele começa a ligar para outros apartamentos até que alguém finalmente abre o portão.

É um prédio antigo, da época do pré-guerra, de aparência descuidada e sem elevador. Os dois sobem voando os seis andares por uma escadaria de aspecto decadente. O apartamento de Meghan fica no fim do corredor mal iluminado que eles percorrem às pressas — lá está a bicicleta dela, apoiada na janela que dá para a escada de incêndio.

Barry esmurra a porta. Nada. Recuando um passo, dá um chute. Sente uma dor intensa em toda a perna, mas a porta mal estremece.

Dá um segundo chute, mais forte.

A fechadura cede, e eles se lançam para o interior escuro do apartamento.

— Meghan!

Tateando a parede, Barry enfim encontra o interruptor e acende as luzes, que revelam um conjugado apertado. À direita, há um recuo onde fica a cama — vazia. À esquerda, uma cozinha compacta. Um corredorzinho leva ao banheiro.

Ele corre, mas Julia avança na frente, gritando o nome da filha.

No fim da passagem, ela cai de joelhos.

— Ah, querida, meu Deus, eu estou aqui.

Ao alcançá-la, Barry sente o coração afundar. Meghan está caída no chão, Julia ajoelhada ao seu lado, acariciando seu cabelo. Ao ver a filha de olhos abertos, ele pensa, por um momento aterrorizante, que ela está morta.

Meghan pisca.

Com cuidado, ele ergue o braço direito dela e toma seu pulso. Está forte, talvez até demais, e bastante acelerado. Ele se pergunta: será que ela se lembra do impacto de ser atingida por um veículo de duas toneladas a noventa quilômetros por hora? Ou do momento em que sua consciência se apagou? Do que veio depois, seja lá o que for? Como seria se lembrar da própria morte? Como seria possível recordar um estado de inexistência? Como um negrume? Um vazio absoluto? Tal como uma divisão por zero, parece-lhe uma impossibilidade.

— Meghan, está me ouvindo? — pergunta ele, com suavidade.

Ela se mexe, olha para ele, e seus olhos estão focados, como se realmente o visse.

— Pai?

— Estou aqui, querida, eu e sua mãe.

— Onde estou?

— Na sua casa. No chão do banheiro.

— Eu morri?

— Não, claro que não.

— É que tive uma lembrança... que não tinha antes. Eu com quinze anos, indo encontrar meus amigos no Dairy Queen. Estava falando no celular e atravessei a rua sem prestar atenção. Lembro que ouvi um carro vindo. Quando me virei, as luzes do farol estavam bem em cima de mim. Eu me lembro do carro me atingindo, depois de ficar caída de costas, pensando que era muito burra. Não doía tanto, mas eu não conseguia me mexer, e tudo estava ficando escuro. Eu não enxergava nada, mas sabia o que ia acontecer. Sabia que aquilo era meu fim. Tem certeza de que eu não morri?

— Você está aqui comigo e com a sua mãe. Perfeitamente viva.

Os olhos de Meghan vão de um lado a outro em segundos, como um computador processando dados.

— Eu não sei o que é real — diz ela.

— Você é real. Eu sou real. Este momento é real.

Mas ele mesmo não tem tanta certeza do que diz.

Barry observa a ex-esposa, pensando em como ela parece a Julia daquela outra vida, o peso sombrio da perda da filha ressurgindo em seus olhos.

— Quais lembranças você sente que são mais reais? — pergunta ele a Julia.

— Nenhuma é mais real que a outra. Só que neste mundo em que estou vivendo faz sentido que minha filha esteja viva. Graças a Deus. Mas sinto como se tivesse vivido as duas coisas. O que está acontecendo com a gente?

Barry respira fundo e se recosta na porta do box.

— Quando eu estava na... nem sei como chamar... na minha vida anterior, em que Meghan morreu, comecei a investigar um caso que envolvia a Síndrome da Falsa Memória. Eu me deparei com coisas que não se encaixavam. Então, uma noite... na noite de hoje, na verdade... encontrei um hotel muito estranho. Eles me drogaram, e quando acordei, estava preso numa cadeira, e um homem ameaçou me matar se eu não contasse como tinha sido a noite em que Meghan havia morrido.

— Por quê?

— Não faço ideia. Nem sei o nome dele. Depois, fui colocado numa daquelas câmaras de privação sensorial. Ele paralisou meu corpo e em seguida meu coração. Enquanto eu morria, comecei a ter flashes muito intensos das lembranças da noite que eu tinha descrito para ele. Não sei dizer como, mas minha mente de cinquenta anos foi... *enviada* de volta para meu corpo de trinta e nove.

Os olhos arregalados de Julia parecem dobrar de tamanho; Meghan ergue um pouco o corpo e se senta no chão.

— Eu sei que parece loucura, mas de repente me vi de volta à noite em que Meghan morreu. — Barry olha para a filha. — Você tinha acabado de sair de casa. Saí correndo atrás de você e a alcancei segundos antes de você atravessar a rua e ser atingida por um Mustang. Lembra?

— Acho que sim. Você estava esquisito, e começou a chorar.

— Você a salvou — diz Julia.

— Por um tempo eu só pensava que era tudo um sonho ou algum experimento maluco, e que acabaria a qualquer momento. Mas os dias foram passando. Meses. Anos. E eu... acabei entrando no ritmo da nossa vida. Tudo parecia tão normal, e depois de um tempo eu já nem pensava mais sobre o que tinha acontecido. Até três dias atrás.

— O que aconteceu três dias atrás? — pergunta Meghan.

— Uma mulher se jogou de um prédio no Upper West Side. Foi o incidente que me levou a investigar a falsa memória. Foi como acordar de um sonho. Um sonho de uma vida inteira. E foi nesta noite que eu fui mandado de volta para esta outra vida.

Se vê incredulidade ou choque no olhar de Julia, ele não sabe dizer.

Os olhos de Meghan agora encaram o vazio.

— Era para eu estar morta.

Ele pega uma mecha do cabelo da filha e a ajeita atrás de sua orelha, como fazia quando ela era uma garotinha.

— Não, você está exatamente onde deveria. Está viva. E isto é real.

De manhã, ele não vai trabalhar, e não apenas porque só chegou em casa às sete da manhã. Teme que novas lembranças também tenham brotado na mente de seus colegas de trabalho — onze anos de lembranças falsas em que a filha de Barry tinha morrido.

Quando acorda, há uma enxurrada de notificações no celular: ligações perdidas, recados na caixa postal e mensagens desesperadas de metade de seus conhecidos, todos perguntando sobre Meghan. Ele não responde a nenhuma. Antes, precisa falar com Meghan e Julia, para darem a mesma versão da história, embora ele não faça a menor ideia de que história inventar.

Barry combina de encontrar as duas em um bar do NoHo, na esquina do prédio de Meghan. Elas estão esperando por ele a uma mesa no canto, perto da cozinha. Dali, sentem o calor do fogão e ouvem o bater de panelas e o chiar de comida na chapa.

Barry se senta ao lado da filha no banco largo e joga o casaco no assento.

Meghan parece exausta, desnorteada, assustada.

Julia não está muito melhor.

— Como você está, Megs? — pergunta Barry, mas ela apenas olha para ele, inexpressiva. Ele se vira para Julia: — Você entrou em contato com Anthony?

— Liguei, mas não consegui falar.

— Você está bem?

Ela balança a cabeça, as lágrimas ameaçando cair.

— Mas não vamos falar de mim hoje.

Eles escolhem os pratos e pedem as bebidas.

— O que vamos contar às pessoas? — pergunta Julia. — Recebi dezenas de ligações hoje.

— Eu também — diz Barry. — Acho que por enquanto o melhor é manter a história da SFM. Pelo menos todos já devem ter ouvido falar disso por aí.

— Não acha que devemos avisar às pessoas sobre o que aconteceu com você, Barry? — questiona Julia. — Sobre o hotel misterioso, a cadeira e isso de você ter revivido os últimos onze anos?

Barry se lembra do alerta que recebeu na noite em que voltou à lembrança da morte de Meghan.

Não diga nada a ninguém. Nem à sua esposa, nem à sua filha. Ninguém.

— Na verdade, é perigoso sabermos essas coisas. Não podemos comentar nada com ninguém por enquanto. Só tentar voltar a levar uma vida normal.

— Como? — pergunta Meghan, a voz saindo engasgada. — Nem sei mais o que pensar da minha vida.

— Vai ser estranho no começo — afirma Barry —, mas aos poucos vamos nos reacostumar. Se tem alguma coisa que se pode dizer da espécie humana é que somos adaptáveis, não é mesmo?

Um garçom derruba uma bandeja de bebidas ali perto.

O nariz de Meghan começa a sangrar.

Barry sente uma pontada de dor atrás dos olhos, e Julia, do outro lado da mesa, dá sinais de estar sentindo algo semelhante.

Todo o bar fica em silêncio, ninguém fala nada, todos paralisados.

O único som é o da música que toca no estabelecimento, e o ruído de uma televisão ligada.

As mãos de Meghan tremem.

As de Julia também.

E as dele.

Na televisão acima do balcão do bar, o âncora de um jornal encara a câmera, o sangue escorrendo pela boca enquanto ele procura as palavras. "Eu, hã... confesso que não sei exatamente o que foi isso. Mas alguma coisa aconteceu, isso é certo."

A imagem corta para uma transmissão ao vivo de uma filmagem panorâmica da extremidade sul do Central Park.

Há um prédio na 59th Street que não estava ali um segundo atrás.

Com mais de seiscentos metros de altura, é de longe a construção mais alta da cidade, composta por duas torres, uma na Sexta Avenida e a outra na Sétima, conectadas no topo formando um comprido U invertido.

Meghan emite uma espécie de choramingo.

Barry pega o casaco e se levanta.

— Aonde você vai? — pergunta Julia.

— Venham comigo.

Eles atravessam o restaurante cheio de clientes aturdidos e saem. Entram no Crown Vic de Barry, que liga a sirene antes de disparar pela Broadway, pegando depois a Sétima Avenida. Mas só conseguem chegar à 53rd Street, porque o trânsito está parado.

Todos em volta estão saindo dos carros.

Os três fazem o mesmo e seguem o fluxo de gente.

Param finalmente vários quarteirões adiante, no meio da rua, para ver com os próprios olhos. Milhares de pessoas se aglomeram ao redor, o rosto erguido, muitos com o celular a postos para fotografar e filmar a novidade na paisagem de Manhattan: a torre em forma de U que se ergue na extremidade sul do Central Park.

— Isso não existia até pouco tempo atrás, certo? — diz Meghan.

— Não — responde Barry. — Não existia. Mas, ao mesmo tempo...

— Existe há anos — completa Julia.

Eles contemplam a obra-prima arquitetônica chamada Big Bend, e Barry pensa que até então a SFM vinha passando quase despercebida, apenas casos isolados levando o caos à vida de desconhecidos.

Mas isso, agora, afeta todos os moradores da cidade, além de muitas outras pessoas em todo o mundo.

O que muda tudo.

O vidro e o aço da torre oeste refletem os raios do sol poente em todas as direções, e lembranças de Barry em uma Nova York em que esse prédio já existia surgem como uma avalanche em sua mente.

— Eu já estive no topo — diz Meghan, chorando.

É verdade.

— Com você, pai. O melhor jantar da minha vida.

Quando ela se formou na faculdade de ciências sociais, ele a levou ao Curve, o restaurante no topo do prédio, que tem uma vista espetacular do Central Park. Mas não foi só a comida que os encantou; Meghan era apaixonada pelo chef, Joseph Hart. Barry se lembra nitidamente do elevador, que se inclinava em um ângulo de quarenta e cinco graus para subir o trecho inicial do arco até uma passarela que conectava as torres no alto.

Quanto mais tempo se olha, mais se sente que o prédio faz parte dessa realidade.

Sua realidade.

Seja lá o que isso signifique a essa altura.

— Pai?

— Sim?

O coração dele bate acelerado; Barry não está se sentindo bem.

— Este momento é real?

Ele olha para a filha.

— Não sei.

Duas horas depois, Barry está entrando no bar sem graça de Hell's Kitchen, perto de onde Gwen mora, e se senta na banqueta ao lado dela.

— Você está bem? — pergunta Gwen.

— Alguém está?

— Tentei te ligar hoje cedo. Acordei com flashes de uma história diferente para nossa amizade. Como se Meghan tivesse morrido atropelada aos quinze anos. Ela está viva, não está?

— Eu estava com ela agora mesmo.

— Como ela está?

— Sinceramente? Não sei. Ontem à noite ela se lembrou da própria morte.

— Como isso é possível?

Ele espera chegarem as bebidas e então conta tudo, inclusive a experiência surreal na cadeira.

— Você voltou para dentro de uma lembrança? — pergunta ela num sussurro, inclinando-se para mais perto dele.

Ela exala um cheiro que é uma mistura de uísque Wild Turkey, shampoo e pólvora. Talvez tenha vindo direto do campo de tiro, onde ela se sai muito bem. Ele nunca conheceu alguém que atirasse como Gwen.

— Sim, e depois comecei a viver a partir daquela lembrança, só que desta vez com Meghan viva. Até agora.

— Você acha que essa é a explicação para a SFM? Alterar lembranças para alterar a realidade?

— Eu não acho; tenho certeza.

Na televisão acima do balcão, que está no mudo, Barry vê a foto de um homem familiar. Leva um tempo para ligar o rosto à memória.

As legendas automáticas reproduzem a fala do âncora:

AMOR TOWLES, RENOMADO ARQUITETO RESPONSÁVEL PELO BIG BEND, FOI ENCONTRADO MORTO EM SEU APARTAMENTO, HÁ UMA HORA, QUANDO...

— O Big Bend é coisa dessa tal cadeira? — cogita Gwen.

— É. Quando entrei naquele hotel esquisito, vi um senhor bem idoso. Acho que ele estava morrendo. Ouvi por alto quando ele falou que era arquiteto, e que, quando voltasse à lembrança, seguiria adiante com um projeto que sempre se arrependera de não ter dado continuidade. Aliás, a sessão dele estava marcada para hoje, que foi quando a realidade mudou para as pessoas da cidade inteira. Imagino que o tenham matado por quebrar uma das regras.

— Que regras?

— Eles me disseram que eu deveria apenas viver minha vida um pouco melhor. Nada de tentar se aproveitar para tirar vantagem. Nada de grandes mudanças.

— Você sabe por que ele está dando às pessoas a oportunidade de refazer a vida, esse homem responsável pela cadeira?

Barry termina sua cerveja.

— Não faço ideia.

Gwen toma um gole do uísque. O jukebox foi desligado, e agora o bartender tira a televisão do mudo e troca de canal, mas todas as emissoras estão fazendo cobertura ininterrupta do caso do prédio que surgiu esta tarde. A CNN trouxe ao estúdio uma "especialista" em SFM para especular sobre o que estão chamando de "falha de memória" ocorrida em Manhattan. Ela diz: *"Se não podemos confiar na memória, se o passado e o presente podem simplesmente mudar de uma hora para outra, nossas noções de 'fato' e de 'verdade' deixarão de existir. Como vamos viver assim? É por isso que estamos testemunhando uma epidemia de suicídios."*

— Você sabe onde fica esse hotel? — pergunta Gwen.

— Faz onze anos, pelo menos na minha cabeça, mas acho que eu conseguiria encontrar. Sei que fica em Midtown. Se é que ainda existe.

— Nossa mente não foi feita para lidar com uma realidade em que nossas lembranças e nosso presente sofrem alterações constantes. E se isso for só o início de algo muito maior?

Barry sente o celular vibrar no bolso da calça.

— Desculpa, só um segundo.

Ele pega o aparelho. É uma mensagem de Meghan:

Pai, não aguento mais. Não sei quem sou. No momento, só sei que não pertenço mais a este lugar. Sinto muito. Vou te amar pra sempre.

Ele desce da banqueta.

— Que foi? — pergunta Gwen.

E corre para a rua.

O número de Meghan continua caindo na caixa postal e, após o surgimento do Big Bend, as ruas ainda estão congestionadas.

No caminho até o NoHo, Barry pede pelo rádio que a central envie ao apartamento de Meghan alguma unidade que esteja por perto, para saber se está tudo bem.

— *Central, 158, está se referindo ao 904B na Bond Street? Já temos várias viaturas e bombeiros presentes no local. Ambulâncias estão a caminho.*

— Do que você está falando? Que prédio?

— *Bond Street, número 12.*

— É onde minha filha mora.

As ondas de rádio trazem apenas o silêncio.

Barry larga o comunicador, acende as luzes da viatura e dispara pelo trânsito sob o grito da sirene, costurando entre os carros, desviando de ônibus, avançando nos cruzamentos.

Muitos minutos depois, ao entrar na Bond Street, ele deixa o carro no bloqueio da polícia e corre em direção aos caminhões de bombeiros que lançam água na fachada do prédio de Meghan, onde chamas se projetam das janelas do sexto andar. A cena é puro caos: uma coleção de luzes de emergência e policiais colocando fitas de isolamento para manter os moradores de prédios vizinhos a uma distância segura enquanto os do prédio de Meghan deixam o edifício pela entrada principal.

Um policial tenta impedi-lo, mas Barry se desvencilha dele, mostra o distintivo e segue para a entrada do prédio, o calor do fogo fazendo suor brotar pelo seu rosto.

Um bombeiro surge cambaleante à entrada, cujo portão foi arrancado. Ele carrega nos braços um senhor, ambos com o rosto escurecido.

Um subtenente do Corpo de Bombeiros, um homenzarrão barbudo, bloqueia o caminho de Barry.

— Atrás da fita — ordena ele.

— Eu sou policial, e este é o prédio da minha filha! — Ele aponta para as chamas cuspidas pela janela do último andar, bem na ponta. — É do apartamento dela que está vindo o fogo!

O subtenente assume uma postura cautelosa. Ele conduz Barry pelo braço, tirando-o do caminho de uma fila de homens que carregam uma mangueira para o hidrante próximo.

— O que foi? Me diga logo.

— O fogo começou na cozinha do apartamento e está se espalhando pelo quinto e o sexto andares.

— E minha filha?

O homem respira fundo e olha de relance para trás.

— *Cadê minha filha, porra?*

— Olhe pra mim.

— Vocês conseguiram tirá-la?

— Sim. Sinto muito, mas ela não resistiu.

Barry cambaleia para trás.

— Como?

— Havia uma garrafa de vodca e alguns comprimidos na cama. Acreditamos que ela tenha ingerido os medicamentos e depois tentado esquentar água para fazer chá, mas perdeu a consciência logo depois. Alguma coisa no balcão estava muito próxima do fogo. Foi um acidente, mas...

— Onde ela está?

— Por que não nos sentamos e...

— *Onde ela está?*

— Na calçada, do outro lado daquele caminhão.

Barry se afasta, mas sente de súbito os braços do homem o imobilizando por trás.

— Tem certeza de que quer fazer isso, amigo?

— Me solta!

O homem o deixa ir, e Barry salta mangueiras, indo para a frente do caminhão, aproximando-se do fogo. Todo o tumulto em volta desaparece. Ele só vê os pés descalços de Meghan despontando por baixo do lençol branco que cobre o corpo, os respingos da água das mangueiras tornando-o quase transparente.

As pernas dele cedem.

Barry desaba devagar no meio-fio e chora sob a água que cai.

Algumas pessoas tentam falar com ele, tirá-lo dali, levantá-lo, mas ele não ouve. Ele não as vê.

Fita o nada.

E pensa: *Eu a perdi duas vezes.*

Faz duas horas desde a morte de Meghan, e as roupas dele ainda estão úmidas.

Barry estaciona na estação Pennsylvania e segue a pé a partir da 34th Street, refazendo o mesmo trajeto de quando voltou de Montauk no trem da meia-noite, a noite em que conheceu o Hotel Memory.

Estava nevando.

Agora chove, o alto dos prédios encobertos pela névoa a partir do quinquagésimo andar, e sua respiração se condensa no ar frio.

A cidade se encontra em um estranho silêncio.

Poucos carros na rua.

Menos pessoas ainda.

As lágrimas em seu rosto estão geladas.

Ele abre o guarda-chuva depois de andar três quarteirões. Em sua mente, faz onze anos desde a noite em que ele entrou no Hotel Memory. Cronologicamente, foi hoje, só que em uma lembrança alternativa.

Quando chega à 50th Street, a chuva engrossou, as nuvens ainda mais baixas no céu. Ele tem certeza absoluta de que o hotel ficava na 50th, mas não se lembra se seguiu para a direita ou para a esquerda.

Nas brechas da paisagem ao redor aparecem, de tempos em tempos, as duas torres do Big Bend, que reluz debaixo da chuva. O arco no topo está escondido pelas nuvens, centenas de metros acima do chão.

Tenta não pensar em Meghan, porque quando isso acontece, ele desaba por dentro, e agora precisa ser forte, precisa se manter alerta.

Com frio e muito cansado, está começando a se perguntar se seguiu na direção errada, quando, ao longe, um letreiro vermelho em neon lhe chama atenção.

> Restaurante McLachlan's
> Café da Manhã
> Almoço
> Jantar
> Aberto 24 horas
> Segunda a segunda

Segue até estar bem debaixo do letreiro, vendo a chuva cair através da luz vermelha.

Aperta o passo.

Passa pelo mercadinho, do qual se lembra, depois pela loja de conveniência, uma loja de roupas femininas, um banco — todos fechados —, até que, quase chegando à esquina, para em frente à garagem toda apagada, que desce até uma área subterrânea abaixo de um prédio neogótico espremido entre dois arranha-céus.

Se entrasse ali, daria de cara com uma porta de aço reforçado.

Foi como entrou no Hotel Memory tantos anos atrás.

Disso ele tem certeza absoluta.

Uma parte sua quer descer até lá, entrar de qualquer jeito e atirar em cada desgraçado que encontrar no maldito hotel, até chegar ao homem que o colocou naquela cadeira. Por causa dele o cérebro de Meghan entrou em pane. Por causa dele, ela morreu. O Hotel Memory precisa acabar.

Mas provavelmente o máximo que conseguiria com isso seria morrer.

Não. Vai ligar para Gwen e propor uma operação extraoficial, na surdina, com uma equipe da SWAT. Se a colega fizer questão, ele pode fornecer uma declaração juramentada a um juiz. Cortam a energia elétrica do edifício, entram com equipamento de visão noturna e fazem uma varredura em todos os andares.

É evidente que algumas mentes, como a de Meghan, não são capazes de absorver a transformação da realidade, e ainda há um trágico efeito colateral: além de sua filha, três moradores do prédio morreram no incêndio, e, no percurso até a estação Pennsylvania, ele ouviu pelo rádio outros casos de incidentes causados por gente afetada pelo surgimento do Big Bend.

Mentes saudáveis ficam debilitadas; mentes debilitadas entram em colapso.

Ele pega o celular, abre a lista de contatos e rola a tela até a letra G.

Justo quando ia ligar para Gwen, alguém grita seu nome.

Barry ergue o rosto, vê uma pessoa vir correndo em sua direção.

— Não ligue! — grita uma voz feminina.

Ele já está enfiando a mão por baixo do casaco, abrindo o coldre de ombro, segurando com firmeza a Glock. A mulher provavelmente trabalha para eles, e isso significa (*merda!*) que eles sabem que Barry está rondando o prédio.

— Não atire, Barry, por favor.

Ela reduz o passo e se aproxima, os braços erguidos.

As mãos abertas, vazias.

Ela avança com cautela. É pequena, pouco mais de um metro e meio, de bota e jaqueta de couro preta respingada de chuva. Uma cabeleira ruiva que mal chega aos ombros, os fios úmidos. Estava esperando por ele na chuva. O que o desarma é a gentileza em seus olhos verdes, e mais alguma coisa, que lhe parece — estranhamente — familiaridade.

— Eu sei que você foi mandado para a pior lembrança da sua vida — diz ela. — Foi Marcus Slade que fez isso com você. Este edifício pertence a ele. E eu sei o que aconteceu com Meghan agora há pouco. Sinto muito, Barry. Sei que você quer fazer alguma coisa em relação a isso.

— Você trabalha para eles?

— Não.
— Você é vidente, por acaso?
— Não.
— Então como é que pode saber o que aconteceu comigo?
— Você me contou.
— Eu não te conheço.
— Você me contou no futuro, daqui a quatro meses.

Ele baixa a arma, o cérebro dando mil nós ao mesmo tempo.

— Você usou a cadeira?

Ela olha no fundo dos olhos dele, com uma intensidade que faz um arrepio percorrer seu corpo.

— Fui eu que a inventei.
— Quem é você?
— Helena Smith. E se você entrar neste prédio com Gwen, vai ser o fim de tudo.

LIVRO TRÊS

O tempo é o que impede que tudo aconteça de uma vez.
— RAY CUMMINGS

BARRY

6 DE NOVEMBRO DE 2018

A mulher de cabelo flamejante pega Barry pelo braço e o puxa para longe da entrada da garagem.

— Aqui não é seguro — diz ela. — Vamos até seu carro. Está perto da estação Pennsylvania, não é?

Barry se desvencilha dela e começa a andar na direção contrária.

Ela ergue a voz e diz, enquanto ele se afasta:

— O eclipse solar que você viu com seu pai na frente da sua casa em Portland. Os verões com seus avós, na casa de campo deles em New Hampshire. Você ficava sentado no pomar, entre as macieiras, inventando histórias mirabolantes.

Ele para e se vira.

— Por mais que a morte da sua mãe tenha devastado você — continua ela —, o fato de saber quando esse momento chegaria também lhe deu certo alívio, porque assim teve a chance de se despedir. De demonstrar que a amava. Você não teve essa mesma oportunidade com seu pai, que morreu de forma tão repentina quando você tinha quinze anos... Até hoje você às vezes acorda de madrugada se perguntando se ele sabia do seu amor.

Ele está tremendo de frio quando chegam ao carro. Helena se ajoelha na calçada molhada e enfia o braço por baixo do automóvel, passando a mão pelo chassi.

— O que está fazendo? — pergunta Barry.

— Conferindo se não colocaram um rastreador no seu carro.

Eles entram, enfim a salvo da chuva. Barry liga o aquecedor e aguarda as saídas de ar começarem a esquentar o ar gelado.

Foram quarenta minutos de caminhada no trajeto desde a 50th Street, e ao longo do percurso Helena lhe conta uma história louca em que Barry ainda não tem muita certeza de que acredita: ela diz que construiu o equipamento de memória sem querer, numa plataforma petrolífera desativada, em uma linha do tempo paralela.

— Eu tenho tanta coisa pra te contar — diz ela, ajeitando o cinto de segurança.

— Podemos ir para a minha casa.

— Não é seguro. Marcus Slade está vigiando seus passos, sabe onde você mora. Se, em algum momento no futuro, ele perceber que unimos forças, vai usar você para chegar até mim. Ele pode usar a cadeira para voltar a esta noite e nos encontrar agora mesmo. Pare de pensar linearmente. Você não tem ideia do que ele é capaz.

As luzes no teto do Battery Tunnel passam em um fluxo contínuo. Helena está contando como escapou da plataforma para dentro da própria memória e fugiu para o Canadá.

— Eu estava preparada para passar o resto da vida me escondendo. Ou para me matar, se um dia Slade me encontrasse. Não tinha ninguém com quem contar. Minha mãe morreu em 2011, e pouco depois meu pai também se foi. Até que, em 2016, começaram a surgir as primeiras notícias de uma doença misteriosa.

— A Síndrome da Falsa Memória.

— Foi só recentemente que a SFM chegou ao conhecimento geral das pessoas, mas eu soube lá atrás, na mesma hora, que aquilo era obra de Slade. Nos meus primeiros anos de fuga, ele não tinha lembrança nenhuma do tempo que passamos juntos na plataforma. Para todos os efeitos, eu tinha simplesmente sumido depois que Jee-woon entrou em contato comigo com uma proposta de trabalho. Mas, quando 2009 chegou, mais especificamente a noite em que eu escapei usando o equipamento, Slade recuperou as lembranças de tudo que fizemos juntos. Eram lembranças mortas, claro, mas... Bem, foi aí que eu me enganei, porque graças a essas lembranças ele tinha informações suficientes para reconstruir ele mesmo a cadeira e todos os seus componentes.

"Vim para Nova York, que parecia ser a origem dos casos reportados de SFM, imaginando que Slade tivesse montado um novo laboratório na cidade e estivesse testando a tecnologia nas pessoas. Mas não o encontrei. Estamos quase chegando."

No bairro de Red Hook, Barry dirige devagar, passando por uma série de galpões próximos ao rio. Helena indica seu prédio, mas pede que ele estacione a cinco quarteirões de distância, numa viela escura. Barry entra de ré e para o carro nas sombras entre duas grandes caçambas com lixo transbordando.

A chuva parou.

O silêncio na rua é inquietante, a atmosfera fede a lixo molhado e água da chuva estagnada em poças. A última imagem que ele teve de Meghan não sai de sua mente: o corpo estirado na calçada suja em frente ao prédio em que ela morava, os pés descalços despontando por baixo do tecido úmido.

Engolindo a dor, Barry abre o porta-malas e pega a escopeta e uma caixa de munição.

Eles percorrem meio quilômetro a pé, por calçadas irregulares. Barry se mantém atento, temendo ouvir veículos ou passos se aproximando, mas só escuta o zunido distante de helicópteros sobrevoando a cidade e as buzinas graves das barcas no rio East.

Helena o leva até uma porta de metal lisa na lateral de uma construção na margem do rio. As placas indicam que ali funcionava uma cervejaria.

Ela digita a senha num painel na porta e acende as luzes assim que entram. O galpão cheira a levedura, e o eco dos passos deles preenche o espaço como se estivessem em uma catedral abandonada. Eles passam por vários tanques de aço inoxidável para produção de cerveja, um caldeirão de brassagem enferrujado e, por fim, a carcaça de uma máquina envasadora.

Sobem quatro lances de escada até um amplo loft com janelas do piso ao teto com vista para o rio, a Governors Island e o horizonte bruxuleante do sul de Manhattan.

O chão está coberto de cabos, fios e placas de circuito impresso desmontadas. Há uma prateleira cheia de servidores feitos sob encomenda zumbindo, junto a uma antiga parede de tijolinhos expostos, além de algo que parece uma cadeira em fase inicial de construção: uma estrutura de madeira crua com ninhos de fios ao longo dos braços e das pernas. Um objeto que lembra um capacete está fixo em uma bancada e soterrado por circuitos eletrônicos incompletos.

— Você está construindo sua própria cadeira de memória? — pergunta Barry.

— Para algumas coisas eu tive que contratar desenvolvedores e engenheiros, mas já a construí duas vezes, então tenho algumas cartas na manga e uma boa reserva para investir. Houve muitos avanços nos sistemas de processamento dos computadores desde o período que passei na plataforma, o que reduziu muito os custos. Está com fome?

— Não.

— Eu estou faminta.

Perto dos servidores há uma cozinha simples, e em frente, junto às janelas, uma cômoda e uma cama. Sem nenhuma fronteira concreta entre as áreas de trabalho e moradia, o local dá a impressão exata do que realmente é: o laboratório de uma cientista desvairada, beirando a loucura.

Barry vai ao banheiro lavar o rosto e, quando volta, Helena está ao fogão mexendo em duas frigideiras.

— Eu adoro ovos rancheiros — diz ele.

— Eu sei. E você *ama* minha receita. Quer dizer, tecnicamente é da minha mãe. Sente-se.

Ele se senta a uma pequena mesa de fórmica, e ela lhe traz um prato.

Barry não está com fome, mas sabe que precisa comer. Ele corta um dos ovos, a gema mole escorrendo pelo feijão e o molho verde. Leva uma garfada generosa à boca. Helena tem razão: é o melhor que já comeu.

— Agora eu preciso falar com você sobre coisas que ainda não aconteceram.

Barry a encara do outro lado da mesa. Julga ver uma camada de apreensão nublando os olhos dela, que parecem perdidos.

— Depois do Big Bend, a SFM vai chegar ao pico de disseminação. O impressionante é que ela vai continuar sendo vista como uma epidemia misteriosa sem uma causa identificável, apesar de alguns teóricos começarem a lançar no ar algumas ideias sobre buracos de minhoca em miniatura e sobre a possibilidade de que alguém esteja realizando experimentos com o espaço-tempo.

"Depois de amanhã, você vai invadir o Hotel Memory com uma equipe da SWAT. Slade e a maior parte da equipe dele serão mortos. Os jornais vão espalhar que Slade estava disseminando um vírus que afeta o sistema neurológico e ataca áreas do cérebro responsáveis pela memória. A mídia vai ficar martelando o assunto por um tempo, mas em um mês a histeria coletiva vai ter praticamente passado. Todos vão ter a sensação de que o mistério foi solucionado, a ordem foi restaurada e não haverá novos casos."

Enquanto Helena faz uma pausa para engolir algumas garfadas apressadas da comida, Barry se dá conta de que está sentado com uma mulher lhe contando o futuro, e isso nem é o mais estranho. O mais estranho é que ele está começando a acreditar.

Helena pousa o garfo e continua:

— Mas eu sabia que não tinha acabado. Eu imaginava o pior: que, depois da ofensiva da SWAT, o equipamento tivesse ido parar nas mãos de outra pessoa. Então, passado um mês, eu procurei você. Provei que estava falando a verdade lhe descrevendo exatamente o que havia sido encontrado no laboratório de Slade.

— E eu acreditei?

— Depois de um tempo, sim. Você me contou que, durante a operação no hotel, antes de Slade ser morto, ele tentou destruir todo o equipamento e os processadores, mas parte sobreviveu. Agentes do governo, que você não sabia de que órgão eram, chegaram e levaram tudo. Eu não tinha certeza, mas imaginei que não soubessem o que a cadeira era nem como funcionava. A maior parte do equipamento tinha sido danificada, mas eles trabalharam dia e noite para reconstruir tudo por engenharia reversa. O que acha que aconteceu depois disso?

Barry vai até a geladeira, abre a porta com a mão trêmula e pega duas cervejas geladas antes de voltar a se sentar.

— Então foi isso o que eu consegui com meu plano de invadir o hotel de Slade.

— Sim. Você passou pelo procedimento da cadeira, entende o poder que ela tem. Pelo que sei, Slade está usando a tecnologia para enviar apenas algumas pessoas de volta para suas lembranças. Sabe-se lá com que objetivo. Mas veja o medo e o pânico que ele está causando. Se continuar brincando com a realidade dessa forma, não vai demorar muito para a humanidade sair completamente do eixo. Temos que fazê-lo parar.

— Com sua réplica da cadeira?

— Ainda vou levar quatro meses para fazê-la funcionar. E, quanto mais esperarmos, maiores são os riscos de alguém encontrar o laboratório de Slade antes de nós. Você já envolveu Gwen nisso. E, uma vez que alguém toma conhecimento da existência da cadeira, as lembranças vão sempre voltar em algum momento, não importa quantas vezes a linha do tempo seja alterada. Assim como Julia e Meghan se lembraram, ontem, do atropelamento.

— Elas só recuperaram essas lembranças quando chegamos à mesma data em que fui colocado na cadeira na outra linha do tempo. É sempre assim que funciona?

— Sim, porque foi nesse momento que a consciência e as lembranças que elas tinham da linha do tempo anterior se fundiram a esta. Eu penso nisso como o marco zero temporal.

— E o que você propõe que a gente faça?

— Temos que tomar o controle do laboratório de Slade amanhã. Vamos destruir o equipamento, o software, toda a infraestrutura, todos os sinais de existência da cadeira. Eu tenho um vírus pronto para lançar na rede assim que entrarmos. Tudo vai ser apagado.

Barry toma a cerveja, o aperto no estômago aliviando.

— O meu Eu Futuro concordou com esse plano? — pergunta ele.

Helena sorri.

— Na verdade, nós tivemos a ideia juntos.

— E eu achava que tínhamos alguma chance?

— Honestamente? Não.

— E você, o que acha?

Helena se recosta na cadeira. Ela parece esgotada.

— Somos a melhor chance que o mundo tem.

Diante da parede de vidro junto à cama de Helena, Barry observa a cidade que se ergue do outro lado do rio de águas escuras. Espera que Julia esteja bem, mas acha improvável. Quando ele telefonou, a ex-esposa começou a chorar, desligou e não atendeu mais às suas ligações. Barry imagina que, em algum nível, ela o culpe pela morte da filha.

O Big Bend agora é o ponto que mais chama atenção na silhueta da cidade, e Barry se pergunta se algum dia vai se acostumar com ele, ou se o edifício vai ser sempre responsável por lembrá-lo (a ele e aos outros) do caráter ilusório da realidade.

Helena se aproxima.

— Como você está? — pergunta.

— Não consigo parar de pensar em Meghan morta na calçada. Quase dava para ver o rosto dela por baixo do tecido molhado. Eu voltei e revivi esses onze anos, mas no fim não adiantou nada.

— Sinto muito.

Ele se vira para ela.

Inspira, expira.

— Você já usou uma arma? — questiona ele.

— Já.

— Recentemente?

— O seu Eu Futuro sabia que seríamos só nós dois na invasão ao hotel de Slade, então começou a me levar ao estande de tiro para treinar.

— Tem certeza de que quer fazer isso?

— Eu construí todo esse equipamento por causa da minha mãe, que tinha Alzheimer. Queria ajudar a ela e a outras pessoas na mesma condição. Achava que, se conseguíssemos uma maneira de registrar as lembranças dos pacientes, poderíamos descobrir como impedir que a memória se apagasse. Nunca quis que minha invenção se tornasse o que se tornou. Todo esse projeto não só destruiu minha vida, como está destruindo a vida de inúmeras pessoas. Pessoas perderam entes queridos. Vidas inteiras foram apagadas. *Crianças* foram apagadas.

— Não foi culpa sua.

— Mas aconteceu, e foi minha ambição que fez essa descoberta cair nas mãos de Slade e, depois, nas de outras pessoas. É por minha culpa que você está aqui. É por minha culpa que o mundo está enlouquecendo. Então não me importo com o que vai acontecer comigo, desde que eu consiga destruir até o último vestígio de existência daquela cadeira. Estou disposta a morrer por isso, se for preciso.

Barry não tinha notado até agora o peso que ela carregava nos ombros. O ódio por si mesma, o remorso. Como deve ser criar algo capaz de destruir a estrutura da memória e do tempo? Qual será o custo, para ela, de ter que sustentar o peso de toda essa culpa, todo esse horror, medo e ansiedade?

— Apesar de tudo — diz ele —, graças a você eu pude ver minha filha crescer.

— Não me entenda mal, mas não deveria ter sido assim. Se não pudermos confiar na nossa memória, será o fim da espécie humana. E esse fim já começou.

Helena contempla a cidade do outro lado do rio, e Barry sente a esmagadora vulnerabilidade dela.

— Acho melhor dormirmos um pouco — sugere Helena. — Fique com a cama.

— Não vou tirar você da sua cama.

— Eu sempre durmo no sofá mesmo. Para pegar no sono com o barulho da tevê.

Ela se vira para deixá-lo sozinho.

— Helena...

— Sim?

— Sei que mal conheço você, mas tenho certeza de que sua vida é mais do que sua invenção.

— Não. Minha invenção define quem eu sou. Passei metade da minha vida tentando construí-la. Não sei quanto tempo me resta, mas sei que vou passar o que resta dela tentando destruí-la.

HELENA

7 DE NOVEMBRO DE 2018

Ela está deitada virada para a tevê, a tela projetando um brilho tremeluzente nas pálpebras fechadas e o volume no mínimo, apenas o suficiente para anestesiar sua mente incessante. Subitamente, algo a traz de volta à total consciência. Ela se senta no sofá num movimento rápido. É Barry, chorando baixinho do outro lado do loft. Se pudesse, ela se deitaria ao lado dele na cama e tentaria confortá-lo, mas é cedo demais — ainda são praticamente estranhos. E talvez ele precise de um tempo de luto sozinho.

Ela volta a se deitar, as molas do sofá rangendo quando puxa o cobertor até os ombros. Ainda é bastante estranho se lembrar do futuro. O momento em que se despediu de Barry, ali naquele mesmo quarto, daqui a quatro meses, permanece como uma dor pulsante em sua memória. Ela estava dentro do tanque de isolamento, e Barry a beijou. Ele tinha lágrimas nos olhos quando fechou a escotilha. Ela também. Havia um futuro cheio de possibilidades para os dois, e ela estava jogando tudo no lixo.

O Barry que ela deixou para trás já sabe se Helena conseguiu o que pretendia. Ele se lembrará de ela ter morrido no tanque, sua realidade instantaneamente se ajustando à nova realidade que ela está criando agora.

Sua vontade é acordar o Barry do presente e contar tudo a ele, mas ela se contém. Só serviria para acrescentar uma carga emocional que dificultaria ainda mais a invasão ao laboratório de Slade. E o que ela diria? Que eles tiveram uma conexão? Química? O melhor é se concentrar no plano. A única coisa que importa é que tudo corra bem amanhã. Ela não tem como desfazer o estrago que sua mente causou ao mundo, mas talvez ainda possa fechar a ferida, estancar a sangria.

Como eram grandiosos seus sonhos antigamente — erradicar os sintomas debilitantes das doenças de memória. Agora, sem os pais e sem nenhum amigo verdadeiro com quem conversar além de um homem que está quatro meses à frente, em um futuro inalcançável, seus sonhos são outros. Não mais mudar o mundo, mas algo desesperadamente pessoal.

Queria simplesmente poder deitar à noite em paz, com a mente serena.

Ela tenta dormir, sabendo que hoje precisa do sono mais do que em qualquer outra noite de sua vida.

Então, naturalmente, o sono não vem.

À noite, eles saem do prédio pelos fundos, observando as ruas próximas antes de se aventurarem pela cidade. A área é basicamente ocupada por construções industriais abandonadas; o tráfego é quase inexistente e nada parece suspeito.

Barry pega um caminho que cruza Brooklyn Heights e olha para Helena.

— Ontem, quando estava me mostrando sua invenção, você mencionou que já construiu a cadeira duas vezes. Quando foi a primeira?

Ela toma um gole do café que trouxe de casa; seu talismã contra a noite terrível de insônia.

— Na linha do tempo original, eu era chefe de um grupo de pesquisa e desenvolvimento para uma empresa de São Francisco chamada Ion. Eles não estavam interessados em possíveis aplicações da cadeira na área de saúde. Só viam seu valor como entretenimento, e os cifrões que conseguiriam com ela. Eu estava esgotada e não chegava a lugar algum. A empresa estava quase decidida a interromper a pesquisa quando uma cobaia sofreu um enfarto e morreu no tanque de isolamento. Todos nós que estávamos presentes passamos por uma alteração da realidade, mas ninguém entendeu o que tinha acontecido. Ninguém, exceto meu assistente na época, Marcus Slade. Nesse ponto, tenho que dar o braço a torcer: ele entendeu antes de mim o que eu tinha criado.

— E o que aconteceu?

— Alguns dias depois, ele pediu que eu o encontrasse no laboratório. Disse que era uma emergência. Quando cheguei, ele tinha uma arma. Slade me forçou a entrar no sistema e iniciar o programa de reativação para uma lembrança dele que tínhamos mapeado. Depois que fiz isso, ele me matou.

— Quando foi isso?

— Dois dias atrás, 5 de novembro de 2018. Mas, claro, tudo aconteceu várias vidas antes.

Barry pega a saída para a Ponte do Brooklyn.

— Não quero que pareça que estou julgando você, mas não seria melhor ter voltado para outra lembrança? — pergunta ele.

— Para impedir que eu nascesse, por exemplo? E assim a cadeira nunca fosse inventada?

— Não é isso.

— *Eu* não tenho como voltar para impedir que eu mesma nasça. Outra pessoa poderia fazer isso, e aí eu me tornaria uma lembrança morta. Mas não existe o paradoxo do avô nem nenhum paradoxo temporal em se tratando da cadeira. Tudo que acontece, mesmo que seja alterado ou revertido, continua vivo em lembranças mortas. As relações de causa e efeito continuam muito bem, obrigada.

— Sim, mas e se você voltasse a uma lembrança de quando estava na plataforma? Você poderia jogá-lo no mar ou algo do tipo.

— Tudo que aconteceu na plataforma só existe em lembranças mortas. Não tem como voltar para aqueles momentos. Já tentamos isso, e as consequências foram trágicas. Mas, sim, eu deveria tê-lo matado quando tive a chance.

Estão no meio da ponte agora, os cabos e fios de suspensão entrelaçados passando acelerados acima. Talvez seja o café, ou a proximidade da cidade; o fato é que de repente ela se sente totalmente desperta.

— O que são lembranças mortas? — pergunta Barry.

— São aquelas que todos chamam de lembranças falsas. Só que não são falsas, só pertencem a uma linha do tempo que foi encerrada por alguém. Por exemplo, as coisas que aconteceram na linha do tempo em que sua filha foi atropelada se tornaram lembranças mortas. Você interrompeu aquela linha do tempo e começou esta quando Slade o matou no tanque de privação.

Eles chegam a Midtown, seguem para o norte pela Terceira Avenida e depois viram à esquerda na 49th Street antes de finalmente pararem pouco antes da falsa entrada do prédio de Slade: um saguão de fachada e uma fileira de elevadores que não levam a lugar algum. A única entrada real é pelo estacionamento subterrâneo na 50th Street.

A chuva volta a cair com força quando eles saem do carro. Barry pega uma bolsa preta no porta-malas e segue com Helena até a entrada de um bar, perto dali, em que eles já estiveram uma vez, daqui a quatro meses, quando vieram investigar o túnel de acesso para o prédio de Slade e traçar planos para esse exato momento.

Para sua surpresa, o estabelecimento fedido, Diplomat, está cheio, mas continua tão sem personalidade quanto se lembra da outra vez. O distintivo de Barry consegue atrair a atenção do bartender baixinho. É o mesmo que os atendeu antes, num futuro morto: um babaca com complexo de Napoleão, mas com um oportuno e saudável medo da polícia. Helena fica ao lado de Barry enquanto ele se apresenta e a indica como sua parceira de investigação, explicando que precisam descer até o porão para averiguar uma denúncia de abuso sexual ocorrido no local ontem.

Por cinco segundos, Helena pensa que não vai funcionar. O bartender a encara como se não engolisse o papel dela nessa história. Ele poderia exigir um mandado. Poderia se eximir da responsabilidade falando com o dono do estabelecimento. Mas chama uma tal de Carla.

Uma garçonete deixa uma bandeja com copos vazios no balcão e se aproxima sem pressa.

— Eles são policiais — informa o bartender. — Querem ver o porão.

Carla dá de ombros e, virando-se sem dizer uma palavra, cruza o bar até entrar em uma câmara refrigerada. Ela os conduz através de um labirinto de barris de chope prateados até uma porta estreita no canto mais distante da câmara.

Pegando uma chave pendurada num prego na parede, ela abre o cadeado.

— Vou logo avisando que não tem luz lá embaixo.

Barry abre a bolsa e pega uma lanterna.

— Veio preparado, hein? — comenta a mulher. — Bom, boa sorte.

Barry espera que ela vá embora para abrir a porta.

A luz da lanterna revela uma escada de estado questionável que leva até a escuridão. O cheiro penetrante de umidade velha é insuportável — o cheiro de um lugar esquecido. Helena respira fundo na tentativa de acalmar o furor de seu coração.

— É aqui? — pergunta Barry.

— É.

Barry vai na frente, e eles descem os degraus rangentes, que vão dar em um porão contendo estantes de prateleiras quebradas e um tonel cheio de lixo queimado.

Barry vai até o lado oposto e abre outra porta com um rangido enervante. Por ela, eles entram em uma passagem arqueada, com paredes de tijolos em ruínas.

Ali, abaixo das ruas da cidade, é ainda mais frio. A atmosfera é impregnada de bolor e preenchida pelos ruídos de um fio de água correndo e o leve arranhar de algo invisível em movimento. Helena teme serem ratos.

Ela assume a dianteira.

Seus passos ecoam pelo piso molhado do túnel.

A cada quinze metros passam por portas prestes a desmoronar que levam às entranhas subterrâneas de outros prédios.

Na segunda bifurcação, Helena pega outro túnel, e, uns trinta metros à frente, para e indica uma porta igual a todas as outras. Só com uma boa dose de força Barry consegue girar a maçaneta, e então faz pressão com o ombro, abrindo-a de supetão.

Saem do túnel para outro porão, onde Barry coloca a bolsa no chão de pedra e abre o zíper. Então ele pega um pé de cabra, um pacote de braçadeiras de plástico, uma caixa de balas calibre .12, uma escopeta e quatro carregadores extras para a Glock.

— Pegue o máximo de cartuchos que conseguir carregar — diz ele.

Helena abre a caixa e começa a enfiar as balas nos bolsos internos da jaqueta de couro. Barry confere o carregador da pistola, tira o casaco e enfia nos bolsos os carregadores extras. Em seguida, pega o pé de cabra e cruza o porão em direção a uma segunda porta. Está trancada por dentro. Ele enfia a ponta da ferramenta no batente e emprega toda a sua força.

A princípio, só é possível ouvir Barry empurrando o pé de cabra, mas depois soa o espocar de madeira quebrando e o ranger do metal cedendo. Quando a porta enfim se entreabre, ele enfia o braço e puxa um cadeado enferrujado e quebrado. Então abre a porta com cuidado, apenas o suficiente para os dois passarem.

Eles saem na antiga sala da caldeira do hotel, que parece não ser utilizada há pelo menos meio século. Seguindo por um labirinto de máquinas e manômetros pré-históricos, eles finalmente passam pela gigantesca caldeira, e dali cruzam uma porta que leva até uma escada de serviço que sobe em espiral pela escuridão.

— Onde é mesmo o apartamento do Slade? — pergunta Barry, num sussurro.

— No 24º andar. O laboratório é no 17º, os servidores no 16º. Pronto?

— Seria bem melhor pegar o elevador.

O plano é ir direto até Slade, torcendo para que ele esteja no apartamento luxuoso em que reside no prédio. Senão, no momento em que ouvisse tiros ou detectasse o menor indício de algo suspeito, provavelmente corria até a cadeira para voltar no tempo e impedi-los de sequer pisar no prédio.

Barry começa a subida, mantendo a lanterna apontada para o chão. Helena vai logo atrás, tentando pisar o mais leve possível, mas a madeira antiga dos degraus range sob o peso dos dois.

Vários minutos depois, Barry para diante de uma porta com o número 8 pintado na parede ao lado. Ele desliga a lanterna.

— Que foi? — sussurra Helena.

— Ouvi alguma coisa.

Ficam parados no escuro, os ouvidos atentos, o coração de Helena martelando e a escopeta a cada segundo mais pesada nas mãos. Ela não enxerga absolutamente nada, não ouve nada além de um leve e baixo gemido que lembra alguém soprando a boca de uma garrafa.

Do alto, um facho de luz corta o meio da escadaria, iluminando o piso quadriculado em tal ângulo que quase os alcança.

— Venha — sussurra Barry, abrindo a porta e levando-a a um corredor.

Eles caminham rápido por um tapete vermelho, passando por uma série de quartos cujos números são projetados nas portas por luzes na parede oposta.

Na metade do corredor, a porta do quarto 825 se abre, e uma mulher de meia-idade sai de lá. Ela usa um roupão azul-marinho com as letras "HM" na lapela e carrega um balde de gelo.

Barry olha de relance para Helena, que assente.

Estão agora a uns três metros da hóspede, que ainda não os notou.

— Senhora? — diz Barry.

Quando a mulher olha, ele aponta a arma para ela.

O balde de gelo cai no chão.

Barry leva o dedo aos lábios enquanto ele e Helena a cercam rapidamente.

— Nem uma palavra — diz ele, e os dois a empurram de volta para dentro do quarto, entrando também.

Helena fecha o trinco e puxa a correntinha.

— Eu tenho algum dinheiro e cartões de crédito...

— Não estamos interessados. Sente-se no chão e não dê um pio — ordena Barry.

A mulher deve ter acabado de sair do banho. Seu cabelo preto está molhado e não há nenhum traço de maquiagem no rosto. Helena evita seu olhar.

Largando a bolsa no chão, Barry abre o zíper e pega as braçadeiras.

— Por favor — implora a mulher —, eu não quero morrer.

— Não vamos machucar você — garante Helena.

— Foi meu marido que mandou vocês?

— Não — diz Barry. E virando-se para Helena, ordena: — Coloque alguns travesseiros na banheira.

Helena pega três travesseiros da pomposa cama de dossel e os coloca na banheira vitoriana, que fica sobre uma pequena plataforma e permite ver o cair da noite na cidade e os prédios começando a se iluminar lá fora.

Quando ela volta para o quarto, Barry deitou a mulher de bruços e está prendendo seus pulsos e tornozelos. Quando termina, ele a coloca no ombro e a carrega para o banheiro, colocando-a com cuidado na banheira.

— O que você está fazendo aqui? — pergunta ele à mulher.

— Você sabe o que é esse lugar?

— Sei.

As lágrimas escorrem pelo rosto dela.

— Eu cometi um erro grave quinze anos atrás.

— Qual? — pergunta Helena.

— Não larguei meu marido quando deveria. Perdi os melhores anos da minha vida.

— Alguém vai encontrá-la — garante Barry.

Então ele arranca um pedaço do rolo de *silver tape* e cola na boca da mulher.

Fecham a porta do banheiro. A lareira a gás no quarto produz um calor acolhedor.

A garrafa de champanhe que a mulher aparentemente ia beber está na mesa de centro, ao lado de uma única taça e um diário aberto, com duas páginas preenchidas.

Helena não se contém. Dá uma olhada rápida na caligrafia elegante e vê que é o relato de uma recordação, talvez aquela para a qual a mulher pretendia voltar.

Começa assim: *Na primeira vez que ele me bateu eu estava na cozinha, eram dez da noite, e eu perguntei aonde ele tinha ido. Eu me lembro do seu rosto vermelho, do cheiro de uísque em sua boca e dos olhos vermelhos por causa da bebida.*

Helena fecha o diário, vai até a janela e abre um lado da cortina.

Uma luz anêmica se insinua para dentro do cômodo.

Ela olha para a 49th Street abaixo, do alto dos oito andares, e vê o carro de Barry parado ali perto.

A cidade está molhada, lúgubre.

A mulher chora no banheiro.

Barry se aproxima.

— Não sei se fomos descobertos, mas acho que devemos ir atrás de Slade quanto antes. Vamos arriscar o elevador.

— Você tem uma faca?

— Tenho.

— Pode me emprestar?

Barry pega do bolso um canivete enquanto Helena tira a jaqueta e puxa as mangas da camiseta cinza.

Ela pega o canivete, senta-se em uma das poltronas e abre a lâmina.

— O que você está fazendo?

— Um *save point*.

— Um o quê?

Ela insere a ponta da faca na lateral do braço esquerdo, acima do cotovelo, e puxa, cortando a pele.

Quando a dor chega e a ferida começa a sangrar...

BARRY

7 DE NOVEMBRO DE 2018

— Que merda é essa? — pergunta ele.

Helena está de olhos fechados, a boca entreaberta, totalmente imóvel.

Com cuidado, Barry tira a faca da mão dela. Por alguns instantes, nada acontece. Então seus olhos muito verdes se abrem de repente.

Algo neles mudou. Agora exalam um medo e uma intensidade recém--descobertas.

— Tudo bem? — pergunta Barry.

Helena observa o cômodo em volta, olha o relógio e então o abraça com uma ferocidade assustadora.

— Você está vivo...

— Claro que estou vivo. O que houve com você?

Ela o puxa até a cama e o faz se sentar ao seu lado. Então pega um travesseiro, tira a fronha e rasga uma tira do tecido, que amarra em volta do corte para estancar o sangramento.

— Acabei de usar a cadeira para voltar para este momento — diz ela. — Estou começando uma nova linha temporal.

— A sua cadeira?

— Não, a do 17º andar. A de Slade.

— Não estou entendendo.

— Já vivi os próximos quinze minutos. A dor de me cortar foi uma trilha de migalhas de pão para voltar ao agora. Uma lembrança vívida e de curto prazo para a qual eu pudesse voltar.

— Então você sabe o que vai acontecer?

— Se formos ao apartamento de Slade, sim. Ele sabe que estamos aqui. Estava esperando por nós. Você levou um tiro na cabeça antes mesmo que a gente saísse do elevador. Era tanto sangue... Aí eu comecei a atirar. Devo ter atingido Slade, porque de repente ele estava rastejando pela sala.

"Peguei o elevador até o 17º andar, encontrei o laboratório e entrei justo quando Jee-woon ia entrar no tanque. Ele foi na minha direção, dizendo que sabia que eu nunca o machucaria depois de tudo que ele tinha feito por mim, mas foi o maior engano da vida dele.

"Fui até o computador e entrei no sistema com o meu acesso *backdoor*. Então fiz o mapeamento da minha lembrança, entrei no tanque e voltei para o momento em que me cortei aqui no quarto."

— Você não precisava ter voltado por mim.

— Para ser totalmente honesta, eu não teria voltado. Só que não sabia onde estava Sergei, e não havia tempo suficiente para destruir todo o equipamento. Mas fico muito feliz que você esteja vivo. — Ela olha para o relógio de novo. — Você vai ter lembranças terríveis de tudo isso daqui a mais ou menos doze minutos, assim como todas as pessoas que estão neste prédio. Isso é um problema.

Barry se levanta da cama e estende a mão, ajudando Helena a se levantar também.

Ela pega a escopeta.

— Então Slade está no apartamento, imaginando que é para lá que iremos primeiro — diz Barry. — Que foi o que fizemos na primeira vez.

— Correto.

— Jee-woon já está indo para a cadeira, no 17º andar, provavelmente só esperando ouvir alguma movimentação suspeita. A qualquer sinal de invasão ele vai direto para a câmara, para refazer esta linha do tempo. E Sergei está...

— Não sabemos. Acho que devemos ir primeiro ao laboratório e começar por Jee-woon. Não importa o que aconteça, não podemos permitir que ele entre na câmara.

Eles saem para o corredor. A todo momento Barry leva a mão ao bolso, tocando compulsivamente os pentes extras que trouxe.

Chegando ao fim do corredor, ele chama o elevador, ouvindo as engrenagens girando do outro lado das portas, a pistola em punho.

— Já passamos por isso. Não tem ninguém descendo.

Ao mesmo tempo em que a luz se acende no alto, ouve-se o alerta sonoro indicando a chegada do elevador.

Barry ergue a arma, o dedo no gatilho.

As portas se abrem.

Vazio.

Eles entram no espaço apertado, e Helena aperta o botão para o 17º andar. As paredes internas do elevador são revestidas de espelhos antigos, já sem brilho, e ali dentro, ao olharem para seu reflexo, eles têm o efeito de uma ilusão recursiva: uma miríade de Barrys e Helenas em elevadores estendendo-se até o infinito.

Os dois começam a subir.

— Vamos ficar encostados aqui atrás. É melhor que sejamos os menores alvos possíveis quando as portas se abrirem. Que arma Slade usava?

— Uma pequena. Prateada.

— E Jee-woon?

— Perto do computador havia uma parecida com a sua.

Os números vão se iluminando e se apagando à medida que eles passam pelos andares.

Nove.

Dez.

Uma onda de enjoo o atinge — nervosismo. Ele sente na boca o gosto do medo, provocado pela adrenalina que jorra na corrente sanguínea.

Onze.

Doze.

Treze.

Barry fica impressionado ao perceber que Helena não parece tão nervosa quanto ele. Por outro lado, ela já viveu tudo isso antes.

— Obrigado por voltar para me salvar — diz ele.

Quatorze.

— Só... sei la, tenta não morrer dessa vez.

Quinze.

Dezesseis.

— Lá vamos nós — diz ela.

O elevador para ao chegar ao andar.

Barry ergue a pistola.

Helena leva a escopeta ao ombro.

As portas se abrem e revelam um corredor vazio que se estende por toda a largura do prédio, com outros corredores se ramificando um pouco adiante a partir dele.

Barry sai do elevador com cautela.

O leve zunido das lâmpadas acima é o único som a romper o silêncio.

Helena o alcança, e eles seguem lado a lado. Quando ela faz um movimento para afastar o cabelo do rosto, Barry sente um impulso selvagem e protetor que o assusta e o desnorteia. Não faz nem vinte e quatro horas que a conhece.

Eles avançam.

O laboratório é um espaço todo branco e minimalista, repleto de luzes embutidas e vidro. Eles passam por uma janela que permite ver uma sala contendo mais de uma dezena de microscópios MEG, onde uma jovem cientista solda uma placa de circuito. Passam discretamente, sem serem notados.

Quando chegam à primeira bifurcação, ouvem uma porta se fechar em algum lugar próximo. Barry para, atento ao som de passos, mas só o que ouve é o zumbido das luzes.

Helena então o conduz por outro corredor que vai dar em uma ampla parede de vidro com vista para a escura e azulada Manhattan neste começo de noite fria, as luzes dos edifícios em volta brilhando na bruma do crepúsculo.

— O laboratório é logo em frente — sussurra Helena.

Barry passa as mãos suadas na calça para segurar melhor a pistola.

Eles param diante de uma porta com controle de acesso eletrônico.

— Ele pode já estar aqui — sussurra ela.

— Você não sabe a senha?

Ela balança a cabeça.

— Mas isto funcionou da outra vez — diz Helena, erguendo a arma.

Barry detecta um movimento na curva do corredor.

Ele entra na frente de Helena.

— Jee-woon, não! — grita ela.

Tiros irrompem no silêncio, e um clarão estoura de um cano apontado para Barry, que esvazia o pente da pistola em resposta.

Jee-woon sumiu de vista.

Tudo durou menos de cinco segundos.

Barry retira o carregador vazio, enfia um novo e engatilha.

— Você está bem? — pergunta ele.

— Sim. E só porque você se colocou na... Meu Deus, você está ferido!

Barry cambaleia para trás, o sangue escorrendo da barriga, por baixo da calça, caindo no sapato e finalmente no chão, formando uma poça vermelho--escura. A dor está vindo, mas a adrenalina faz com que ele a sinta apenas em parte — uma pressão crescente no meio do tórax.

— Temos que sair daqui — geme ele, pensando: *Tem uma bala no meu fígado.*

Helena o puxa para a curva do corredor.

Ele desliza para o chão, sangrando profusamente, o sangue quase preto.

— Confira se... se ele não está vindo — pede a Helena.

Ela espia pela quina da parede.

Barry pega a arma do chão, que sua mão soltou sem que ele notasse.

— Eles podem já ter chegado ao laboratório.
— Eu vou impedi-los — diz Helena.
— Não vou conseguir.

É quando notam um movimento à esquerda dele; Barry tenta erguer a pistola, mas Helena se adianta, disparando um tiro ensurdecedor que obriga um homem que ele nunca viu antes a recuar no corredor.

— Vá você — diz Barry. — Rápido.

O mundo está escurecendo, um zunido ecoa em seus ouvidos. Então ele se vê caído com o rosto no chão, a vida se esvaindo rapidamente do corpo.

Ele ouve mais tiros.

Ouve Helena gritando:

— Não me obrigue a fazer isso, Sergei. Você me conhece!

Dois disparos.

Um grito.

Caído de lado, ele vê várias pessoas correrem até os elevadores — hóspedes e funcionários escapando do tumulto.

Ele tenta se erguer, mas mal consegue mexer a mão. Seu corpo parece preso ao piso.

Em breve tudo vai acabar.

Barry consegue se erguer nos cotovelos, um movimento tão simples que se torna o mais difícil de toda a sua vida. De alguma maneira, consegue se arrastar pelo chão e chegar à curva do corredor com janelas que leva ao laboratório.

Ouve mais tiros.

Seus olhos perdem o foco de tempos em tempos, seus braços se cortando nos cacos de vidro das janelas estilhaçadas pelos tiros, e o vento lá fora sopra uma chuva gelada para dentro do prédio. As paredes estão salpicadas de buracos de balas, e uma névoa de fumaça permeia o ar; ele sente no fundo da garganta um gosto que lembra metal e enxofre.

Barry se arrasta por seus cartuchos calibre .40 espalhados pelo piso e tenta gritar por Helena, mas o nome que sai de sua boca não passa de um chiado.

Ele consegue se arrastar até a entrada. Leva um momento até sua visão ajustar o foco. Helena está de pé junto ao terminal de computadores, seus dedos voando por uma porção de teclados e telas touch-screen. Reunindo suas forças, Barry se concentra em fazer-se ouvir.

Ela se vira por um rápido instante.

— Sei que você está sofrendo. Estou indo o mais rápido que posso.

— O que está fazendo? — pergunta ele, cada sílaba mais agonizante que a anterior, cada respiração levando menos oxigênio ao cérebro.

— Vou voltar para a lembrança de quando me cortei no quarto.

— Jee-woon e Sergei se foram. — Ele tosse sangue. — Destrua... destrua logo tudo.

— Slade continua livre — retruca Helena. — Se ele escapar, pode construir novamente a cadeira. Preciso que você vigie a porta. Sei que está com muita dor, mas consegue fazer isso? Me avise se ele aparecer.

Ela se afasta do terminal e se senta na estrutura curva da cadeira imersiva de memória.

— Vou tentar.

Ele descansa a cabeça no piso frio.

— Da próxima vez vamos conseguir — diz Helena.

Com cuidado, ela pega no alto o microscópio MEG.

Enquanto Helena prende a correia sob o queixo, Barry luta com todas as forças para se manter atento ao corredor, mesmo sabendo que, se Slade aparecer, não poderá fazer nada para impedi-lo. Não tem força sequer para erguer a arma.

As lembranças de quando ele foi morto na linha do tempo anterior finalmente invadem sua consciência.

As portas do elevador se abrindo para o apartamento de Slade.

Slade de pé em sua sala de estar impecável, com janelas de todos os lados, apontando um revólver para o elevador.

Barry pensando: Merda. Ele sabia que estávamos vindo.

Uma explosão de luz sem som.

Depois... nada.

Através da névoa da morte, ele luta para olhar pela última vez para o laboratório, e é quando vê Helena tirando a blusa, a calça e entrando no tanque de isolamento.

Barry está voando pelo corredor, o nariz sangrando, a cabeça latejando. A dor do tiro que levou na linha do tempo anterior se foi, e as lembranças desta nova chegam em cascata para sua mente.

Ele e Helena saindo do quarto 825.

Chegando ao 17º andar, pegando outro caminho até o laboratório, na intenção de surpreender Jee-woon e Slade quando estiverem saindo do elevador.

Mas quem eles encontram é Sergei, que os faz perder tempo demais.

Agora estão correndo para chegar ao laboratório.

Barry limpa o sangue do nariz e pisca várias vezes para afastar o suor salgado que faz os olhos arderem.

Ao virarem no fim do corredor, chegam à porta do laboratório, que Helena abre com um tiro de escopeta. Barry entra primeiro, e dois tiros estrondosos explodem, por muito pouco não atingindo sua cabeça. Para sua surpresa, quem disparou foi um homem familiar — ele o viu onze anos atrás, na noite em que foi mandado de volta para dentro da própria lembrança.

Marcus Slade está a cerca de cinco metros deles, diante dos monitores. Usa camiseta branca e short cinza, como se tivesse acabado de chegar da academia, o cabelo preto e cacheado jogado para trás, molhado de suor.

Ele empunha um revólver brilhoso com acabamento em aço e encara Barry. Parece saber exatamente quem Barry é.

Barry enfia uma bala no ombro direito de Slade, fazendo-o cambalear para trás e desabar sobre os painéis de controle, a arma caindo de sua mão quando ele escorrega para o chão.

Helena corre até o tanque de isolamento e puxa a alavanca de emergência.

Quando Barry a alcança, ela já está abrindo a escotilha, e Jee-woon está boiando de costas na água salinizada, tentando desesperadamente arrancar o tubo intravenoso do braço.

Guardando a pistola, Barry se inclina para a água morna e puxa Jee-woon para fora do tanque, jogando-o longe.

Jee-woon cai no chão e se ajoelha, olhando para Barry e Helena, nu e pingando. Ele olha para a arma de Slade, a poucos metros, e se lança para pegá-la, Barry indo atrás dele. Jee-woon atira ao mesmo tempo que Helena, o impacto do chumbo lançando-o na parede; seu peito é uma ferida escancarada, e sua força se esvai rapidamente junto com o sangue.

Barry avança com cautela, mantendo a arma apontada para o tórax estraçalhado do homem, mas Jee-woon já está morto quando ele o alcança — o vazio final estampado nos olhos vítreos.

HELENA

7 DE NOVEMBRO DE 2018

É um dos momentos mais gratificantes de sua existência fragmentada ter Slade sob a mira da arma.

Ela pega um pen drive no bolso.

— Vou apagar cada linha de código. Depois vou desmontar todo o equipamento, a cadeira, o microscópio...

— Helena...

— Cala a boca! Os estimuladores. Cada pedaço de hardware e software que encontrar neste prédio. Vai ser como se a cadeira nunca tivesse existido.

Slade está com o corpo apoiado na base do terminal, a dor nítida em seu rosto.

— Há quanto tempo não nos vemos, hein?

— Para mim foram treze anos — diz ela. — E para você?

Ele parece considerar a pergunta enquanto Barry se aproxima e chuta o revólver para o outro lado da sala.

— Não faço ideia — diz Slade, por fim. — Depois que você sumiu da plataforma... uma bela fuga, aliás, nunca entendi exatamente como conseguiu... levei anos para reconstruir tudo. Mas desde então eu vivi mais vidas do que você poderia imaginar.

— O que você fez em todas essas vidas? — pergunta ela.

— Na maioria apenas tranquilas explorações de quem eu sou, quem poderia ser em outros lugares, com outras pessoas. Outras foram... um pouco mais intensas. Mas nesta última linha do tempo eu descobri que não conseguia mais gerar uma quantidade de sinapses suficiente para mapear minha memória. Viajei demais. São vidas demais. Experiências demais. Minha mente está começando a se fragmentar. Há vidas inteiras que eu nunca lembrei, que só me vêm em flashes. Este hotel não foi a primeira experiência que fiz. É a última. Eu o construí para que outras pessoas experimentassem o poder daquilo que ainda é, e sempre vai ser, a *sua* criação.

Ele inspira com dificuldade e olha para Barry. Helena pensa que seus olhos, mesmo por trás da evidente dor, encerram a profundidade serena de um homem que viveu muito, muito tempo.

— Que ingratidão por quem lhe devolveu sua filha — diz Slade.

— Agora ela está morta de novo, seu filho da mãe. Ela não suportou o choque de se lembrar da própria morte e o surgimento daquele prédio ontem.

— É uma pena...

— Você está fazendo um uso destrutivo dessa tecnologia.

— Sim — diz Slade. — Será destrutivo a princípio, como todo progresso. Assim como a era industrial trouxe duas guerras mundiais. Assim como o *Homo sapiens* tomou o lugar do homem de Neanderthal. Mas você escolheria voltar atrás em tudo que veio junto com isso? Seria possível voltar? O progresso é inevitável. É uma força para o bem.

Slade olha para a ferida no ombro, toca o local, faz uma careta. Olha para Barry.

— Sabe o que é destrutivo? Viver trancado no nosso minúsculo aquário, nessa piada de existência que os limites dos nossos sentidos primários nos impõem. Viver é sofrimento. Mas não precisa ser assim. Por que você deveria ser forçado a aceitar a morte da sua filha, quando pode mudar isso? Por que um homem no fim da vida não poderia voltar para sua juventude com plena sabedoria e conhecimento, em vez de sofrer a agonia de tentar se agarrar às últimas horas de vida que lhe restam? Por que permitir uma tragédia se podemos voltar para impedi-la? O que você defende não é a realidade; é uma prisão, uma mentira. — Slade olha para Helena. — Você *sabe* disso. Precisa entender. Você trouxe o início de uma nova era para a humanidade. Uma era em que não precisamos mais sofrer e morrer. Em que podemos viver *tantas coisas...* Acredite quando digo que sua perspectiva muda depois de incontáveis vidas. Você nos permitiu escapar das limitações dos nossos sentidos. Salvou a todos nós. *Esse* é seu legado.

— Eu sei o que aconteceu em São Francisco — diz Helena. — Na linha do tempo original. — Slade sustenta calmamente o olhar dela. — Você me contou que tinha descoberto sem querer do que minha invenção era capaz, mas omitiu que me matou.

— E mesmo assim aqui está você. A morte não tem mais nenhum poder sobre nós. Essa é a grande obra da sua vida, Helena. Aproveite.

— Não é possível que você realmente acredite que podemos confiar à humanidade essa nova tecnologia.

— Pense no bem que ela poderia fazer. Sei que você queria usar essa tecnologia para ajudar as pessoas, para ajudar sua mãe. Você pode voltar e ficar com ela antes de ela morrer, antes de a mente dela se destruir. Pode salvar as lembranças dela. Podemos desfazer as mortes de Jee-woon e Sergei. Seria como se nada disso tivesse acontecido. — Ele abre um sorriso cheio de dor. — Não vê como o mundo seria lindo?

Ela avança um passo.

— Talvez você esteja certo. Talvez haja um mundo em que minha invenção transforme para melhor a vida de todos. Mas isso não importa. O que importa é que você também pode estar *errado*. O que importa é que não sabemos o que as pessoas fariam com esse conhecimento. A única coisa de que temos certeza é que, assim que as pessoas souberem da existência da cadeira, ou como construí-la, não haverá mais volta. Ela vai existir em todas as linhas do tempo subsequentes. Teremos causado um mal irreversível à humanidade. Prefiro abrir mão de algo glorioso a arriscar tudo e dar chance ao azar.

Slade dá aquele seu sorriso de *Eu sei mais do que você imagina*, um sorriso que a leva de volta aos anos que passou com ele na plataforma.

— Você continua permitindo que suas limitações a ceguem. Continua não enxergando o quadro geral. E talvez nunca consiga enxergar, a menos que viaje como eu viajei...

— O que quer dizer com isso?

Ele apenas balança a cabeça.

— Do que você está falando, Marcus? O que significa "como eu viajei"?

Slade apenas a encara, ainda sangrando, e é nessa hora que o ruído dos processadores quânticos cessa, lançando-os num silêncio repentino.

Uma por uma, as telas do terminal ficam pretas, e quando Barry se vira para Helena com um olhar de incompreensão, todas as luzes se apagam.

BARRY

7 DE NOVEMBRO DE 2018

Ele vê Helena, Slade e a cadeira.

Depois, nada.

A escuridão completa no laboratório.

Nenhum som, exceto o martelar de seu coração.

À sua frente, onde Slade estava segundos atrás, Barry ouve alguém se arrastar pelo chão.

Um tiro ilumina o local por uma ensurdecedora fração de segundo; tempo suficiente para que Barry o veja sair pela porta.

Ele dá um passo hesitante, suas retinas ainda afetadas pelo clarão do tiro disparado por Helena, a escuridão tingida de laranja. Então a porta toma forma à medida que as luzes da cidade lá fora entram pelas janelas do corredor.

Seus ouvidos se recuperaram do estrondo do tiro apenas o suficiente para que ele ouça passos rápidos se afastando pelo corredor. Slade não deve ter tido tempo, durante os poucos segundos de escuridão, de encontrar o revólver, mas não há como ter certeza. O mais provável é que ele tenha corrido para a escada.

A voz de Helena surge do vão da porta na forma de um sussurro:

— Está vendo ele?

— Não. Espere até eu saber o que está acontecendo.

Barry passa apressado pela janela com vista para a noite chuvosa em Manhattan. De alguma parte daquele andar vem um *rá-tá-tá*, como se alguém estivesse tocando bateria.

Ele vira a curva do corredor para a absoluta escuridão e, quando está quase chegando ao corredor principal, dá uma topada em algo no chão.

Barry se abaixa e estende a mão, então sente a camiseta ensanguentada de Slade. Ainda não está enxergando nada, mas reconhece o chiado agudo de um pulmão perfurado que não consegue se encher de ar e, mais baixo, os gorgolejos de Slade se afogando no próprio sangue.

Um calafrio gélido percorre seu corpo. Apoiando a mão na parede, ele encontra a bifurcação.

Por um momento, o único som que ouve é o de Slade morrendo bem ao seu lado.

Então alguma coisa passa voando pela ponta do nariz de Barry e se crava com um ruído seco na parede atrás dele.

Tiros com silenciador e um clarão revelam meia dúzia de policiais junto aos elevadores, todos equipados com capacetes e uniformes táticos, os fuzis de assalto em posição.

Barry recua para trás da curva.

— Sou o investigador Sutton, polícia de Nova York! — grita ele. — Do 24º distrito!

— Barry?

Ele reconhece a voz.

— Gwen?

— O que está acontecendo aqui, Barry? — Ela se dirige aos outros policiais: — Eu sei quem é! Eu sei quem é!

— O que você está fazendo aqui? — pergunta Barry.

— Recebemos uma denúncia de um tiroteio neste prédio. O que *você* está fazendo aqui?

— Gwen, você precisa levar sua equipe embora e me deixar...

— Não é minha equipe.

— Quem são, então?

Uma voz masculina estrondeia adiante:

— O drone está indicando uma assinatura de calor infravermelha em uma das salas atrás de você.

— Não vai adiantar.

— Barry, você precisa deixar que eles façam o trabalho deles — diz Gwen.

— Quem são eles? — pergunta Barry.

— Por que você não vem até aqui e fala conosco? Eu faço as apresentações. Você está deixando todo mundo nervoso.

Ele torce para que Helena tenha entendido o que está acontecendo e fugido. Precisa fazer algo para que ela ganhe tempo. Se conseguir chegar ao seu laboratório no armazém de Red Hook, em quatro meses poderá terminar a construção do equipamento e então voltar para este dia e contornar a situação.

— Você não está me ouvindo, Gwen. Leve todos de volta pela garagem e saia do prédio. — Barry então se vira e grita para o laboratório: — Fuja, Helena!

O chacoalhar de equipamento soa no corredor: estão avançando.

Barry inclina o corpo e atira para o alto.

O fogo que vem em resposta é uma reação instantânea, um turbilhão de balas metralhando todo o corredor em volta dele.

— *Você quer morrer, Barry?* — grita Gwen.

— Fuja, Helena! Saia do prédio!

Então algum objeto vem rolando pelo piso e para a poucos metros dele. Antes mesmo que Barry tenha a chance de se perguntar o que é, a granada deixa escapar um jato cegante de luz e fumaça. Uma luz branca intensa preenche sua visão, e o apito agudo da surdez temporária bloqueia todos os outros ruídos.

No primeiro tiro, ele não sente dor — apenas o impacto.

Então vem outro, e mais outro, rasgando seu peito, a perna, o braço, e quando a dor enfim chega, ele percebe que Helena não vai salvá-lo dessa vez.

LIVRO QUATRO

Aquele que controla o passado controla o futuro.
Aquele que controla o presente controla o passado.
— GEORGE ORWELL, *1984*

HELENA

15 DE NOVEMBRO DE 2018 - 16 DE ABRIL DE 2019

Dia 8

É um cativeiro muito estranho.

O apartamento de um quarto fica perto de Sutton Place e é espaçoso, com pé-direito alto e uma vista fantástica para a ponte de Queensboro, o rio East e, ao longe, a vasta extensão do Brooklyn e do Queens.

Ela não tem acesso a telefone nem internet, nenhuma forma de contato com o mundo lá fora.

Quatro câmeras instaladas nas paredes vigiam cada centímetro do apartamento, as luzinhas vermelhas brilhando no alto mesmo enquanto Helena dorme, gravando todos os seus movimentos.

Seus captores são um casal, Alonzo e Jessica. Os dois exibem uma placidez que no início lhe dava nos nervos.

No dia em que a trouxeram, eles se sentaram com ela na sala e lhe disseram:

— Você com certeza deve ter muitas perguntas, mas não somos nós que vamos respondê-las.

Helena perguntou mesmo assim.

O que aconteceu com Barry?

Quem coordenou o ataque ao prédio de Marcus Slade?

Quem está me mantendo presa aqui?

— Somos apenas carcereiros caros, entendeu? Nada mais que isso — disse Jessica, inclinando-se para a frente. — Não sabemos por que querem você aqui e fazemos *questão* de não saber. Mas, se você não criar problemas, nós dois e os outros que trabalham conosco, que você nunca vai encontrar, também não vamos criar problemas.

Eles providenciam todas as refeições.

De tempos em tempos vão ao mercado e lhe trazem tudo que ela tiver anotado na lista.

De modo geral, os dois são bastante gentis, mas seus olhos transmitem uma inegável frieza — um distanciamento, na verdade — que não deixa dúvidas de que eles obedeceriam sem hesitar caso um dia recebessem ordens de machucá-la, ou coisa pior.

A primeira coisa que ela faz ao acordar é assistir às notícias, e a cada dia a SFM ocupa menos espaço no infinito desfile de tragédias, escândalos e fofocas de celebridades.

No dia em que mais um atirador tira dezenove vidas numa escola, é a primeira vez desde o aparecimento do Big Bend que a SFM não figura entre as principais notícias.

É seu oitavo dia no cativeiro. Helena está sentada ao balcão da cozinha comendo ovos rancheiros de café da manhã e olhando pela janela que dá vista para o rio.

Mais cedo, no espelho do banheiro, ela analisou os pontos que lhe deram na testa e o hematoma já parcialmente amarelado resultante da pancada que levou de um agente da SWAT no prédio de Slade, quando tentava fugir pela escada, e que a deixou inconsciente.

Se a cada dia a dor abranda, o medo e a incerteza só aumentam.

Ela come devagar e tenta não pensar em Barry, porque quando se lembra do rosto dele, a impotência abjeta de sua situação se torna intolerável, e não saber o que está acontecendo lhe dá vontade de gritar.

O trinco gira na porta. Helena espia o hall de entrada ao fim do pequeno corredor, enquanto a porta se abre e revela um homem que até então existia em sua vida apenas em uma lembrança morta.

— Feche a porta e desative as câmeras — diz Rajesh Anand a alguém.

— Raj? Não acredito! — Ela vai ao encontro dele, alcançando-o no ponto em que o hall se une à sala de estar. — O que está fazendo aqui?

— Vim ver você.

Seu olhar transmite uma confiança que ele não tinha na época em que trabalharam juntos na Estação Fawkes. A idade lhe fez bem; seu rosto barbeado exibe traços delicados e bonitos. Ele está de terno e carrega uma maleta. Um sorriso genuíno franze os cantos de seus olhos castanhos.

Eles entram na sala e se sentam frente a frente nos sofás de couro.

— Você está bem instalada aqui? — pergunta ele.

— O que está acontecendo, Raj?

— Você está sendo mantida num local seguro e reservado.

— Sob qual autoridade?

— Da Agência de Projetos de Pesquisa Avançada de Defesa.

Helena sente o estômago se contrair.

— A Darpa?

— Está precisando de alguma coisa? Posso providenciar.

— Respostas. Estou presa?

— Não.

— Então estou sendo detida.

Ele assente.

— Quero um advogado.

— Não vai acontecer.

— Como não? Sou uma cidadã americana. Não é ilegal me negar um advogado?

— Provavelmente.

Raj pega a maleta e a coloca na mesa. O couro preto está gasto em determinados pontos e as partes de metal já não têm mais brilho.

— Sei que não é lá muito elegante — diz ele. — Pertenceu ao meu pai. Ele me deu no dia em que vim para os Estados Unidos.

Helena aproveita o momento em que ele se atrapalha com os fechos da maleta para perguntar:

— Havia um homem comigo no 17º andar daquele...

— Barry Sutton?

— Alonzo e Jessica não querem me dizer o que aconteceu com ele.

— Porque eles não sabem. Barry morreu.

Ela já sabia.

Sentiu isso intensamente durante toda a semana que passou presa na prisão de luxo.

E mesmo assim a notícia a deixa arrasada.

Ela chora, o rosto se contorcendo de dor, os pontos na testa repuxando.

— Sinto muito, Helena — diz Raj. — Ele atirou contra os agentes da SWAT.

Helena limpa as lágrimas e lhe lança um olhar raivoso.

— Qual é o seu papel nisso tudo?

— O maior erro da minha vida foi abandonar nosso projeto, deixar a plataforma de Slade. Pensei que ele tivesse enlouquecido. Todos nós pensamos. Até que uma noite, quase um ano e meio depois, acordei com o nariz sangrando. Eu não entendi o que significava nem como tinha acontecido, mas todo o tempo que passamos na plataforma havia se tornado lembranças falsas. Foi quando entendi que você tinha feito algo inacreditável.

— Então você sabia o que a cadeira era capaz de fazer?

— Não. Só suspeitei que você tivesse encontrado um meio de alterar lembranças. E queria fazer parte disso. Tentei entrar em contato com você e com Slade, mas vocês dois tinham sumido. Então, quando a Síndrome da Falsa Memória chegou ao conhecimento da população, fui ao único lugar que eu sabia que estaria interessado na minha história.

— A Darpa? Você achou *mesmo* que seria uma boa ideia?

— Todos os órgãos governamentais estavam perdidos, sem saber o que fazer. O Centro de Controle e Prevenção de Doenças estava tentando encontrar um patógeno que não existia, e um físico da Rand Corporation propôs a teoria de que a SFM consistia em microalterações no espaço-tempo. Mas a Darpa acreditou em mim. Então começamos a procurar pessoas afetadas e entrevistá-las. Mês passado, encontrei uma pessoa que alegava ter sido colocada em uma cadeira e enviada de volta para uma lembrança. Ela só sabia que havia acontecido num hotel em Nova York. Eu estava convencido de que só podia ser você ou Slade, ou os dois trabalhando juntos.

— Por que recorrer à Darpa para investigar uma coisa dessas?

— Dinheiro e recursos. Eu trouxe uma equipe para Nova York. Começamos a procurar esse tal hotel, mas não o encontramos. Até que, após o surgimento do Big Bend, ouvimos rumores de que uma equipe da SWAT invadiria um prédio em Midtown que talvez tivesse alguma conexão com a SFM. Minha equipe assumiu a partir daí.

Helena olha pela janela, para o rio, sentindo o calor agradável do sol.

— Você estava trabalhando com Slade? — pergunta Raj.

— Estava tentando impedir que ele continuasse com essa loucura.

— Por quê?

— Porque é um equipamento perigoso. Você chegou a usar?

— Fiz alguns testes preliminares. Estava basicamente me familiarizando com o funcionamento da cadeira. — Raj abre a maleta. — Olhe, eu entendo sua preocupação, mas sua ajuda seria muito útil. Tem muitas coisas que ainda não sabemos.

Ele tira da maleta alguns papéis, que deixa na mesa de centro.

— O que é isso? — pergunta Helena.

— Um contrato de trabalho.

Ela olha novamente para Raj.

— Você não ouviu o que eu acabei de dizer?

— Eles sabem que é uma tecnologia para retornar a lembranças. Acha mesmo que vão simplesmente abrir mão de usá-la? Não há mais volta.

— Não quer dizer que tenho que ajudá-los.

— Mas, se decidir cooperar conosco, será tratada com o respeito devido à mente genial que criou essa tecnologia. Terá voz nas decisões. Vamos, juntos, fazer história. Essa é a minha proposta. Posso contar com você?

Helena dá um sorriso amargo.

— Você pode ir à merda, isso sim.

Dia 10

Está nevando lá fora, uma frágil camada de apenas um centímetro já se acumulou no peitoril da janela. Os carros avançam devagar pela ponte, que some e reaparece ao sabor da intensidade da nevasca.

Após o café da manhã, Jessica destranca a porta e ordena que Helena se prepare para sair.

— Por quê?

— Agora — responde Jessica.

É a primeira insinuação de ameaça que Helena detecta em seus carcereiros nesses dez dias de confinamento.

Descem pelo elevador de carga até a garagem subterrânea e entram em um dos vários carros pretos impecáveis, todos do modelo Suburban.

Pegam o túnel Queens-Midtown, como se fossem para o LaGuardia. Helena se pergunta se vão pegar algum voo, mas não ousa se pronunciar. Não; eles passam direto pelo aeroporto, chegam ao Flushing, passando pelas vitrines multicoloridas da Chinatown do Queens, até finalmente pararem perto de um complexo comercial composto de pequenos prédios que é a própria definição de insosso.

Ao saírem do carro, Alonzo segura Helena pelo braço e a conduz até a entrada principal, atravessando as portas duplas e a soltando perto do balcão da recepção, onde um homem muito alto, de quase dois metros, a espera.

— Falo com você mais tarde — diz ele, numa voz grave, dispensando Alonzo. Então volta sua atenção para Helena. — Então você é a gênia? — Ele tem uma barba e tanto, e sobrancelhas escuras que se unem como uma cerca viva sob a testa. — John Shaw — diz ele, estendendo a mão. — Bem-vinda à Darpa.

— Qual é sua função aqui, sr. Shaw?

— Podemos dizer que estou no comando. Venha comigo. — Ele se dirige ao posto de controle de segurança, mas Helena permanece onde está. Após cinco passos, ele olha de relance para trás. — Não foi um pedido, dra. Smith.

Os dois passam por portas de vidro, que se abrem à credencial de Shaw, e ele conduz Helena por um corredor acarpetado. De fora, o local parecia um triste complexo empresarial, mas o interior, com sua iluminação discreta e seu estilo utilitário, é cem por cento um labirinto frio típico de edifícios do governo.

— Tudo que havia no laboratório de Slade foi trazido para cá, onde será devidamente protegido.

— Raj não lhe disse o que penso sobre ajudar vocês?

— Disse.

— Então por que me trouxe aqui?

— Quero que veja o que estamos fazendo.

— Se envolve o uso da minha criação, não estou interessada.

Eles chegam a uma porta giratória de vidro grosso e um sistema de segurança biométrico.

Shaw olha para Helena do alto de seus quase dois metros. Ele é uns bons quarenta centímetros mais alto que ela, talvez mais. Em outras circunstâncias, seu rosto poderia parecer amigável, mas no momento transmite intensa irritação.

Quando ele fala novamente, exala um hálito de bala de canela.

— Saiba que não existe, em parte alguma do mundo inteiro, lugar mais seguro do que o laboratório do outro lado deste vidro. Pode não parecer, mas este prédio é uma fortaleza, e nós aqui da Darpa somos bons em guardar segredos.

— Esse vidro não é capaz de conter a cadeira. Nada é. Por que querem ficar com ele, a propósito?

A boca dele se curva para cima apenas do lado direito, e por um instante ela tem um vislumbre de esperteza implacável nos olhos dele.

— Vou lhe pedir um favor, dra. Smith.

— Qual?

— Durante os próximos sessenta minutos, tente manter a mente aberta.

A cadeira e o tanque de isolamento estão um ao lado do outro, em destaque sob as luzes intensas, no laboratório mais perfeito que Helena já viu.

Raj já está sentado ao terminal de computadores quando eles entram, e atrás dele, de pé, está uma mulher de vinte e tantos anos. Ela usa uniforme militar e coturnos, tem os braços cobertos de tatuagens e o cabelo preto preso num rabo de cavalo.

Shaw leva Helena até o terminal.

— Esta é Timoney Rodriguez.

A soldado a cumprimenta com um aceno de cabeça.

— Quem é essa? — pergunta ela.

— Helena Smith. Foi quem desenvolveu tudo isso. Raj, como estamos indo?

— A pleno vapor. — Ele gira na cadeira, virando-se para Timoney. — Pronta?

— Acho que sim.

— O que está acontecendo? — pergunta Helena a Shaw.

— Vamos enviar Timoney para uma lembrança.

— Com que propósito?

— Você vai ver.

Helena se dirige a Timoney.

— Você está ciente de que eles vão matá-la dentro desse tanque?

— John e Raj me explicaram tudo quando me convidaram para fazer parte do projeto.

— Eles vão paralisar seu corpo e seu coração. Já passei por isso quatro vezes e posso lhe garantir que são minutos de pura agonia, sem maneira alguma de aliviar a dor.

— Sem problema.

— As mudanças que você fizer no curso dos acontecimentos vão afetar outras pessoas e lhes causar todo tipo de sofrimento para o qual elas não estão preparadas. Você acha que tem o direito de fazer isso?

Todos ignoram a pergunta.

Raj se levanta e indica a cadeira.

— Sente-se, Timoney.

Ele pega um dos capacetes de metal no armário próximo, coloca na cabeça dela e começa a ajustar as tiras de segurança.

— Esse é o equipamento de reativação? — pergunta Timoney.

— Exato. É o que permite ao microscópio MEG registrar a lembrança. Depois dessa etapa, quando você for para o tanque, ele salva o padrão neural para que os estimuladores promovam a reativação. — Ele baixa o MEG, aproximando-o do capacete na cabeça de Timoney. — Já escolheu qual lembrança vai querer registrar?

— John disse que me orientaria quanto a isso.

— Minha única recomendação é de que seja algo ocorrido três dias atrás — diz Shaw.

Raj abre os compartimentos no apoio de cabeça e desdobra as hastes de titânio, que então encaixa na parte externa do microscópio.

— Não precisa ser um momento longo, só é preciso que seja uma lembrança bem vívida. Dor e prazer costumam ser bem marcantes. Ou emoções fortes. Certo, Helena?

Ela não diz nada. Está assistindo ao desenrolar de seu pior pesadelo: a cadeira foi parar nas mãos do governo.

Raj vai até os computadores, abre um novo arquivo de registro e traz o tablet que funciona como controle remoto.

Ele se senta em um banco ao lado de Timoney.

— A melhor forma de registrar uma lembrança, principalmente no início, é narrá-la em voz alta, descrevê-la. Tente se aprofundar, relembrar mais do que apenas o que você viu e sentiu. Sons, gostos e cheiros são elementos fundamentais para que o momento seja recuperado de maneira vívida. Quando quiser começar, é só falar.

Timoney fecha os olhos e respira fundo.

Ela relata o momento em que estava em uma uisqueria que frequenta em Greenwich Village, junto ao balcão laminado de cobre, esperando o bourbon que havia pedido. Uma mulher forçou passagem para chegar até lá e ser atendida, e nisso esbarrou em Timoney; ficou tão próxima que dava para sentir seu perfume. Quando ela se virou para se desculpar, as duas se encararam por alguns segundos. Timoney sabia que em breve estaria entrando num tanque de privação sensorial para morrer. Estava empolgada e apavorada. Na verdade, tinha saído aquela noite porque precisava de alguma conexão física.

— A pele dela era morena, da cor de café com leite, uma boca sensacional. Senti uma atração absurda. Nossa, eu fiquei totalmente sem chão, mas apenas sorri e falei: "Tudo bem, não foi nada." A vida é feita de mil pequenos arrependimentos como esse, não é mesmo? — Timoney abre os olhos. — E aí, como foi?

Raj ergue o tablet para todos verem: 156 SINAPSES.

— É suficiente? — pergunta Shaw.

— Acima de cento e vinte está ótimo.

Em seguida, ele insere um cateter no braço de Timoney e conecta o dispositivo contendo as drogas. Então Timoney tira o uniforme e se dirige ao tanque.

Raj abre a escotilha, enquanto Shaw segura a mão dela para ajudá-la a entrar.

— Lembra-se de tudo que discutimos? — pergunta Shaw à agente, que boia na água salinizada.

— Sim. Não sei muito bem o que esperar.

— Para ser honesto, nenhum de nós sabe. Nos vemos do outro lado.

Raj fecha a escotilha e volta aos computadores. Shaw se senta ao lado dele, e Helena se aproxima para acompanhar o que acontece nos monitores. A sequência de reativação já está sendo iniciada. Raj confere mais uma vez as doses de rocurônio e do tiopental sódico.

— Sr. Shaw? — chama Helena.

Ele se vira para ela.

— Neste momento, somos as únicas pessoas no mundo a deter o controle desta tecnologia.

— Assim espero.

— Eu imploro, não deem prosseguimento a isso. Até hoje, essa cadeira só causou caos e sofrimento.

— Talvez por estar nas mãos erradas.

— A humanidade não tem a sabedoria necessária para fazer uso desse poder.

— Estou prestes a provar o contrário.

Helena precisa impedir essa catástrofe, mas há dois guardas armados bem ali do outro lado da porta. Se tentar qualquer coisa, eles avançarão nela em segundos.

Raj pega o headset.

— Dez segundos para o início do procedimento, Timoney — avisa ele no microfone.

O aparelho reproduz a respiração acelerada dela.

— *Estou pronta.*

Raj aciona a liberação das drogas. Foram feitas grandes melhorias no equipamento de Slade desde a época da Estação Fawkes, quando era preciso um médico a postos para acompanhar os sinais vitais dos voluntários e indicar o momento em que os estimuladores deveriam ser acionados. Este novo software automatiza a sequência de liberação das drogas baseado nas informações dos sinais vitais obtidos em tempo real e aciona os estimuladores eletromagnéticos apenas depois que é detectada a liberação de DMT.

— Quanto tempo vai levar para a transposição da realidade? — pergunta Shaw.

— Vai depender de como o corpo dela vai reagir às substâncias.

O rocurônio é liberado e, trinta segundos depois, o tiopental sódico.

Shaw se inclina para a frente, observando mais de perto uma tela dividida em dois que mostra, na esquerda, os sinais vitais de Timoney e, na direita, as imagens de uma câmera de visão noturna instalada dentro do tanque.

— A frequência cardíaca está nas alturas, mas ela parece muito calma.

— A sua também estaria se você estivesse sufocando e tendo uma parada cardíaca — diz Helena.

Os três ficam acompanhando os batimentos de Timoney até chegarem a zero.

Alguns minutos se passam.

Uma gota de suor escorre pelo rosto de Shaw.

— Demora tanto assim mesmo? — pergunta ele.

— Sim — responde Helena. — É o tempo que seu corpo leva para morrer depois que o coração para de bater. Acredite, para ela o tempo está passando ainda mais devagar.

Uma mensagem de alerta surge no monitor que mostra o status dos estimuladores: LIBERAÇÃO DE DMT DETECTADA. Uma explosão de cores, indicando atividade cerebral, substitui a imagem escura do cérebro de Timoney.

— Aí vêm os estimuladores — diz Raj.

Após dez segundos, surge um novo alerta no monitor: REATIVAÇÃO DE LEMBRANÇA CONCLUÍDA.

Raj se dirige a Shaw:

— A qualquer momento...

Helena de repente se vê a uma mesa de reunião, do outro lado do laboratório. Nariz sangrando, cabeça latejando.

Shaw, Raj e Timoney também estão em volta da mesa, mas a militar não sangra como os dois homens.

Shaw ri.

— Meu Deus. — Ele olha para Raj. — Funcionou. Funcionou mesmo!

— O que você fez? — pergunta Helena, ainda tentando reorganizar as lembranças novas, diferenciá-las daquelas que agora são lembranças mortas.

— Pense no tiroteio que aconteceu naquela escola dois dias atrás — diz Raj.

Ela tenta se lembrar das notícias que viu nos últimos dias: hordas de alunos sendo evacuados da escola, vídeos terríveis gravados em celulares mostrando o alvoroço no refeitório, pais devastados implorando às autoridades que tomassem providências, que não permitissem que aquilo se repetisse, discussões e análises sobre o cumprimento da lei, vigílias e...

Mas nada disso aconteceu.

Agora, são lembranças mortas.

No lugar delas, as notícias foram de que o atirador subia os degraus da entrada da escola, um AR-15 pendurado no ombro e uma bolsa preta na mão contendo bombas caseiras, pistolas e cinquenta carregadores de munição de alta capacidade, quando um projétil 7,62 Nato disparado de um rifle M40 à distância aproximada de duzentos e setenta metros entrou em sua nuca e saiu pela cavidade nasal esquerda.

Mais de vinte e quatro horas depois, a identidade do atirador em potencial permanece desconhecida, mas o justiceiro anônimo que o eliminou está sendo exaltado como herói mundo afora.

— Sua invenção salvou dezenove vidas — diz Shaw a Helena.

Ela está sem palavras.

— Olha — continua ele —, eu entendo por que você diz que a cadeira deve ser eliminada da face da Terra. Que é uma afronta à ordem natural das coisas. Mas ela acabou de salvar dezenove jovens e apagou a dor inimaginável das famílias.

— Isso é...

— Brincar de Deus?

— Sim.

— *Não* intervir quando temos esse poder não seria igualmente errado?

— Não deveríamos ter esse poder.

— Mas temos. Graças à sua invenção.

Sua mente está à toda.

— Parece que você só vê o mal que essa tecnologia é capaz de causar — diz Shaw. — No início da sua pesquisa, bem no início, quando você ainda fazia experimentos com ratos, o que a motivava?

— Sempre me interessei pelo campo da memória. Quando minha mãe começou a apresentar sintomas de Alzheimer, quis construir um recurso capaz de preservar as memórias-base da vida dela.

— E você foi muito além disso — diz Timoney. — Você não protegeu apenas lembranças. Você salvou vidas.

— Helena, você me perguntou para que eu queria a cadeira — continua Shaw. — Espero que a experiência de hoje tenha servido para lhe mostrar quem eu sou, o que pretendo fazer. Volte para o apartamento e aproveite este momento. Aqueles jovens estão vivos graças a você.

De volta ao apartamento, ela passa a tarde inteira sentada na cama, vendo notícias sobre o tiroteio na escola que "desaconteceu". Alunos contam para as câmeras as falsas lembranças de serem mortos. Um pai, em prantos, relata que se lembra de ir ao necrotério para identificar o corpo do filho, uma mãe abalada conta que organizava o funeral da filha quando se viu no carro, levando-a para a escola.

Helena se pergunta se é a única a ver o leve desequilíbrio nos olhos de um dos alunos que teriam sido mortos.

Enquanto testemunha o mundo tentando assimilar o impossível, ela se pergunta o que a população pensa de tudo isso.

Líderes religiosos falam de tempos antigos, quando milagres aconteciam com frequência. Especulam que estão de volta a uma era como aquela, que isso pode ser o precursor do Segundo Advento.

Enquanto as igrejas recebem multidões, o melhor que os cientistas conseguem elaborar é que o mundo sofreu mais um "incidente de memória em massa". E, embora eles falem em realidades alternativas e fragmentação do espaço-tempo, parecem mais perdidos que os homens de Deus.

A todo momento o que Shaw lhe disse no laboratório volta à sua mente: *Parece que você só vê o mal que essa tecnologia é capaz de fazer.* É verdade. Seu olhar sempre se limitou aos danos em potencial, e esse medo definiu a trajetória de sua vida desde a Estação Fawkes.

A noite cai sobre Manhattan, e ela está de pé à enorme janela, observando a ponte de Queensboro, os cabos e treliças iluminados e projetados na superfície do rio East como um espetacular reflexo de cores bruxuleantes.

Experimentando a sensação de mudar o mundo.

Dia 11

No dia seguinte, pela manhã, ela é levada ao prédio da Darpa no Queens, onde Shaw novamente a aguarda na recepção.

Eles seguem para o laboratório.

— Viu as notícias ontem à noite? — pergunta Shaw.

— Algumas.

— Muito bom, não?

No laboratório, Timoney, Raj e dois homens que Helena não conhece estão sentados à mesa de reunião. Shaw faz as apresentações: um jovem membro dos SEALs chamado Steve, que ele descreve como o equivalente de Timoney na força de operações especiais da Marinha americana, e Albert Kinney, um homem de aparência impecável que veste um terno preto sob medida.

— Albert é um desertor da Rand — explica Shaw.

— Foi você que desenvolveu a cadeira imersiva? — pergunta Albert, cumprimentando Helena com um aperto de mão.

— Infelizmente — responde ela.

— É fantástica.

Ela se senta em uma das cadeiras vazias enquanto Shaw se dirige à cabeceira da mesa, onde permanece de pé, observando todos os presentes.

— Bem-vindos — começa ele. — Na última semana, conversei com cada um de vocês individualmente sobre o equipamento de imersão em memória que minha equipe recuperou. Ontem à tarde, nós o utilizamos com sucesso para reverter o tiroteio ocorrido em uma escola de Maryland. Bem, há quem seja da opinião, que eu respeito, de que um poder dessa magnitude não deveria estar em nossas mãos. Se me permite falar em seu nome, dra. Smith, mesmo você, inventora do equipamento, expressou tais preocupações.

— Sim.

— Eu vejo por outra perspectiva, reforçada pelo sucesso da experiência que realizamos ontem. A meu ver, uma vez que determinada tecnologia é trazida ao mundo, cabe a nós encontrar seu melhor uso possível, de modo a colaborar para a preservação e o aperfeiçoamento de nossa espécie. Estou convencido de que a cadeira apresenta um potencial imenso de promover o bem.

"Além da dra. Smith, temos hoje conosco Timoney Rodriguez e Steve Crowder, dois dos mais corajosos e capazes soldados já treinados pelas forças armadas do nosso país; Raj Anand, responsável por encontrar o equipamento; Albert Kinney, especialista em teoria dos sistemas da Rand e uma mente inigualável, e eu. Na condição de vice-diretor da Darpa, disponho dos recursos necessários para criar, sob total sigilo, um novo programa, a que daremos início hoje.

— Vocês pretendem continuar usando a cadeira? — questiona Helena.

— Certamente.

— Com que fins?

— Vamos elaborar juntos a declaração de missão deste programa.

— Então você está pensando em nos colocar em uma espécie de conselho? — pergunta Albert.

— Exatamente. Os parâmetros para o uso da cadeira também serão decididos em conjunto.

Helena se levanta.

— Não vou fazer parte disso.

Shaw olha para ela da cabeceira da mesa, trincando os dentes.

— Este grupo precisa da sua voz. Do seu ceticismo.

— Não é ceticismo. Sim, nós salvamos algumas vidas ontem, mas, ao fazer isso, criamos lembranças falsas e confusão na mente de milhões de pessoas. Cada vez que a cadeira for usada, vocês estarão alterando o modo como os seres humanos gerenciam a realidade. E não fazemos ideia de quais serão as consequências disso a longo prazo.

— Quero lhe fazer uma pergunta — diz Shaw. — Você acha que, no momento, alguma pessoa decente está triste porque dezenove estudantes *não* morreram? Não estamos falando de trocar lembranças boas por ruins, ou de alterar a realidade aleatoriamente. Temos aqui um único propósito: o fim do sofrimento humano.

Helena se inclina para a frente ao responder:

— Isso não difere em nada do uso que Marcus Slade vinha fazendo da cadeira. Ele queria transformar a maneira como experimentamos a realidade, mas, na prática, estava permitindo que pessoas voltassem no tempo e refizessem sua vida, o que era bom para alguns, mas *catastrófico* para outros.

— Helena está levantando uma preocupação legítima — opina Albert. — Já existem hoje diversos estudos sobre os efeitos da SFM no cérebro, sobre casos de excesso de informação afetando a consolidação de memórias e sobre como as lembranças falsas afetam pessoas com transtornos mentais. Eu recomendaria que providenciássemos uma equipe para fazer um levantamento de todos os artigos sérios já publicados sobre o assunto, para que possamos nos manter informados enquanto avançamos. Em teoria, se limitarmos o intervalo das lembranças para as quais enviarmos nossos agentes, limitaremos a dissonância cognitiva entre as linhas do tempo real e as falsas.

— Em teoria? — ecoa Helena. — Vocês não deveriam ter uma base melhor do que a teórica para darem prosseguimento a algo que transforma a natureza da realidade?

— Albert, você está propondo que não consideremos voltar a momentos do passado distante? — pergunta Shaw. — Porque eu tenho uma lista aqui — ele toca um caderno com capa de couro preta — de atrocidades e desastres ocorridos nos séculos XX e XXI. Vamos dizer, hipoteticamente, que encontremos uma pessoa de noventa e cinco anos com treinamento em tiro de precisão. Alguém com a mente lúcida e perspicaz, com uma boa memória. Helena, para qual idade mínima você se sentiria confortável em enviar alguém de volta?

— Não acredito que estamos discutindo isso.

— São apenas ideias. Nesta mesa não existem ideias ruins.

— O cérebro feminino atinge a maturidade aos vinte e um anos — diz ela. — O masculino, alguns anos depois. É provável que a marca de dezesseis anos seja viável, mas precisaríamos fazer testes para termos certeza. É possível que, ao enviarmos alguém para uma lembrança de quando a pessoa era muito jovem, as funções cognitivas dela entrem em colapso. Enfiar uma consciência adulta num cérebro em desenvolvimento pode ter consequências desastrosas.

— Você está sugerindo o que eu acho que está, John? — pergunta Albert. — Que enviemos agentes para quarenta, cinquenta, sessenta anos atrás, a fim de assassinar ditadores antes que eles matem milhões de pessoas?

— Ou para *evitar* algum incidente que desencadeou uma tragédia épica. Por exemplo, quando Gavrilo Princip, um sérvio, assassinou o arquiduque Franz Ferdinand, em 1914, ele empurrou a primeira peça de dominó em uma cadeia de eventos que acabaria por fazer eclodir a Primeira Guerra Mundial. Estou apenas colocando essa possibilidade na mesa. Temos uma máquina de poder inimaginável bem aqui neste laboratório.

A gravidade dessa afirmação faz um silêncio recair sobre todos.

Helena volta a se sentar. Seu coração bate acelerado, a boca está seca.

— Só não fui embora ainda porque alguém aqui precisa ser a voz da razão.

— Concordo plenamente — diz Shaw.

— Uma coisa é alterar eventos dos últimos dias. Não me entendam mal, isso ainda assim é perigoso e não deve ser repetido nunca mais. Mas outra coisa totalmente diferente é salvar a vida de milhões de pessoas meio século atrás. Digamos que encontrássemos uma maneira de impedir a Segunda Guerra Mundial. E se, graças às nossas ações, trinta milhões de pessoas deixassem de morrer? Vocês podem achar isso maravilhoso, mas pensem bem: como é possível sequer começar a calcular o potencial para o bem ou para o mal daqueles que morreram? Quem pode nos garantir que os atos de algum monstro como Hitler, Stalin ou Pol Pot não serviram para impedir a ascensão de um monstro ainda pior? No mínimo, uma alteração dessa escala certamente transformaria o presente em um nível além do nosso entendimento. Milhões de casamentos e nascimentos seriam desfeitos. Sem Hitler, toda uma geração de imigrantes jamais teria vindo para os Estados Unidos. Nem precisamos ir tão longe: se o namorado de adolescência da sua bisavó não morresse na guerra, ela teria se casado com ele e não com seu bisavô. Seus avós nunca teriam nascido, nem seus pais, e, óbvio, você também não. Quer falar sobre teoria dos sistemas? — diz ela, voltando-se para Albert. — Existe algum modelo concebível que seja capaz de começar a inferir as mudanças causadas à população do planeta nesse nível de magnitude?

— Bem, eu poderia desenvolver alguns modelos, mas, considerando a questão que você está colocando, rastrear relações de causa e efeito com uma quantidade de dados tão gigantesca é praticamente impossível. Concordo que estamos chegando perto demais da lei das consequências não intencionais. Vou improvisar aqui um experimento mental.

"Se evitássemos que a Inglaterra entrasse em guerra com a Alemanha, Alan Turing, o pai da computação e da inteligência artificial, não teria sido impulsionado a decifrar a tecnologia de criptografia alemã. Talvez mesmo assim ele ainda estabelecesse as bases para o mundo moderno em que vivemos hoje, regido pelo microchip. Ou talvez não. Ou, ainda, talvez tivesse feito um avanço menor nesse aspecto. E quantas vidas foram salvas graças a toda essa tecnologia que nos protege? Será que foi uma quantidade maior do que as vítimas da Segunda Guerra? As hipóteses são infinitas."

— Muito bem pensado — diz Shaw. — É esse tipo de debate que precisamos ter. E é por isso, Helena, que eu quero você aqui conosco. Você não vai me impedir de fazer uso dessa nova tecnologia, mas talvez possa nos ajudar a utilizá-la de forma sensata.

Dia 17

Eles passam a primeira semana estabelecendo as regras básicas, incluindo:

Os únicos autorizados a se submeterem ao procedimento são agentes treinados, como Timoney e Steve.

A cadeira não pode ser usada para alterar eventos da história pessoal dos membros da equipe, tampouco de amigos ou familiares.

Os agentes não serão enviados a lembranças anteriores a cinco dias.

O único propósito do projeto é reverter tragédias e desastres imprevisíveis, que possam ser evitados fácil e anonimamente por um único agente.

Todas as decisões relacionadas ao uso do equipamento serão submetidas à votação.

Albert começa a chamar o grupo de Departamento das Desgraças Desfeitas, e, tal como muitos nomes que começam como uma piada ruim e não são rapidamente substituídos, o título acaba pegando.

Dia 25

Uma semana depois, Shaw submete à consideração do grupo um caso para a próxima missão, chegando a trazer uma fotografia do crime para reforçar seu argumento.

Vinte e quatro horas atrás, uma menina de onze anos foi encontrada morta no próprio quarto, em Lander, Wyoming. O modus operandi apresenta um alto e sombrio grau de semelhança com cinco assassinatos anteriores que ocorreram ao longo de oito semanas em variadas cidades remotas do Oeste do país.

O criminoso entrou no quarto em algum momento entre as onze da noite e as quatro da madrugada, com a ajuda de uma serra para vidro. Então amordaçou a vítima e a violou enquanto os pais dormiam, alheios a tudo, no quarto ao lado.

— Ao contrário de crimes anteriores — diz Shaw —, em que as vítimas foram encontradas apenas dias ou semanas depois, dessa vez o assassino deixou a menina na cama, debaixo das cobertas, e ela foi encontrada pelos pais no dia seguinte. O que significa que, além de sabermos o local exato do crime, temos uma janela de tempo definitiva para o momento em que foi cometido. Parece haver pouca dúvida de que esse monstro vai atacar novamente. Gostaria de propor votarmos pelo uso da cadeira, e meu voto é sim.

Timoney e Steve concordam na mesma hora.

— Como você propõe que Steve execute o assassino? — pergunta Albert.

— Como assim?

— Bem, uma opção seria fazer de maneira discreta: capturar o sujeito, levá-lo para um descampado e o enterrá-lo num local onde ninguém jamais vai encontrá-lo. A outra maneira é mais chamativa: o assassino é encontrado com a garganta cortada bem embaixo da janela pela qual ele pretendia entrar, ainda em posse da serra e da faca. Com esse segundo método, estaríamos, deliberadamente, anunciando a existência do Departamento das Desgraças Desfeitas. Talvez seja da nossa vontade fazer esse anúncio, talvez não. Estou apenas levantando a questão.

Helena está olhando fixamente para a foto mais perturbadora que já viu, toda a sua racionalidade se desintegrando sob seus pés. No momento, tudo que ela quer é causar sofrimento à pessoa que cometeu aquela barbaridade.

— Eu voto em destruirmos este laboratório e removermos todos os dados dos servidores — diz ela. — Mas, se vocês decidirem seguir em frente com isso, e sei que não tenho como impedi-los, então que esse animal seja morto e deixado debaixo da janela da menina com as ferramentas que o incriminem.

— Por quê, Helena? — pergunta Shaw.

— Porque, se as pessoas souberem que alguém, alguma entidade, está por trás dessas transposições da realidade, o seu trabalho começa a ganhar uma estatura mítica.

— Tipo o Batman? — pergunta Albert, com um sorrisinho.

Ela responde com um olhar de desdém.

— Se o objetivo é consertar o mal que os homens fazem — continua Helena —, talvez seja útil que os bandidos tenham medo de você. Além disso, se encontrarem o assassino perto da cena do crime, pronto para invadir a casa, as autoridades vão ligá-lo aos outros assassinatos, e, espero, as outras famílias poderão sentir que a justiça foi feita.

— Está sugerindo que a gente vire o bicho-papão? — pergunta Timoney.

— Se alguém desistir de cometer uma atrocidade por medo de um grupo desconhecido capaz de manipular a memória e o tempo, teremos missões que você nem vai precisar enfrentar e lembranças falsas que não precisaremos criar. Portanto, sim, sugiro nos tornarmos o bicho-papão.

Dia 24

Steve encontra o assassino a 1h35, prestes a cortar um buraco no vidro da janela do quarto de Daisy Robinson. Steve tapa a boca dele com fita, amarra os pulsos e corta sua garganta de ponta a ponta, vendo-o se contorcer e se esvair em sangue no chão ao lado da casa.

Dia 31

Na semana seguinte, eles votam por não interferir num descarrilamento de trem na região de Texas Hill Country que deixa nove mortos e muitos feridos.

Dia 54

Quando um avião cai na floresta perene no sul de Seattle, eles optam novamente por não usar a cadeira, calculando que, tal como no caso do acidente de trem, quando conseguissem determinar a causa do acidente já teria se passado tempo demais.

Dia 58

Com o passar dos dias, fica mais claro que tipo de tragédia é mais propício à intervenção pela cadeira, e sempre que há alguma hesitação, qualquer dúvida, por menor que seja, eles preferem — para alívio de Helena — pecar pela não interferência.

Ela continua confinada ao apartamento perto de Sutton Place. Alonzo e Jessica permitiram que fizesse caminhadas à noite. Um deles vai sempre meio quarteirão atrás; o outro, meio à frente.

É a primeira semana de janeiro, e o vento que sopra forte entre os prédios atinge seu rosto como uma rajada polar. Apesar disso, ela saboreia a pseudoliberdade de caminhar na noite nova-iorquina, fingindo que está realmente sozinha.

Helena começa a pensar nos pais e em Barry. Sua mente insiste em repetir a última imagem que ela tem dele: no laboratório de Slade, logo antes de a luz ser cortada; um minuto depois, a voz dele soando na escuridão, gritando, dizendo a ela que fugisse.

As lágrimas escorrem frias pelo seu rosto.

As três pessoas mais importantes de sua vida se foram, e ela nunca mais vai vê-las. A solidão extrema dessa constatação a dilacera por dentro.

Aos quarenta e nove anos, Helena se pergunta se essa é a verdadeira sensação de estar velha — não apenas o declínio físico, mas também emocional. Um silêncio crescente por parte das pessoas que mais amamos, que nos moldaram e definiram nosso mundo, todas atravessando para o outro lado, para o que quer que venha depois.

Sem saída, sem um desfecho em vista, e tendo perdido todos que amava, ela não sabe por quanto tempo vai conseguir continuar com isso.

Dia 61

Timoney retorna a uma lembrança para impedir que um corretor de seguros enlouquecido de cinquenta e dois anos mate vinte e oito estudantes em uma manifestação política em Berkeley com um rifle de assalto.

Dia 70

Steve entra num apartamento no Leeds quando um homem está vestindo o colete de explosivos. Ele enfia uma faca militar na base do crânio do homem e dilacera a medula, deixando-o caído na mesa sobre uma pilha de pregos e parafusos que teriam rasgado e matado doze pessoas no metrô de Londres na manhã seguinte.

Dia 90

No dia em que o programa completa três meses, uma reportagem no *New York Times* lista as oito missões já realizadas, especulando que as mortes daqueles que viriam a ser assassinos, atiradores e um homem-bomba são obra de uma organização misteriosa em posse de uma tecnologia que está além de qualquer compreensão.

Dia 115

Helena está na cama, quase pegando no sono, quando uma forte batida à porta do apartamento faz seu coração acelerar. Se essa casa fosse sua, ela poderia fingir que não estava e esperar que a visita inoportuna desistisse, mas, que inferno, ela vive sob vigilância, e a fechadura já está girando.

Ela sai da cama, veste o roupão e chega à sala quando John Shaw está abrindo a porta.

— Entre, entre — diz ela. — A casa é sua.

— Desculpe. E desculpe também por aparecer a essa hora. — Ele entra na sala. — Lugar bacana, esse.

Ela sente no hálito dele cheiro de uísque e canela; cheiro bem forte, aliás.

— Pois é, e o aluguel nem é caro.

Ela poderia oferecer uma cerveja ou alguma outra bebida, mas não faz isso.

Shaw se senta em uma das banquetas estofadas da cozinha, e ela fica de pé do outro lado do balcão, percebendo que ele parece mais pensativo e perturbado que nunca.

— O que posso fazer por você, John?

— Sei que você nunca acreditou no que estamos fazendo.

— É verdade.

— Mas fico feliz que esteja participando das discussões. Você nos torna melhores. Não nos conhecemos muito bem, mas saiba que nem sempre eu... Ei, tem alguma bebida aqui?

Ela pega na geladeira duas garrafas de cerveja Brooklyn Brewery e as abre. Shaw toma um longo gole.

— Eu já construí muita merda para os militares, para ajudá-los a matar gente com mais eficiência. Mas os últimos meses foram os melhores da minha vida. À noite, quando vou dormir, penso em toda a dor que estamos eliminando. Vejo o rosto das pessoas que salvamos, ou dos familiares daquelas que salvamos. Penso em Daisy Robinson. Em todos eles.

— Sei que você está tentando fazer o que é certo.

— Sim. Talvez pela primeira vez na minha vida. — Ele bebe um gole da cerveja. — Eu não disse nada à equipe, mas estou sob pressão do alto escalão.

— Que tipo de pressão?

— Por conta da minha trajetória, eles me concedem um pouco mais de liberdade e supervisão mínima. Mas ainda tenho que prestar contas. Não sei se eles suspeitam de alguma coisa, mas querem saber em que estou trabalhando.

— O que você pode fazer?

— Existem algumas alternativas. Poderíamos criar um programa de fachada, oferecer a eles algo chamativo e que não tenha nenhuma semelhança real com o que estamos fazendo. Provavelmente ganharíamos algum tempo assim. Mas o melhor seria contar a verdade e pronto.

— Você não pode fazer isso.

— O objetivo primordial da Darpa é criar avanços tecnológicos que fortaleçam a segurança nacional, com foco em aplicações militares. É uma questão de tempo, Helena. Não posso esconder isso deles para sempre.

— E como as Forças Armadas usariam a cadeira? — pergunta Helena.

— Como não a usariam? Ontem, um pelotão foi emboscado na província de Candaar, no Afeganistão. Oito fuzileiros navais mortos em combate. Não é informação pública ainda. No mês passado, um helicóptero Black Hawk caiu durante uma missão de treinamento noturno no Havaí. Cinco mortos. Sabe quantas missões falham porque perdemos o inimigo por alguns dias ou algumas horas? Por estarmos no lugar certo, mas na hora errada? Eles veriam a cadeira como uma ferramenta que daria aos comandantes a possibilidade de editar guerras.

— E se a perspectiva deles em relação aos usos da cadeira for diferente da sua?

— Ah, com certeza será. — Shaw termina a cerveja. Desabotoa o colarinho, afrouxa a gravata. — Não quero assustar você nem nada, mas não é só o Ministério da Defesa que exploraria as possibilidades da sua invenção. Tem também a CIA, a NSA, o FBI... Todos os órgãos vão querer um pedaço do bolo se a informação chegar a eles. Como somos uma agência da Defesa, temos alguma cobertura, mas todos vão exigir o direito de usar o equipamento.

— Meu Deus. E a informação *vai* chegar a eles?

— Não temos como saber, mas já imaginou se o Ministério da Justiça tivesse acesso a essa tecnologia? Os Estados Unidos virariam *Minority Report*.

— Destrua a cadeira.

— Helena...

— Que foi? Qual a dificuldade em fazer isso? Destrua-a antes que alguma dessas coisas aconteça.

— O potencial benéfico da cadeira é alto demais. Isso nós já provamos. Não podemos destruí-la por medo do que *pode* vir a acontecer.

O apartamento fica silencioso. Helena fecha os dedos ao redor do vidro gelado e suado da garrafa de cerveja.

— Então qual é o seu plano? — pergunta ela.

— Não tenho plano nenhum. Por enquanto. Só precisava avisar a você sobre o que vem por aí.

Dia 136

Ninguém previu que fosse começar tão cedo.

No dia 22 de março, quando Shaw entra no laboratório para fazer o resumo diário de todas as coisas terríveis que aconteceram no mundo nas últimas vinte e quatro horas, ele anuncia:

— Temos nossa primeira missão encomendada.

— Encomendada por quem? — pergunta Raj.

— Por alguém com a patente acima da minha.

— Então eles sabem? — pergunta Helena.

— Sim. — Shaw abre uma pasta de arquivo com um carimbo vermelho de CONFIDENCIAL. — Isso não saiu nos jornais. No dia 5 de janeiro, isto é, setenta e cinco dias atrás, um caça de sexta geração sofreu uma pane e fez um pouso forçado próximo à fronteira da Ucrânia com a Bielorrússia. Acredita-se que a aeronave não tenha sido destruída, mas sabe-se que o piloto foi capturado. Estamos falando de um Boeing F/A-XX, um projeto em desenvolvimento, ultrassecreto, equipado com diversos recursos que preferíamos manter longe dos russos.

"A missão é enviar um agente ao dia 4 de janeiro para me alertar desse acidente. Então eu enviarei uma mensagem ao vice-secretário de Defesa, que vai garantir que o alerta seja transmitido pelos ranques militares, de modo que a aeronave seja inspecionada antes do voo de teste e não chegue nem perto do território russo."

— Setenta e seis dias? — questiona Helena.

— Exato.

— Você avisou a eles que não usamos a cadeira para voltar tanto tempo assim? — pergunta Albert.

— Não coloquei isso de maneira tão incisiva, mas sim, avisei.

— E?

— A resposta foi: "Cumpra a porra da ordem."

Eles enviam Timoney no dia 22 de março, às dez da manhã.

Às onze, Helena e o restante da equipe estão diante da tevê, os olhos grudados na CNN, em choque. É a primeira vez que usam a cadeira para voltarem a uma data *anterior* a qualquer outra intervenção já feita por eles, e, pelo que podem observar nos noticiários, as consequências foram inesperadas. Até então, o fenômeno da falsa memória obedeceu a um padrão previsível, a transposição de realidade sendo percebida estritamente no marco zero de cada linha do tempo. Em outras palavras, quando um agente altera o curso dos eventos, as lembranças falsas daquela linha do tempo "morta" sempre retornam no exato momento em que o agente morreu no tanque. Dessa vez, no entanto, parece que os marcos zero foram anulados — não apagados, mas empurrados para as dez horas da manhã de hoje, o momento em que a cadeira foi usada pela última vez, quando Timoney voltou para transmitir a Shaw a mensagem sobre a pane no caça. Assim, em vez de recordar cada linha do tempo morta a seu tempo, a população recebeu o jorro inteiro de lembranças mortas de uma vez só, hoje pela manhã, todos se lembrando simultaneamente de todos os massacres evitados desde 4 de janeiro, incluindo o de Berkeley e o homem-bomba no metrô de Londres.

Infligir essas falsas lembranças uma a uma, ao longo de vários meses, já foi bastante disruptivo. Lançá-las todas de uma vez só a todas as populações envolvidas, num único instante, é de um efeito disruptivo exponencialmente maior.

Até o momento, não houve registro na imprensa de mortes ou surtos devido à súbita alteração de memória, mas para Helena é um lembrete claro de que sua máquina é misteriosa, perigosa e insondável demais para existir.

Dia 140

Shaw ainda pode intervir em tragédias civis, mas o trabalho da equipe está se tornando progressivamente mais voltado ao âmbito militar.

Eles usam a cadeira para desfazer um ataque de drone a um casamento, que matou basicamente mulheres e crianças afegãs e sequer chegou perto do alvo, que nem estava presente na festa.

Dia 146

Eles corrigem um ataque aéreo de um bombardeiro B-1 Lancer cujo míssil errou o alvo, matando uma unidade inteira das Forças Especiais americanas na província de Zabul, em vez do grupo talibã que deveria atingir.

Dia 152

Quatro soldados que foram mortos por militantes islâmicos quando patrulhavam o deserto do Níger voltam à vida quando Timoney morre no tanque e dá a Shaw os detalhes da emboscada iminente.

Estão usando a cadeira com tanta frequência — pelo menos uma vez por semana — que Shaw recruta um terceiro agente para aliviar o fardo de Steve e Timoney, que estão começando a exibir os primeiros sinais de debilitação mental por conta do estresse de morrer várias vezes.

Dia 160

Helena desce até a garagem do prédio e entra no Suburban preto com Alonzo e Jessica, sentindo-se desesperançada como não se sentia há muito tempo. Não pode continuar com isso. Os militares estão usando seu equipamento, e ela não pode fazer nada para impedi-los. A cadeira é mantida sob vigilância ininterrupta, e Helena não tem acesso ao sistema. Mesmo que conseguisse escapar de Alonzo e Jessica, considerando o que ela sabe, o governo jamais deixaria de caçá-la. Além disso, Shaw poderia simplesmente enviar um agente para uma lembrança e impedir que ela escapasse.

Pensamentos sombrios voltam a se insinuar em sua mente.

Seu celular vibra no bolso quando estão cruzando a FDR Drive. É Shaw. Ela atende.

— Oi, estou a caminho.

— Quero lhe avisar antes.

— Avisar o quê?

— Recebemos uma nova missão esta manhã.

— O que é?

O céu de Manhattan desaparece quando entram no túnel Queens-Midtown.

— Querem que a gente envie alguém a quase um ano atrás.

— Por quê? Com que finalidade?

Jessica pisa no freio com tanta força que Helena é lançada para a frente, o cinto de segurança repuxando. Pelo para-brisa, ela vê um mar de lanternas vermelhas iluminando o túnel à frente, acompanhado pela cacofonia das primeiras buzinas.

— Um assassinato político.

Há uma explosão de luz ao longe, seguida por um som semelhante ao de um trovão, mais para dentro no túnel.

As janelas chacoalham; o carro estremece debaixo dela; as luzes do túnel piscam por um aterrorizante segundo.

— O que foi isso? — pergunta Alonzo.

— John, já te ligo — diz Helena, encerrando a ligação. — O que está havendo?

— Acho que foi uma batida.

As pessoas estão começando a sair dos carros.

Alonzo abre a porta e sai também.

Jessica faz o mesmo.

O cheiro de fumaça que se infiltra pelas saídas de ar traz Helena para o momento presente. Ela olha de relance pela janela traseira, para os carros engarrafados.

Um homem passa correndo pela janela, em direção à luz do dia, e é aí que a primeira centelha de medo faz Helena estremecer.

Mais pessoas estão vindo, todas apavoradas, correndo por entre os carros de volta para Manhattan, tentando fugir de alguma coisa que ela não consegue ver.

Helena abre a porta do carro e sai.

O tumulto de medo e desespero humanos ecoa nas paredes do túnel, aumentando, encobrindo o ruído de mil motores de carros parados.

— Alonzo?

— Não sei o que aconteceu — diz ele —, mas foi grave.

Há algo errado no cheiro que toma o túnel; não apenas de canos de escapamento, mas de gasolina e plástico derretido.

Nuvens de fumaça surgem lá na frente, e as pessoas que vêm correndo parecem em choque, rostos sangrando e sujos de fuligem.

O ar está rapidamente ficando irrespirável. Helena sente que seus olhos começam a arder e mal consegue enxergar um palmo à sua frente.

— Temos que sair daqui, Alonzo — diz Jessica. — Rápido.

Quando eles se viram, um homem surge da fumaça, mancando e apertando a lateral do corpo, nitidamente sentindo muita dor.

Helena corre até ele, tossindo, e à medida que se aproxima vê que ele segura um fragmento de vidro cravado no corpo. Suas mãos estão ensanguentadas, o rosto preto de fuligem e contorcido em agonia.

— Helena! — grita Jessica. — Vamos embora daqui!

— Ele precisa de ajuda.

O homem cai em cima de Helena, arquejando. Alonzo chega às pressas e a ajuda a segurar o homem, cada um de um lado. É um cara grande, mais de cem quilos na certa. A camisa com partes queimadas traz o nome e a logo de um serviço de entregas costurado no bolso.

É um alívio estar indo para a saída. A cada passo o pé esquerdo do homem produz ruídos molhados dentro do sapato encharcado de sangue.

— Você conseguiu ver o que aconteceu? — pergunta Helena.

— Dois reboques pararam no meio do trânsito. Estavam bloqueando as duas pistas um pouco mais à frente. As buzinas não paravam. Dali a pouco as pessoas começaram a sair dos carros e ir até lá para ver o que estava acontecendo. Justo quando um cara subiu na plataforma de um dos caminhões, eu vi um clarão e depois o som mais alto do mundo. De repente veio uma bola de fogo voando por cima dos carros. Eu me joguei no assoalho da minha van um segundo antes de o fogo chegar. Meu para-brisa explodiu e depois o carro pegou fogo. Pensei que fosse morrer queimado, mas de alguma maneira eu...

O homem para de falar.

Helena olha para o chão: está vibrando. Então eles olham para trás.

É difícil enxergar de início por causa da fumaça, mas logo o movimento ao longe se torna claro: gente correndo, gritos cada vez mais altos e reverberando nas paredes.

Helena ergue os olhos quando o teto começa a rachar ao meio, quatro metros acima, fazendo chover blocos de concreto ao redor que esmagam para-brisas e pessoas. Ela sente um vento frio no rosto, e agora, acima dos gritos de pânico, vem um som que é como uma mistura de ruído branco com trovão, crescendo exponencialmente a cada segundo.

O homem ferido solta um gemido amedrontado.

— Puta merda — diz Alonzo.

Helena sente uma névoa úmida atingir seu rosto, e então uma muralha de água surge da fumaça, arrastando veículos e gente.

A onda a atinge como um muro de tijolos congelante. Ela é arrancada do chão, levada em um violento vórtice, lançada contra paredes, contra o teto, chocando-se com uma mulher de blazer, e os olhos das duas se encontram por dois surreais segundos antes de Helena atravessar o para-brisa de uma van da FedEx.

Helena está de pé à janela da sala, o nariz sangrando, a cabeça latejando, tentando processar o que acabou de acontecer.

Embora ainda sinta o terror de ser arrastada pelo túnel por um turbilhão de água, em meio a carros, gente e destroços, ela nunca morreu no túnel.

Tudo é memória morta.

Ela acordou, preparou o café da manhã, aprontou-se para sair e estava se encaminhando à porta quando ouviu duas explosões tão altas e próximas que o chão tremeu e os vidros balançaram.

Voltou correndo à sala e viu pela janela, em assombro, a ponte de Queensboro explodir em chamas. Cinco minutos depois, vieram as falsas lembranças da morte no túnel.

Agora, as duas torres da ponte, que emolduram a Roosevelt Island, estão sendo engolidas por colunas serpenteantes de chamas que se elevam ao longe. Ela sente o calor mesmo estando cerca de trezentos metros da tragédia e com a janela fechada.

Que merda é essa?

O trecho que liga Manhattan e a Roosevelt Island pende sobre as águas do rio East como um tendão arrebentado, os cabos ainda presos à torre do lado de Manhattan. Carros escorregam para dentro do rio, pessoas se agarram às grades de proteção enquanto a correnteza força a ponte a se dobrar lentamente, produzindo um guincho que Helena sente nas entranhas.

Ela limpa o sangue do nariz ao mesmo tempo que se dá conta: *Acabei de sofrer uma transposição da realidade. Eu morri naquele túnel. Agora estou aqui. Alguém usou a cadeira.*

O trecho da ponte que conecta a Roosevelt Island ao Queens já foi totalmente destruído, e mais adiante no rio ela vê um pedaço de trezentos metros de pista em chamas colidir com um navio porta-contêineres, as pontas da estrutura metálica partida como lanças empalando o casco.

Mesmo ali, dentro do apartamento, o ar carrega o cheiro de fogo queimando coisas que não deveriam queimar e o lamento ensurdecedor das sirenes de centenas de veículos de emergência a caminho.

O celular começa a vibrar no balcão da cozinha. Os últimos cabos de metal se soltam da torre de Manhattan como chicotes estalando, e, com um gemido ruidoso, aquele trecho da ponte se solta, despencando quarenta metros, os dois andares se chocando no concreto da FDR Drive, esmagando o tráfego e achatando árvores na beira do rio, para depois se arrastar devagar pelo terminal ferroviário da 59th e da 58th Street, escavando uma face inteira de um arranha-céu e passando bem perto do prédio de Helena até finalmente escorregar para dentro do rio.

Ela corre até a cozinha.

— Quem usou a cadeira? — pergunta ao atender o celular.

— Não fomos nós — responde John.

— Não me venha com essa! Acabei de morrer no túnel de Midtown e de repente estou aqui, vendo a ponte pegar fogo.

— Venha o mais rápido possível.

— Por quê?

— Estamos ferrados, Helena. Muito ferrados.

A porta do apartamento se abre de supetão. Alonzo e Jessica entram a toda, o nariz sangrando. Parecem apavorados.

Helena vê tudo acontecer em câmara lenta.

Mais uma transposição?

Jessica diz:

— Mas que merda é...

Agora Helena está olhando pelo vidro escurecido da janela do banco traseiro do carro, fitando o rio que corre na direção do Harlem e do Bronx.

Ela nunca morreu no túnel.

A destruição da ponte nunca aconteceu.

Aliás, estão agora mesmo passando pela pista superior da ponte, que está perfeitamente ilesa.

Jessica está ao volante. De repente, ela diz:

— Meu Deus.

O carro dá uma guinada para a direita, e Alonzo se estica do assento do passageiro para agarrar o volante e puxa o carro de volta para a pista.

Na frente deles, um ônibus perde o controle e entra na pista em que eles estão, arrastando três carros e esmagando-os contra a mureta divisória com uma chuva de fagulhas e estilhaços.

Jessica gira o volante e consegue, por muito pouco, desviar do engavetamento, o carro deles se equilibrando em apenas duas rodas por alguns segundos.

— Olhe lá atrás — diz ela.

Helena obedece: colunas densas de fumaça se erguem de Midtown.

— Tem alguma coisa a ver com a falsa memória, não tem? — pergunta Jessica.

Helena liga para Shaw e leva o aparelho ao ouvido, pensando: *Alguém está usando a cadeira para fazer a realidade ir de um desastre para outro.*

"Todas as linhas estão ocupadas, por favor, tente novamente mais tarde."

Alonzo liga o rádio.

"... relatos de que dois reboques explodiram perto do Grand Central Terminal. Há muita confusão no local. Mais cedo, recebemos relatos de algum tipo de acidente no túnel Queens-Midtown, e eu me lembro de ver a Ponte de Queensboro despencar, mas... não sei como isso é possível... agora mesmo estou vendo a ponte de pé, intacta, na nossa câmera de..."

... e eles estão parados na 57th Street, o ar tomado por fumaça, os ouvidos zunindo.

Outra dor de cabeça.

Outro sangramento no nariz.

Outra transposição.

O incidente no túnel nunca aconteceu.

O incidente na ponte nunca aconteceu.

Bomba nenhuma explodiu no Grand Central Terminal.

Apenas as lembranças mortas desses eventos permanecem, amontoando-se na mente dela como a lembrança de um sonho.

Ela acordou, preparou o café da manhã, aprontou-se para sair e desceu até a garagem do prédio com Jessica e Alonzo, como faz todos os dias de manhã. Estavam na 57th Street, fazendo o retorno para pegar a ponte, quando um clarão cegante cortou o céu, e junto veio um barulho como o de mil tiros de canhão sincronizados, ricocheteando nos edifícios ao redor.

Agora estão presos no trânsito, e por toda a volta as pessoas estão paradas na calçada olhando horrorizadas para a Trump Tower, que está imersa em nuvens de fumaça e chamas.

Os primeiros dez andares estão se desfazendo como se o revestimento derretesse, o interior das salas exposto como prateleiras. Os andares mais altos, no entanto, estão praticamente intactos, as pessoas lá dentro encarando o precipício para a recém-aberta cratera que costumava ser o cruzamento da 57th Street com a Quinta Avenida.

O som das sirenes se espalha por toda a cidade.

— O que está acontecendo? — grita Jessica, amedrontada. — O que está acontecendo, meu Deus?!

Logo à frente, uma pessoa cai do céu, atingindo o teto de um táxi.

Outra despenca em um carro logo atrás do Suburban deles, atravessando o para-brisa.

Uma terceira aterrissa no toldo de um clube esportivo, e Helena se pergunta se as pessoas estão se jogando dos prédios porque a psique humana é incapaz de lidar com tudo isso. Não a surpreenderia. Se ela não soubesse da cadeira, o que pensaria que está acontecendo com a cidade, com o tempo, com a própria realidade?

Jessica começa a chorar.

— Parece o fim do mundo — diz Alonzo.

Helena ergue o olhar para o prédio em frente à sua janela quando uma mulher loira salta de um escritório cuja janela foi estilhaçada. Ela cai como um foguete, de cabeça, gritando, e Helena tenta desviar o olhar, mas não consegue.

Mais uma vez, o tempo desacelera.

A fumaça rodopiando.

As chamas.

A mulher em queda sob o filtro da câmera lenta, a cabeça se aproximando pouco a pouco do solo, centímetro a centímetro.

Tudo para.

Aquela linha do tempo está morrendo.

As mãos de Jessica apertam eternamente o volante.

Helena não consegue desviar o olhar, fixo na mulher que nunca vai alcançar o chão porque está paralisada no ar, a cabeça a um palmo da calçada, o cabelo loiro revolto, os olhos fechados, o rosto congelado numa careta perpétua, pronta para o impacto...

E Helena está cruzando as portas duplas do prédio da Darpa, onde Shaw a espera em frente ao balcão da recepção.

Eles se encaram, processando essa realidade enquanto absorvem as novas lembranças.

Nada daquilo aconteceu.

Nem o túnel, nem a ponte, nem o Grand Central, nem a Trump Tower. Helena acordou, aprontou-se para sair e foi levada até aquele prédio como todas as outras manhãs, sem incidente algum.

Shaw se adianta ao perceber que ela vai falar alguma coisa:

— Aqui não.

Raj e Albert estão à mesa de reunião, no laboratório, assistindo ao noticiário. A tela da tevê, dividida em quatro, exibe as imagens ao vivo de várias câmeras urbanas que mostram a ponte de Queensboro, o Grand Central Terminal, a Trump Tower e o túnel Queens-Midtown, todos intactos, acima dos dizeres: FALHA COLETIVA DE MEMÓRIA EM MANHATTAN.

— Mas que porra está acontecendo? — pergunta Helena.

Ela está tremendo, porque, embora nunca tenha acontecido, ainda sente o impacto da muralha de água a arrastando para longe. Ainda ouve os corpos atingindo o teto dos carros. Ainda ouve o guincho da ponte rachando ao meio.

— Sente-se — pede Shaw.

Ela ocupa a cadeira em frente a Raj, que parece completamente em choque. Shaw permanece de pé.

— Os esquemas técnicos da cadeira, o tanque, nosso software, o protocolo... tudo vazou — diz ele.

— É outra pessoa que está fazendo isso? — pergunta Helena, apontando para a tela.

— Sim.

— Quem?

— Não sei.

— Partindo de desenhos técnicos, levaria mais do que alguns meses para construir o equipamento todo — afirma ela.

— O vazamento foi há um ano.

— Como isso é possível? Vocês nem tinham acesso à cadeira um ano a...

— Marcus estava operando naquele hotel fazia mais tempo do que isso. Alguém ficou intrigado com o que acontecia ali e hackeou os servidores. Raj acabou de encontrar evidências da invasão.

— Foi uma violação de dados gigantesca — explica Raj. — Eles esconderam muito bem os rastros. E pegaram tudo.

— Conte a ela o que descobriu, Albert — diz Shaw.

— Outros episódios de transposições da realidade.

— Onde?

— Hong Kong, Seul, Tóquio, Moscou, quatro em Paris, dois em Glasgow, um em Oslo. Todos muito similares às histórias dos primeiros casos de SFM nos Estados Unidos, no ano passado.

— Então há outras pessoas usando a cadeira, e vocês têm certeza.

— Sim. Encontrei até uma empresa em São Paulo utilizando para turismo.

— Céus. Há quanto tempo essas coisas estão acontecendo?

— Quase três meses.

— Os governos russo e chinês afirmam deter a tecnologia — diz Shaw.

— Cada frase que você diz parece mais aterrorizante que a anterior.

— Bem, seguindo essa linha... — Ele abre um laptop na mesa e digita um endereço no navegador. — Isso foi divulgado cinco minutos atrás. Ainda não saiu nada na imprensa.

Helena se inclina para ler a tela.

É a página da WikiLeaks.

Em "Guerras & assuntos militares", ela vê uma imagem ilustrativa de um soldado numa cadeira que parece idêntica àquela que está bem ali no meio da sala, e, acima, a manchete:

Militares americanos utilizam máquina da memória. Milhares de páginas contendo esquemas completos de um aparato que pretende enviar soldados de volta para lembranças podem explicar a série de tragédias revertidas ao longo dos últimos seis meses.

Ela sente um aperto no peito.

Pontos pretos explodem em seu campo de visão.

— Como a WikiLeaks conseguiu ligar a cadeira imersiva ao governo americano? — pergunta Helena.

— Não sei.

— Vamos recapitular — diz Albert. — Os servidores de Slade foram hackeados. O conteúdo provavelmente teve vários compradores. A partir de um ou mais desses compradores, ou dos próprios hackers, as instruções para construção do equipamento continuaram a vazar. É provável que haja múltiplas cadeiras em uso em vários países neste momento. A China e a Rússia alegam ter uma, e agora, com o WikiLeaks publicando os esquemas técnicos, qualquer corporação, ditador ou mesmo um ricaço qualquer, com vinte e cinco milhões de dólares sobrando, pode construir sua própria máquina de memória.

— Não podemos esquecer — diz Raj — que um grupo terrorista alega ser um dos orgulhosos novos proprietários de uma cadeira, que estão usando para repetir o mesmo ataque em diferentes pontos estratégicos de uma das cidades mais populosas do mundo.

Helena olha para a cadeira.

O tanque.

O terminal.

Há um leve zunido no ar.

Na televisão, o jornal agora mostra um novo ataque em São Francisco, onde a ponte Golden Gate está cuspindo fumaça preta para o céu da manhã. A mente de Helena tenta absorver a situação, mas é tudo imenso demais, confuso demais, terrível demais.

— Qual é o pior cenário, Albert? — pergunta Shaw.

— Acredito que seja o que estamos vivendo.

— Não, quero dizer em termos do que pode acontecer em seguida.

Albert sempre foi inabalável, como se sua grande inteligência lhe servisse de escudo e o erguesse acima de tudo. Não hoje. Hoje ele parece assustado.

— Não está claro se a Rússia ou a China têm apenas os esquemas ou se já construíram o equipamento — diz ele. — Se for o primeiro caso, tenha certeza de que estão correndo para construí-la, assim como todos os outros países.

— Por que fazer isso? — questiona Helena.

— Porque é uma arma. A arma mais pura que se pode ter. Lembra-se do nosso primeiro encontro ao redor desta mesa, quando falamos sobre enviar um atirador de noventa e cinco anos de volta para uma lembrança para alterar o desfecho de uma guerra? Quem, entre nossos inimigos, ora, até entre nossos aliados: quem se beneficiaria de usar a cadeira contra nós?

— Quem *não* se beneficiaria? — retruca Shaw.

— Então isso é análogo a um impasse nuclear? — indaga Raj.

— O oposto, na verdade. Governos não usam armas nucleares porque, no momento em que apertarem o botão, seu oponente fará o mesmo. A ameaça de retaliação é o mais efetivo impedimento. Mas não *há* ameaça de retaliação ou garantia de destruição mútua com a cadeira. A primeira nação, empresa ou indivíduo que conseguir usá-la estrategicamente com sucesso, seja alterando o desfecho de uma guerra ou evitando a morte de um ditador há muito assassinado, ou seja lá o que for, vence.

— Você está dizendo que todos teriam pleno interesse em fazer uso da cadeira, então — diz Helena.

— Exato. E o quanto antes. Quem reescrever a história a seu favor primeiro ganha. O que está em jogo é grande demais para permitir que outra pessoa chegue lá antes.

Helena olha novamente para a tevê.

Agora o Transamerica Pyramid, no distrito financeiro de São Francisco, está em chamas.

— Talvez seja um país por trás desses ataques — opina ela.

— Não — diz Albert, olhando para o celular. — Um grupo anônimo acaba de assumir a autoria no Twitter.

— E o que eles querem?

— Vai saber. Muitas vezes, o único propósito é espalhar o caos e o pânico.

Uma mulher surge na bancada do telejornal, parecendo abalada enquanto fala para a câmera.

— Aumente o volume, Albert — pede Shaw.

"Entre relatos conflitantes de ataques terroristas em Nova York e São Francisco, acabou de ser publicada uma reportagem de Glenn Greenwald, do *The*

Guardian, alegando que o governo americano está em posse de uma nova tecnologia chamada cadeira da memória há pelo menos seis meses, um equipamento que foi recuperado de uma organização privada. Greenwald afirma que a tecnologia permite o deslocamento da consciência de seu ocupante para o passado, e, de acordo com fontes confidenciais, essa cadeira é a verdadeira causa da Síndrome da Falsa Memória, a misteriosa..."

Albert desliga o som.

— Temos que fazer alguma coisa agora mesmo — diz ele. — A qualquer momento, a realidade pode nos lançar em um mundo completamente diferente, ou pode até eliminar nossa existência.

Shaw, que estava andando de um lado para outro, desaba na cadeira.

— Eu deveria ter dado ouvidos a você — diz ele, olhando para Helena.

— Não é o momento para...

— Achei que pudéssemos usá-la para o bem. Estava disposto a dedicar o resto da minha...

— Não importa. Se você tivesse feito o que eu disse e destruído a cadeira, estaríamos de mãos atadas agora.

Shaw olha para o celular.

— Meus superiores estão a caminho.

— Quanto tempo temos? — pergunta Helena.

— Eles vêm em um jato de Washington... Talvez meia hora. Vão assumir tudo daqui para a frente.

— Nunca mais teremos acesso ao laboratório — diz Albert.

— Vamos enviar Timoney de volta — sugere Shaw.

— Para quando? — pergunta Albert.

— Para antes de hackearem o laboratório de Slade. Agora que sabemos a localização do prédio dele, podemos invadi-lo mais cedo. Não haverá roubo de informações, e seremos os únicos de posse da cadeira.

— Até a linha do tempo chegar a este momento — retruca Albert. — Então o mundo vai se lembrar de todo o caos que aconteceu hoje.

— E as pessoas que no momento detêm a cadeira vão simplesmente reconstruí-la a partir das lembranças mortas — lembra Helena. — Como Slade fez. Será mais difícil sem os desenhos técnicos, mas não impossível. Precisamos de mais tempo.

Helena se levanta e se dirige ao terminal, onde pega um capacete e se instala na cadeira.

— O que você está fazendo? — pergunta Shaw.

— O que acha? — retruca ela. — Raj, pode me dar uma mãozinha aqui? Preciso mapear uma lembrança.

Raj, Shaw e Albert se entreolham.

— O que você pretende fazer, Helena? — insiste Shaw.

— Tirar a gente dessa confusão.

— Como?

— Porra, John, será que você pode confiar em mim? — grita ela. — Não temos tempo! Eu apoiei o programa, ofereci meus conselhos, joguei segundo suas regras. Agora é sua vez de jogar segundo as minhas.

Shaw suspira, abatido. Ela conhece a dor de abrir mão da promessa da cadeira. Não é apenas a decepção por todos os usos científicos e humanitários não realizados para os quais um equipamento desse tipo poderia servir, em condições ideais; é a percepção de que, sendo uma espécie profundamente falha, o ser humano nunca estará pronto para manipular tamanho poder.

— Tudo bem — diz ele, por fim. — Raj, acione os controles.

É a primeira vez que ela sente o sabor da verdadeira liberdade.

No fim da tarde, ela sai da casa de dois andares e entra no Chevrolet Silverado azul e branco que é o único veículo da família.

Ela nunca esperava que os pais lhe dessem um carro quando completasse dezesseis anos, o que aconteceu dois dias atrás. Seus planos são trabalhar no próximo verão como salva-vidas e babá, torcendo para que isso lhe renda o suficiente para comprar o próprio carro.

Seus pais estão de pé no alpendre ligeiramente envergado, acompanhando, orgulhosos, enquanto ela enfia a chave na ignição.

A mãe tira uma foto com a Polaroid.

Quando o motor desperta com um rugido, o que mais lhe chama a atenção é o vazio dentro da caminhonete.

O pai não está no banco do passageiro.

A mãe não está entre os dois.

É só ela.

Pode ouvir a música que quiser, no volume que quiser. Pode ir aonde lhe der na telha, correr o mais rápido que desejar.

Claro que ela não vai fazer isso.

Seu plano para sua estreia ao volante é se aventurar no perigoso e distante território selvagem até a loja de conveniência, a dois quilômetros dali.

Transbordando empolgação, ela passa a marcha e acelera devagar pelo longo acesso para carros, o braço esquerdo para fora da janela, dando tchau para os pais.

A estrada que passa em frente à casa deles está deserta.

Ela pega o asfalto e liga o rádio. Uma música nova — "Faith", de George Michael — começa a tocar, e ela canta junto, a plenos pulmões, enquanto os campos vastos passam correndo lá fora, o futuro parecendo mais próximo que nunca. Como se tivesse chegado.

As luzes do posto de gasolina brilham ao longe, e quando ela tira o pé do freio, sente uma dor pungente atrás dos olhos.

Sua visão fica borrada, sua cabeça lateja, e por pouco ela não bate o carro nas bombas de combustível.

Numa área de estacionamento ao lado da lojinha, ela desliga o motor e aperta as têmporas, em uma tentativa de aliviar a dor, mas continua piorando, mais e mais — a dor agora é tão intensa que ela sente como se fosse vomitar.

Então uma coisa muito estranha acontece.

Seu braço direito se estica e pega a chave.

"Que porra é essa?", diz para si mesma.

Porque ela não mexeu o braço.

Em seguida, ela vê o pulso girar a chave e ligar o carro novamente, e agora sua mão está indo para a alavanca do câmbio e engatando a ré.

Contra a própria vontade, ela olha para trás, pelo vidro traseiro, recuando pelo estacionamento e depois passando a primeira marcha.

O tempo todo ela pensa: *Eu não estou dirigindo, não estou fazendo nada disso*. E a caminhonete acelera pela estrada, pegando o caminho de volta para casa.

Uma escuridão assoma nas extremidades de sua visão, a montanha Front Range e as luzes de Boulder enfraquecendo e diminuindo, como se ela estivesse *caindo devagar em um poço profundo. Ela quer gritar, fazer isso parar, mas está apenas de carona no próprio corpo, incapaz de falar, de cheirar, de sentir qualquer coisa.*

O som do rádio é pouco mais que um sussurro, e de súbito a pequena luz que era sua consciência se apaga.

HELENA

15 DE OUTUBRO DE 1986

Helena sai da estrada e entra na garagem da casa onde cresceu, sentindo-se mais à vontade a cada momento nessa sua versão mais jovem.

A casa parece menor, muito menos imponente do que a versão que existia em sua memória, e inquestionavelmente frágil comparada ao muro azul de montanhas que se ergue da planície a quinze quilômetros dali.

Ela para o carro e desliga o motor. Pelo retrovisor, olha para seu rosto de dezesseis anos.

Nenhuma ruga.

Muitas sardas.

Olhos claros, verdes e luminosos.

Uma criança.

A porta do carro range quando ela a empurra com o ombro e pisa na grama. O doce e saboroso aroma de uma fazenda de laticínios próxima surge na brisa, e é, sem dúvida, o principal cheiro que ela associa à sua casa.

Sente-se tão leve ao subir os desgastados degraus da varanda.

O ruído baixo da televisão é a primeira coisa que percebe ao abrir a porta e entrar em casa. Mais adiante no corredor, logo depois da escada, ela ouve uma movimentação na cozinha — coisas sendo mexidas e misturadas, panelas batendo, água correndo. O aroma de frango assado se espalha pela casa inteira.

Helena espia a sala.

O pai está sentado em sua poltrona reclinável com os pés para cima, fazendo aquilo que ela passou a juventude inteira vendo-o fazer todas as noites dos cinco dias da semana: vendo o *World News Tonight*.

Peter Jennings conta que Elie Wiesel foi agraciado com o Prêmio Nobel da Paz.

— Como foi? — pergunta o pai dela.

Helena se dá conta de que os filhos são sempre jovens demais e egocêntricos demais para realmente enxergarem os pais na melhor fase de suas vidas. Mas ela vê o pai neste momento como nunca o viu antes.

Tão jovem, tão bonito.

Não tem nem quarenta anos.

Ela não consegue parar de olhar para ele.

— Foi ótimo!

Sua voz soa esquisita; alta, delicada.

Ele volta a olhar para a televisão e não nota quando ela limpa as lágrimas dos olhos.

— Não vou precisar do carro amanhã — diz ele. — Veja com a sua mãe. Se ela também não for usar, você pode ir com ele para a escola.

A realidade se solidifica mais e mais a cada segundo.

Ela vai até a poltrona e, inclinando-se, abraça o pai.

— Por que isso? — pergunta ele.

O cheiro de seu desodorante Old Spice e o leve arranhar da barba por fazer quase acabam com ela.

— Por você ser meu pai — sussurra ela.

Helena passa pela sala de jantar e segue para a cozinha, onde encontra a mãe com as costas apoiadas no balcão, fumando um cigarro e lendo um romance barato.

Da última vez que Helena a viu, ela estava numa casa de repouso perto de Boulder, daqui a vinte e quatro anos, o corpo frágil, a mente destruída.

Tudo aquilo ainda vai acontecer, mas nesse momento ela usa uma calça jeans clara e uma blusa de botão. O cabelo tem o permanente e a franja típicos dos anos 1980, e ela está no auge da beleza.

Helena cruza a pequena cozinha e abraça a mãe com força.

Está chorando de novo, não consegue segurar.

— O que houve, Helena?

— Nada.

— Aconteceu alguma coisa na estrada?

— Não. Só estou emotiva.

— Por quê?

— Sei lá.

Helena sente a mãe passar as mãos pelo seu cabelo e inspira o perfume que ela sempre usou (White Linen, da Estée Lauder) misturado com a pungente fumaça do cigarro.

— Crescer dá um pouco de medo mesmo — diz a mãe.

Parece impossível estar aqui. Apenas instantes atrás ela estava sufocando num tanque de isolamento, a uns quinhentos quilômetros desse lugar, trinta e três anos no futuro.

— Quer ajuda com o jantar? — oferece Helena, finalmente soltando a mãe.

— Não precisa. O frango ainda vai ficar um tempo no forno. Tem certeza de que está tudo bem?

— Tenho.

— Eu chamo você quando o jantar ficar pronto.

Helena volta para o corredor até o pé da escada. Os degraus são mais íngremes do que ela lembra, e rangem bastante.

Seu quarto está uma bagunça.

Como sempre foi.

Como todos os seus futuros apartamentos e escritórios serão.

Ela vê peças de roupa que nem se lembrava de já ter usado.

Um ursinho de pelúcia maneta que vai perder na faculdade.

Um walkman, que ela abre, se deparando com a fita cassete de *Listen Like Thieves*, do INXS.

Senta-se à escrivaninha apertada e olha pelo vidro charmosamente distorcido da velha janela. Seu quarto tem vista para o horizonte iluminado de Denver, a quase quarenta quilômetros dali, e para as planícies roxas ao leste, o grande e selvagem mundo assomando invisível mais além. Ela sempre ficava ali sentada, sonhando com o futuro.

Nunca teria imaginado.

Um livro escolar está aberto ao lado do dever de casa sobre biologia celular que ela tem que terminar hoje à noite.

Na gaveta do meio, encontra um caderno preto e branco com "Helena" escrito na capa.

Disso, ela se lembra.

Ela abre o caderno, páginas e mais páginas preenchidas com sua caligrafia cursiva de adolescente.

Embora nunca tenha perdido as lembranças de linhas do tempo anteriores após as primeiras vezes que usou a cadeira, tem medo de que isso aconteça agora. São águas inexploradas — nunca voltou tanto tempo, nem para uma idade tão jovem. Talvez acabe se esquecendo de onde veio, por que voltou.

Ela pega uma caneta e abre numa página em branco do diário, anota a data e começa a escrever para si mesma, explicando tudo que aconteceu em suas vidas anteriores:

Querida Helena,

No dia 16 de abril de 2019, o mundo vai se lembrar de uma cadeira da memória que você terá criado. Você tem trinta e três anos para descobrir uma maneira de impedir que isso aconteça. Você é a única capaz de fazer isso...

LIVRO CINCO

Quando uma pessoa morre, ela apenas parece estar morta. Mas continua bem viva no passado (...) Todos os momentos — passado, presente e futuro — sempre existiram, sempre vão existir (...) É apenas ilusória a impressão que temos aqui na Terra de que um momento se segue a outro, como se fossem contas em um cordão, e, uma vez acabado o momento, está para sempre acabado.
— KURT VONNEGUT, *MATADOURO-CINCO*

BARRY

16 DE ABRIL DE 2019

Sentado numa cadeira à sombra, Barry vê diante de si uma infinidade de grandes cactos num deserto.

A dolorosa pontada atrás dos olhos começa, enfim, a dar uma trégua.

Ele estava num prédio em Nova York, caído no chão do 17º andar, balas zunindo e crivando seu corpo, que se esvaía em sangue enquanto ele pensava na filha.

Isso até uma bala atingi-lo na cabeça, e agora aqui está ele.

— Barry...

Ele se vira para a mulher ao seu lado: ruiva, cabelo curto, olhos verdes, a pele clara dos celtas. Helena.

— Você está sangrando.

Ela lhe passa um guardanapo, que ele pressiona no nariz para conter o sangramento.

— Fale comigo, querido. Estamos entrando em território novo. São trinta e três anos de lembranças mortas. O que está passando pela sua cabeça?

— Não sei. Eu estava... Sinto como se ainda há pouco eu estivesse naquele hotel.

— O hotel de Marcus Slade?

— Sim, quando fui baleado. Estava morrendo. Ainda sinto as balas me atingindo. Estava gritando, mandando você fugir. E de repente me vi aqui. No mesmo instante. Mas as lembranças que tenho daquele hotel parecem mortas agora. Pretas e cinzentas.

— Você se sente mais como aquele Barry ou como este?

— Aquele. Não faço ideia de onde estou. A única coisa familiar é você.

— Daqui a pouco você deve recuperar as lembranças desta linha do tempo.

— São muitas?

— Uma vida inteira. Não sei o que esperar. Talvez seja uma experiência traumática.

Ele volta o olhar para a cordilheira marrom de montanhas. O deserto está em flor. Os pássaros cantam. Não há brisa, mas o frio da madrugada penetra a manhã ensolarada.

— Não sei onde estamos.

— Estamos em casa, Barry.

Ele leva algum tempo para absorver isso.

— Que dia é hoje?

— 16 de abril de 2019. Na linha do tempo em que você morreu, eu usei um tanque de isolamento da Darpa para voltar a uma lembrança de trinta e três anos atrás. Para 1986. Vivi tudo de novo, minha vida inteira, até este momento, tentando descobrir uma maneira de impedir o dia de hoje.

— O que vai acontecer hoje?

— Depois que você morreu, no hotel de Slade, a existência da cadeira veio a público, e o mundo enlouqueceu. É hoje que o mundo se lembrará de tudo. Até então, você e eu éramos os únicos que sabíamos.

— Eu me sinto... estranho.

Barry pega o copo de água gelada que está na mesa e o bebe inteiro em um único gole.

Suas mãos começam a tremer.

Helena percebe.

— Se ficar muito ruim, eu tenho isso aqui — diz ela, pegando uma seringa tampada na mesa.

— O que é?

— Um sedativo. Caso você precise.

Começa como uma tempestade de verão.

Apenas uma gota gelada aqui e ali.

O rugido de um trovão distante.

O brilho de uma trovoada cortando o horizonte.

Então a primeira lembrança desta linha do tempo se precipita.

A primeira vez que ele viu Helena, num pé-sujo em Portland, no Oregon. Ela se sentou na banqueta ao lado dele e disse: "Que tal me pagar uma bebida?"

Era tarde, ele estava bêbado, e ela era diferente de qualquer garota que já conhecera: vinte anos, mas incrivelmente madura e com a mente mais brilhante que ele já viu. A sensação de familiaridade que sua presença provocou não foi como se Barry a conhecesse a vida inteira, mas como se acordasse pela primeira vez. Eles bateram papo até o bar fechar. Depois, ela o levou até o hotel barato em que estava hospedada e transaram como se fosse a última vez.

Mais uma lembrança:

Estavam juntos havia vários meses, e ele já estava apaixonado quando ela lhe disse que podia ver o futuro.

"Até parece", disse ele.

"Ainda vou te provar um dia", respondeu ela.

Helena não deu muita importância à coisa toda. Falou isso casualmente, quase de brincadeira, tanto que ele esqueceu aquilo completamente até dezembro de 1990. Uma noite, quando estavam assistindo ao noticiário, ela lhe disse que no mês seguinte os Estados Unidos expulsariam as forças iraquianas do Kuwait, na chamada Operação Tempestade no Deserto.

Houve outros casos.

Quando foram ver O silêncio dos inocentes no cinema, ela disse que o filme venceria o Oscar no ano seguinte.

Naquele mesmo ano, no pequeno apartamento em que estavam morando, ela lhe entregou um gravador cassete portátil e cantou o refrão de "Smells Like Teen Spirit", dois meses antes de o Nirvana lançar a música. Então gravou a si mesma dizendo que no fim do ano o governador do estado de Arkansas anunciaria sua candidatura à presidência dos Estados Unidos, e que venceria, derrotando tanto o presidente atual quanto um forte candidato independente.

Estavam juntos fazia quase dois anos quando ele perguntou como ela sabia aquelas coisas. Não era a primeira vez que lhe pedia uma explicação. Estavam em um bar em Seattle, vendo os resultados das eleições gerais de 1992. E pela forma como ela lidou com o assunto — provando que contara a verdade antes mesmo de pedir a ele que acreditasse numa história louca sobre um equipamento de memória e um futuro que já tinham vivido —, ele acreditou, mesmo quando ela disse que Barry passaria mais vinte e sete anos sem se lembrar de nada de suas vidas anteriores, e que só dali a uma década e meia a tecnologia avançaria o suficiente para a construção do equipamento.

— Você está bem? — pergunta Helena.

Sua atenção volta ao presente, ali sentado no pátio cimentado do quintal deles, vendo uma abelha rodear os restos do café da manhã.

— É esquisito demais — responde ele.

— Pode tentar descrever?

— É como... como se duas pessoas diferentes, duas consciências distintas, com histórias e experiências de vida muito diferentes, estivessem se fundindo dentro de mim.

— Uma é mais dominante que a outra?

— Não. No início, eu estava me sentindo mais como aquele eu que foi baleado no hotel, mas agora me sinto pertencente à realidade.

Recuperar a memória de uma vida inteira em sessenta segundos não é fácil.

Um tsunami de lembranças o engolfa, mas são os pequenos momentos que o atingem com mais força...

Um Natal com muita neve que ele passou com Helena e os pais dela em Boulder, na casa em que ela cresceu. Dorothy se esquecendo de colocar o peru no forno e todos achando graça, exceto Helena, por saber que era o início da deterioração mental da mãe.

O casamento deles, em Aruba.

Uma viagem à Antártica no verão de 2001, só os dois, para testemunharem a migração dos pinguins-imperadores, um momento que os dois viriam a considerar um dos melhores de sua vida juntos — um respiro na onipresente corrida contra o tempo para consertarem o terrível futuro iminente.

Várias brigas feias por não terem filhos, e a insistência de Helena em não trazerem uma criança a um mundo que provavelmente se destruiria dali a duas décadas.

Os funerais da mãe dele, da mãe dela e, mais recentemente, do pai dela.

A vez em que ela lhe perguntou se ele queria saber algo sobre sua antiga vida, e Barry dizendo que não queria conhecer nenhuma realidade além daquela.

A primeira vez que ela demonstrou o poder da cadeira.

Agora o arco completo de tudo que eles construíram juntos está entrando em foco.

Passaram a vida inteira construindo a cadeira da memória em segredo e tentando encontrar uma maneira de impedir que o mundo se lembrasse de como construí-la. Embora o equipamento tenha sido usado incontáveis vezes em linhas temporais anteriores, o uso mais "recente", por parte de Helena (no laboratório da Darpa), sobrescreveu todos os outros marcos zeros. O que significa que ninguém, nem mesmo Slade, tinha conhecimento das outras linhas do tempo.

Até o dia 16 de abril de 2019.

Neste dia, e somente neste dia, as lembranças mortas de tudo que havia acontecido voltariam para todos.

Tendo juntado uma verdadeira fortuna até 2001, os dois puderam construir uma cadeira que em 2007 já estava em fase operacional.

Uma vez construído o equipamento, passaram uma década realizando experimentos e obtendo imagens magnéticas do cérebro um do outro, estudando a atividade neural que ocorria no momento em que se dava uma transposição de realidade e as lembranças mortas surgiam, buscando a cascata neuronal que acompanha novas informações.

O objetivo era descobrir como evitar o afluxo de lembranças mortas de linhas do tempo anteriores sem que houvesse prejuízo ao cérebro, mas tudo que conseguiram foi registrar as atividades neurais associadas a lembranças mortas. Não fizeram progresso algum na busca por uma maneira de proteger o cérebro dessas lembranças.

Barry olha para Helena, sua esposa há vinte e quatro anos. É um homem totalmente diferente de quem era apenas segundos atrás.

— Não conseguimos — diz ele.

— Não.

A outra metade da dualidade dele, aquela que viveu cada momento desta linha do tempo, acabou de recuperar as lembranças mortas de Meghan e Julia. De sua vida como investigador de polícia em Nova York. Da morte da filha, do divórcio, do mergulho na depressão e do arrependimento; do encontro com Slade e seu retorno a onze anos antes, para salvar Meghan. De perdê-la pela segunda vez. De Helena entrando em sua vida, e a conexão entre eles. De sua morte no hotel.

— Você está chorando — diz Helena.

— É muita coisa para absorver.

Ela segura a mão dele.

— Eu finalmente lembro — diz Barry.

— De quê?

— Daqueles meses em Nova York com você, depois da primeira vez que invadi o hotel de Slade, com Gwen. Eu me lembro do fim daquela linha do tempo, de beijar você dentro do tanque, pronta para morrer. Estava apaixonado.

— Mesmo?

— Perdidamente.

Eles ficam em silêncio por alguns instantes, contemplando o deserto de Sonora, uma paisagem que aprenderam a amar juntos — tão diferente das exuberantes matas do Noroeste do Pacífico, cenário da juventude dele e das florestas perenes da infância de Helena.

Foi um bom lugar para os dois.

— Temos que ver o noticiário — diz Helena.

— Vamos esperar.

— De que adianta esperar?

— Vamos viver só mais um pouquinho com a esperança de que mais ninguém se lembrou.

— Você sabe que isso é uma ilusão.

— Você sempre foi mais realista.

Helena sorri, lágrimas brilhando no canto dos olhos.

Barry se levanta e se vira para observar os fundos da ampla casa que eles construíram no deserto. Feita de taipa de pilão e amplos painéis de vidro, ela se funde ao ambiente em torno.

Ele entra pela cozinha, passa pela mesa de jantar e vai até a sala. Pegando o controle remoto, hesita ao ouvir os passos descalços de Helena se aproximando pelo piso frio.

Ela pega o controle da mão dele e liga o aparelho.

A primeira coisa que ele lê é a faixa com a manchete na parte inferior da tela: SUICÍDIOS EM MASSA POR TODO O MUNDO.

Helena deixa escapar um suspiro sofrido.

Imagens gravadas com celulares mostram as ruas de uma cidade em que corpos atingem o chão como uma espécie de chuva de granizo macabra.

Tal como Barry, o mundo só se lembrou da linha do tempo anterior quando a existência da cadeira veio a público. Os ataques em Nova York. O WikiLeaks. O uso desenfreado dessa tecnologia por todo o planeta.

— Talvez fique tudo bem — diz Barry. — Talvez Slade tivesse razão: talvez a humanidade evolua e se adapte a esta realidade.

Helena troca de canal.

Um âncora com semblante exausto tenta manter algum vestígio de profissionalismo enquanto narra: "A Rússia e a China acabaram de divulgar uma declaração conjunta na ONU acusando os Estados Unidos de roubo de realidade num esforço para impedir que outras nações usassem a cadeira imersiva em memória. Eles prometeram reconstruir imediatamente a tecnologia e alertaram que qualquer novo uso do equipamento será entendido como uma declaração de guerra. As autoridades americanas ainda não se manifestaram..."

Ela troca de canal novamente.

Outro âncora assustado: "Além dos suicídios em massa, hospitais de todas as grandes cidades relatam um alto número de pacientes apresentando sinais de catatonia, um estado de estupor e paralisia provocado por..."

O outro âncora o interrompe: "Desculpe, David. A FAA acaba de confirmar que... meu Deus... quarenta aviões comerciais colidiram no espaço aéreo americano nos últimos quinze..."

Helena desliga a televisão, larga o controle no sofá e vai até o hall. Barry vai atrás. Helena abre a porta da frente.

Da varanda se vê a entrada da garagem de cascalho e o leve declive do deserto, descendo por quase vinte quilômetros até a cidade de Tucson, que brilha como uma miragem distante.

— Tudo ainda está tão calmo — diz ela. — Nem parece que o mundo está se despedaçando.

Os últimos trinta e três anos de existência de Barry estão se estabilizando em sua mente e parecem mais reais a cada segundo. Ele não é o homem que entrou no hotel de Slade. Não é o homem que passou os últimos vinte e quatro anos com Helena, tentando salvar o mundo deste dia. De alguma maneira, ele é ambos.

— Em alguma parte, lá no fundo, eu não acreditava que isso fosse realmente acontecer — diz ele.

— Pois é.

Helena se vira e o abraça com tanta força que o faz recuar alguns passos.

— Eu sinto muito — sussurra ele.

— Não quero fazer isso.

— Isso o quê?

— Isso! Minha vida! Voltar para 1986, encontrar você, convencê-lo de que não sou louca. Fazer fortuna. Construir a cadeira. Tentar evitar lembranças mortas. Fracassar. Ver o mundo se lembrar de tudo. Mil vezes. Vou passar o resto das minhas muitas vidas tentando descobrir um jeito de sair desse loop inescapável?

Ele segura o rosto de Helena e olha no fundo dos olhos dela.

— Eu tenho uma ideia — diz Barry. — Vamos esquecer tudo isso.

— Como assim?

— Vamos ficar juntos hoje, só isso. Vamos viver.

— Não podemos. Está tudo acontecendo. É a realidade.

— Eu sei, mas você pode esperar até a noite para voltar a 1986. Já sabemos o que vem depois, o que precisa acontecer. Não precisamos ficar obcecados com isso. Vamos aproveitar o tempo que nos resta juntos.

Eles partem em sua trilha preferida pelo deserto, fugindo das notícias.

É uma trilha que eles mesmos abriram na floresta ao longo dos anos, partindo bem ali dos fundos da casa até o alto das colinas cobertas de cactos.

Barry sua profusamente, mas era exatamente desse esforço físico que ele precisava: algo para escaldar o choque surreal desta manhã.

Ao meio-dia eles alcançam o afloramento rochoso do topo, quase duzentos metros acima do solo. Dali, é praticamente impossível enxergar a casa deles, camuflada em meio ao deserto.

Barry pega na mochila uma garrafa de água, que eles passam de um para outro várias vezes, recuperando o fôlego.

Não há movimento em parte alguma.

O deserto está silencioso como uma catedral.

Algo nessa rocha e nessa vegetação ancestral o faz pensar na permanência inerte e atemporal de uma lembrança morta.

Ele olha para Helena.

Ela lhe passa novamente a garrafa, depois de jogar um pouco de água no rosto.

— Posso fazer isso sozinha da próxima vez — diz ela.
— Era nisso que você estava pensando durante nossas últimas horas juntos?
Helena toca o rosto dele.
— Por décadas você dividiu meu fardo comigo. Você sabia que este dia chegaria, que provavelmente significaria o fim de tudo, que eu teria que voltar a 1986 e tentar tudo de novo, mais uma vez.
— Helena...
— Você queria filhos, eu não. Você sacrificou seus interesses para me ajudar.
— Foi minha escolha.
— Você pode ter uma vida diferente da próxima vez, sem saber o que nos espera. É só isso o que estou dizendo. Pode ter aquilo que sempre...
— Você quer recomeçar sem mim?
— Não. Quero respirar o mesmo ar que você cada minuto de cada dia da minha vida, não importa quantas linhas do tempo eu viva. Foi por isso que eu o procurei. Mas essa cruz é minha, e sou eu quem deve carregá-la.
— Você não precisa de mim.
— Não é isso o que estou dizendo. Claro que preciso de você. Preciso do seu amor, da sua inteligência, do seu apoio, tudo. Mas preciso que você saiba...
— Helena, não.
— Me deixe terminar! Já basta eu ter que ver minha invenção destruir o mundo inteiro. Gente se jogando de prédios por causa de algo que eu criei. Não quero ver a vida do homem que amo ser arruinada.
— Você jamais vai arruinar minha vida.
— Mas você sabe que nunca vamos passar disso. Estaremos sempre presos nesse loop de trinta e três anos, tentando encontrar um jeito de impedir que este dia chegue. Só estou dizendo que, se você quiser viver a *sua* vida sem toda a pressão de tentar manter o mundo a salvo, não tem problema.
— Helena, olhe para mim.
A água que ela jogou no rosto formou gotículas sobre a camada de protetor solar. Ele olha no fundo dos olhos cor de esmeralda dela, tão claros e brilhantes ao sol.
— Não sei como você consegue, Helena. Não sei como carrega esse peso tão grande. Mas, enquanto estiver nos seus ombros, vai estar também nos

meus. Nós vamos encontrar uma saída. Se não na próxima vida, então na outra. E se não na outra, então na...

Ela o beija no topo da montanha deles.

Estão a uns cem metros de casa quando ouvem o barulho de um helicóptero às suas costas. Eles se viram a tempo de vê-lo cruzar veloz o céu do início da tarde.

Barry para e fica acompanhando com o olhar a aeronave, que segue na direção de Tucson.

— É um Black Hawk. O que será que está acontecendo na cidade?

O helicóptero dá uma guinada para a esquerda e reduz a velocidade, seguindo na direção da casa deles enquanto desce os cento e cinquenta metros até o solo.

— Estão atrás da gente — diz Helena.

Eles correm até a casa, o helicóptero agora pairando vinte metros acima do deserto, os rotores rugindo e levantando um redemoinho de poeira e areia, tão próximo que Barry vê três pares de pernas pendendo de cada lado da cabine aberta.

Helena leva um tombo feio quando tropeça numa pedra semienterrada na areia. Barry a levanta por baixo dos braços e nota seu joelho direito sangrando.

— Vamos! — grita ele.

Eles passam pela piscina e chegam ao quintal onde tomaram o café da manhã.

Cordas grossas são lançadas do helicóptero como tentáculos, os soldados já descendo por elas.

Barry e Helena entram pelos fundos, disparam pela cozinha até o corredor. Pelas janelas do outro lado da casa, ele vê um grupo de soldados com armamento pesado, equipamento de proteção e uniforme com camuflagem de deserto atravessando o jardim em formação tática. Estão seguindo para a porta da frente.

Helena toma a dianteira, mancando.

Os dois passam correndo pelo escritório, e por outra janela Barry entrevê o helicóptero pousando no acesso à garagem, atrás dos carros deles.

Param no fim do corredor. Helena empurra a parede de seixos, que se abre, revelando uma passagem secreta.

Ela e Barry entram enquanto o som de uma pequena explosão faz a casa estremecer.

Então são apenas os dois, arfando na completa escuridão.

— Eles entraram — sussurra Barry.

— Pode acender a luz?

Ele tateia as paredes até seus dedos encontrarem o interruptor.

— Tem certeza de que eles não vão ver?

— Não — responde Helena —, mas não consigo digitar a senha no escuro.

Barry aciona o interruptor. Uma única lâmpada nua brilha no alto. Estão numa espécie de antessala, pouco maior que uma despensa de cozinha. A porta à sua frente tem tamanho e formato comuns, só que pesa duzentos e setenta quilos, é feita de placas de aço com cinco centímetros de espessura e, quando acionada, lança dez enormes ferrolhos nos encaixes.

Helena está digitando a senha no teclado eletrônico enquanto os passos de pelo menos meia dúzia de soldados se aproximam pelo corredor. Barry pode imaginá-los chegando à parede de seixos, as vozes sussurradas cada vez mais próximas, assim como os passos de botas e o ruído dos equipamentos de proteção que acompanham sua movimentação.

Do outro extremo da casa, provavelmente da suíte principal, vem um aviso que ecoa pelo longo corredor:

— Lado leste limpo!

— Impossível. Nós vimos os dois entrarem. Checaram todos os armários? Debaixo das camas?

Barry vê Helena digitar o último número no display iluminado.

O zumbido agudo dos mecanismos internos se torna audível na antessala, e talvez do outro lado também. Barry e Helena se encaram enquanto os dez ferrolhos se retraem um a um como tiros abafados.

Do outro lado da porta secreta vem uma voz feminina:

— Ouviu isso?

— Veio da parede.

Barry ouve o ruído de mãos tateando as pedras falsas. Helena abre a porta pesada. Os dois atravessam para outra antessala escura justo quando a passagem secreta se entreabre.

— Tem alguma coisa aqui atrás! — grita um soldado.

Helena fecha a porta blindada e digita no teclado ao lado a senha para trancá-la, fazendo os dez ferrolhos ganharem vida novamente.

Ela acende as luzes, revelando uma claustrofóbica escada de metal em espiral que leva para dentro da terra.

A temperatura cai a cada degrau.

Os soldados esmurram a porta blindada.

— Eles vão dar um jeito de entrar — diz Barry.

— Então precisamos ser rápidos.

Após uma descida equivalente a três andares, a escada termina na entrada de um laboratório de cento e oitenta metros quadrados, que foi onde eles passaram a maior parte de seus dias nos últimos quinze anos. É basicamente um bunker, com um sistema exclusivo de circulação e filtragem de ar, sistema de energia solar autônomo, uma pequena cozinha, um quarto, além de um estoque de alimentos não perecíveis e água suficiente para cerca de um ano.

— Como está sua perna? — pergunta Barry.

— Não importa.

Ela passa mancando pela poltrona Eames que eles transformaram em uma cadeira da memória e depois pela parte do laboratório usada para imagiologia e para o estudo sobre processamento de lembranças mortas.

Helena se senta ao terminal de computadores e abre o programa de reativação de memória mantido o tempo todo em modo de espera, para emergências. Como ela já tem mapeada sua lembrança da primeira vez que dirigiu sozinha, ao completar dezesseis anos, pode ir direto para o tanque de isolamento.

— Achei que fôssemos ter mais tempo hoje — diz Barry.

— Eu também.

Uma explosão em algum lugar acima faz o chão e as paredes tremerem. Uma chuva de reboco cai do teto como neve fina.

Barry corre até a entrada do laboratório. A escada está coberta de pó, mas ele ainda não ouve vozes nem passos descendo.

Ao voltar, vê Helena tirando a camiseta e o top, depois o short.

Nua diante dele, ela prende as tiras do capacete, a perna direita sangrando, lágrimas escorrendo pelo rosto.

Ele vai até lá e abraça Helena. Uma segunda explosão faz as fundações do laboratório subterrâneo estremecerem.

— Não deixe que entrem aqui — pede ela.

Helena seca as lágrimas e o beija, e então Barry a ajuda a entrar no tanque.

— Vou estar naquele bar de Portland em outubro de 1990, esperando você.

— Você nem vai saber quem eu sou — diz Helena, boiando.

— Minha alma conhece a sua. Não importa quando.

Ele então fecha a escotilha e se dirige ao terminal. As máquinas estão silenciosas agora, nenhum som além do zunido dos servidores.

Barry inicia o programa de reativação e se recosta na cadeira, tentando pensar no que vai acontecer agora.

Quando um estouro racha as paredes e o piso de concreto, ele se pergunta se o helicóptero jogou uma bomba na casa deles.

Fumaça entra pelas aletas de ventilação, e os painéis de luz no teto começam a piscar, mas o programa de reativação continua funcionando.

Ele vai até a escada de novo — o único acesso ao laboratório, seja para entrar ou sair.

Dessa vez, ouve vozes lá no alto e vê fachos de luz cortando a fumaça salpicada de pó.

Eles conseguiram passar pela porta blindada. O barulho das botas ressoa nos degraus de metal.

Barry bate a porta do laboratório e a tranca. É apenas uma porta corta-fogo de metal — provavelmente conseguirão abri-la com um pouco de força.

Ele volta ao terminal e analisa os sinais vitais de Helena. O coração parou faz alguns minutos.

Alguma coisa atinge a porta por fora.

Mais uma vez.

E outra.

Uma metralhadora dispara, e novamente ressoa no metal o golpe de um chute, ou um ombro, ou um aríete.

Por um milagre, a porta resiste.

— Depressa... — murmura Barry.

Ele ouve gritos lá fora, depois um estrondo que faz seus ouvidos zunirem. Uma granada ou algum outro tipo de explosivo.

Então há uma explosão de fumaça na entrada, onde antes havia metal, e um soldado entra pisando na porta derrubada, o rifle automático apontado para Barry.

Com os braços para o alto, ele se levanta devagar da cadeira. Mais soldados se espalham pelo laboratório.

A tela do terminal, que mostra o status dos estimuladores, exibe um alerta: LIBERAÇÃO DE DMT DETECTADA.

Depressa.

Dentro do tanque, Helena está morrendo, seu cérebro lançando na corrente sanguínea as últimas gotas da substância que projetará sua consciência três décadas atrás, para dentro de uma lembrança.

O primeiro soldado avança para Barry, gritando algo que ele não consegue entender por causa do zunido em seus...

O sangue pinga de seu nariz, abrindo pequenos buracos bordô na neve.

Ele olha em volta, para as coníferas escuras, os galhos envergando sob o peso de uma nevasca recente.

Ali está Helena.

Seu cabelo está diferente da última vez que ele a viu, no laboratório subterrâneo da casa deles no deserto de Sonora. Agora, metade do ruivo deu lugar ao branco. Está comprido, preso num rabo de cavalo, e sua expressão é mais dura.

— Que dia é hoje? — pergunta ele.

— 16 de abril de 2019. O segundo marco zero da linha do tempo desde que eu morri no tanque da Darpa.

Eles estão numa clareira na encosta de uma montanha, usando raquetes de neve nos pés. Dali se vê uma cidade na planície abaixo, a quinze quilômetros de distância.

— Denver — diz Helena, acompanhando o olhar dele. — Construímos nosso laboratório aqui para que eu pudesse ficar perto dos meus pais. — Ela o encara. — Nada, ainda?

— Tenho a sensação de que estava na nossa casa em Tucson literalmente segundos atrás.

— Sinto lhe dizer que você acabou de sair de um 16 de abril merda para outro igualmente merda.

— O que quer dizer com isso?

— Falhamos de novo.

O primeiro encontro deles, no bar de Portland. Pela segunda vez. As alegações de clarividência. Ele se apaixonou ainda mais rápido, porque ela parecia conhecê-lo melhor do que ele próprio.

A descarga memorial é mais intensa desta vez.

Quase dolorosa.

Ele desaba na neve quando os últimos vinte e nove anos com Helena atingem seu cérebro como uma locomotiva de lembranças.

Durante uma década, antes que a tecnologia evoluísse o suficiente para começarem a construção da cadeira, eles estudaram o espaço-tempo, a natureza da matéria, dimensionalidade, entrelaçamento quântico. Aprenderam tudo que puderam sobre as leis da física que regem o tempo, mas não o suficiente. Não chegaram nem perto.

Então exploraram métodos de voltar a lembranças sem o tanque, um procedimento mais rápido. Sem a privação sensorial, porém, tudo que conseguiram foi se matarem várias vezes.

Então vêm as lembranças que tocam fundo.

Perder a mãe de novo.

As brigas com Helena por não terem filhos (que devem ter sido enfurecedoras para ela, que as vivia pela segunda vez).

O sexo, o amor, o belo amor dos dois.

Momentos de fascínio eufórico por saberem que eram as únicas duas pessoas no mundo lutando para salvá-lo.

Momentos de horror pelo mesmo motivo, e também por saberem que não conseguiriam.

Então termina. Agora ele tem lembranças de todas as linhas do tempo.

Barry se vira para Helena, sentada na neve ao seu lado, encarando a cidade abaixo com o mesmo olhar perdido que ele viu tantas vezes ao longo do último ano, por saber que apenas um milagre poderia evitar que este dia chegasse.

Ao pensar nesta nova linha do tempo em comparação com a última, as mudanças em Helena ficam gritantes. Esta versão sofreu um ligeiro declínio em relação à da iteração anterior, o que é mais evidente nos momentos de calmaria.

Menos paciência.

Mais distância.

Mais raiva.

Mais depressão.

Ainda mais dureza.

Como deve ter sido para ela reviver um relacionamento desde o início, sabendo de antemão todos os seus pontos fortes e fracos antes mesmo de terem começado? Como ela sequer conseguiu sentir uma conexão com ele? Com a ingenuidade dele? Por vezes deve ter sido como falar com uma criança, porque, embora tecnicamente ele ainda seja o mesmo, há um abismo entre o Barry de cinco minutos atrás e o de agora, com todas as suas lembranças. Só agora ele é verdadeiramente ele mesmo.

— Sinto muito, Helena.

— Pelo quê?

— Deve ter sido enlouquecedor viver tudo de novo comigo.

Ela quase sorri.

— É verdade que eu quis te matar com certa frequência.

— Foi entediante para você?

— Nunca.

A pergunta pesa no ar.

— Não precisa fazer isso tudo de novo — diz ele.

— Do que está falando?

— Comigo.

Ela parece magoada.

— Está me dizendo que *você* não quer?

— Não é isso. Não é nada disso.

— Não tem problema se for.

— Mas não é.

— Você quer ficar comigo de novo? — pergunta ela.

— Eu te amo.

— Isso não é resposta.

— Eu quero passar todas as minhas vidas com você — diz Barry. — Te falei isso semana passada.

— É diferente agora que você tem todas as linhas do tempo na memória, não é?

— Estamos nisso juntos, Helena. Toda a nossa pesquisa sobre a física do tempo não é nem a ponta do iceberg. Ainda há muito mais para aprender.

Ele sente o celular vibrar no bolso da parca. Valeu a pena fazerem essa última trilha até o ponto favorito deles nas montanhas, mas chegou a hora de voltar. Retornar à civilização. Acompanhar o mundo se lembrar de tudo e depois dar o fora antes que os soldados venham atrás deles, embora Barry ache que não serão encontrados tão cedo: desta vez, assumiram novas identidades.

Helena pega o celular e lê algo alarmante.

— Meu Deus.

Ela se levanta e sai correndo como pode, com as raquetes de neve dificultando seus movimentos.

— Aonde você vai? — pergunta Barry.

— Temos que voltar!

— O que houve? — grita ele.

— Vou deixar você aí! — responde ela.

Ele enfim se levanta e vai também.

É uma descida de cerca de quinhentos metros pela mata de abetos. Seu celular continua vibrando (alguém o enchendo de mensagens) e, apesar dos calçados gigantes, ele consegue fazer o trajeto em menos de cinco minutos, apoiando-se na capota do jipe ao chegar no pé da trilha, arfando e suando sob a roupa de inverno.

Helena já está se instalando ao volante, e ele se enfia no assento do passageiro, ainda com as raquetes nos pés, enquanto ela dá partida no motor e sai do estacionamento deserto, os pneus derrapando no asfalto coberto de gelo.

— O que foi que houve, Helena?

— Olha o seu celular.

Ele pega o aparelho do bolso.

A tela de bloqueio exibe as primeiras linhas de uma mensagem enviada pelos serviços de emergência:

Alerta de emergência

AMEAÇA DE MÍSSIL BALÍSTICO COM ALVOS MÚLTIPLOS EM TERRITÓRIO AMERICANO. BUSQUE ABRIGO IMEDIATO. ISTO NÃO É UMA SIMULAÇÃO.
Deslize para ler mais

— A gente deveria ter imaginado — diz Helena. — Você se lembra da declaração deles na ONU, na última linha do tempo?

— "Qualquer novo uso do equipamento será entendido como uma declaração de guerra."

Helena faz uma curva fechada a uma velocidade alta demais, os pneus ameaçando derrapar na camada compacta de neve acumulada, os freios ABS entrando em ação.

— Se você enfiar o carro numa árvore, nunca vamos...

— Eu sou daqui, sei muito bem dirigir na neve.

Ela pega velocidade numa reta longa, a mata densa passando acelerada dos dois lados da estrada enquanto descem voando a montanha.

— Claro que eles têm que nos atacar — comenta Helena.

— Por que você diz isso?

— Por causa de tudo que discutimos na Darpa. O pior cenário para o mundo inteiro é que um país envie alguém de volta meio século e apague da existência bilhões de pessoas. Eles têm que nos atacar com toda a força bélica possível e torcer para destruir a cadeira antes que a usemos.

Helena liga o rádio quando estão quase na saída do parque. Já várias centenas de metros abaixo de onde estavam, a única neve no chão consiste em pontos esparsos derretendo na sombra.

"... interromper este programa para um alerta de emergência nacional. Seguem instruções importantes." O aterrorizante som do sistema de alerta de segurança nacional ressoa forte dentro do carro. "Esta é *uma* mensagem transmitida em nome do governo dos Estados Unidos da América. Isto não é um teste. O Comando de Defesa Aeroespacial detectou o lançamento de mísseis balísticos intercontinentais russos e chineses. Esses mísseis deverão atingir diversos alvos no continente norte-americano nos próximos dez ou quinze minutos. Este é um alerta de ataque. Repetindo: este é um alerta de ataque. Um alerta de ataque indica que foi detectado um ataque real contra este país e que todos os cidadãos devem tomar medidas de proteção. Procurem um local seguro imediatamente. Vão para um porão ou um local fechado no piso mais baixo de uma construção resistente. Não se aproximem das janelas. Se estiverem em área externa ou dentro de um veículo, busquem abrigo. Se não for possível, deitem-se em alguma depressão no terreno."

Helena acelera para cento e sessenta por hora na estrada rural, o sopé das montanhas se apequenando nos espelhos retrovisores.

Barry começa a desafivelar as tiras que prendem as raquetes de neve às suas botas de caminhada.

Quando a estrada encontra a rodovia interestadual, Helena acelera ainda mais, exigindo o máximo do motor.

Dois quilômetros depois, estão dentro dos limites da cidade.

Mais e mais carros param no acostamento, vários abandonados com a porta aberta, os motoristas procurando um local seguro.

Helena pisa no freio quando todas as pistas ficam obstruídas. Hordas de pessoas estão saindo dos carros, pulando o guarda-corpo e descendo escorregando o terreno da margem, que vai dar num riacho cuja água corre pesada e marrom por causa da neve derretida.

— Será que conseguimos chegar à próxima saída? — pergunta Barry.

— Não sei.

Helena força passagem, desviando das pessoas e avançando por entre portas de carros abertas, o para-choque do jipe chegando a arrancar algumas. Vendo a alça de acesso à saída deles totalmente congestionada, ela manobra para pegar um atalho por uma subida íngreme coberta de mato e, cruzando o acostamento, consegue finalmente se espremer entre uma van da UPS e um conversível e assim alcançar o viaduto.

Em contraste com a interestadual, a avenida está quase vazia, e ela segue em disparada pela pista do meio quando outro alerta ressoa dentro do carro.

O laboratório deles fica em Lakewood, nos subúrbios de Denver, num prédio de tijolinhos onde antigamente funcionava uma unidade do Corpo de Bombeiros.

Estão a apenas dois quilômetros agora, e Barry olha pela janela, pensando como é estranho ver tão pouco movimento ao redor.

Nenhum outro carro nas ruas.

Quase ninguém à vista.

Pela sua estimativa, já se passaram mais de dez minutos desde que ouviram o primeiro alerta de emergência no rádio.

Ele se vira para Helena para reforçar o que disse, que quer viver tudo de novo com ela, não importa o que aconteça, mas é então que, pela janela do motorista, ele vê um clarão mais intenso que qualquer coisa que já tenha visto até hoje: uma flor incandescente desabrochando no horizonte ao leste, perto do aglomerado de arranha-céus do centro de Denver, uma luz tão forte que faz suas córneas arderem ao consumir o mundo.

O rosto de Helena irradia um brilho intenso, e as cores de tudo que há no campo de visão de Barry, até mesmo o céu, são tomadas por um clarão branco abrasador.

Barry fica cego por cinco segundos e, quando volta a enxergar, tudo acontece de uma vez:

Todos os vidros do carro explodem;

Os pinheiros de um parque próximo envergam tanto que as pontas tocam o chão;

Um centro comercial vai pelos ares e os escombros jorram pela avenida, lançados por uma rajada furiosa de vento;

Um homem com um carrinho de compras na calçada é lançado a quinze metros de altura...

E então eles capotam, o metal raspando o asfalto com um rangido ensurdecedor enquanto a onda de choque os lança pela rua, fagulhas voando no rosto de Barry.

É só quando atingem o meio-fio que o carro para, e vem o barulho da explosão. O som mais alto que ele já ouviu em toda a vida — um estrondo de ruir muros, de esmagar o peito. Um único pensamento se infiltra em sua mente: a onda de som da detonação veio rápido demais.

Questão de segundos.

Eles estão muito próximos do epicentro. Não vão sobreviver por muito tempo.

Então tudo fica estático.

Seus ouvidos estão zunindo.

As roupas estão chamuscadas, cobertas de buracos abertos pelo fogo, que continua consumindo o tecido.

Uma nota fiscal deixada num dos porta-copos se desintegrou.

Pelas aletas só vem fumaça.

O carro está tombado, o lado de Barry no chão, o cinto de segurança o mantendo na horizontal, rente ao que sobrou do mundo. Ele vira o rosto para Helena, ainda presa ao assento pelo cinto, a cabeça pendendo imóvel.

Ele chama seu nome, mas não consegue ouvir a própria voz.

Nada além da vibração da laringe.

Barry tira o cinto de segurança e, mesmo com muita dor, se vira para a esposa.

Ela está de olhos fechados, o rosto vermelho-vivo, o lado esquerdo coberto de estilhaços de vidro da janela.

Barry se estica e solta o cinto de Helena. Ao cair em cima dele, Helena abre os olhos e de súbito inspira o ar com sofreguidão.

Seus lábios se mexem, tentando dizer algo, mas ela desiste quando percebe que os dois estão surdos. Ela levanta a mão vermelha, coberta de queimaduras de segundo grau, apontando para a estrutura do para-brisa sem vidro.

Barry assente, entendendo. Eles dão um jeito de sair por ali, contorcendo-se até finalmente estarem na rua, cercados por uma devastação digna de pesadelos.

Não há céu.

As árvores viraram esqueletos, as folhas caindo tomadas por um fogo crepitante como se expelissem lava.

Helena já está avançando pela rua como pode. Quando corre para alcançá-la, Barry nota as próprias mãos pela primeira vez: estão da mesma cor que o rosto dela, já formando bolhas por conta da radiação térmica.

Ao tocar o rosto e a cabeça, um chumaço de cabelo sai na sua mão.

Meu Deus.

O pânico o domina.

Ele alcança Helena, que tenta correr, mancando pela calçada coberta de escombros fumegantes.

Tudo está mergulhado numa escuridão pós-crepúsculo; o sol desapareceu.

A dor vem com força.

Rosto, mãos, olhos.

A audição retorna.

Som de passos.

Alarmes de carros.

Um grito lamentoso ao longe.

O silêncio medonho de uma cidade em choque.

Eles viram na rua seguinte. Barry estima que os dois ainda estão a uns setecentos metros de casa.

De repente, Helena para, inclina-se para a frente e vomita no meio da rua.

Ele tenta pôr a mão nas costas dela, mas, assim que toca seu casaco, a dor repentina o faz instintivamente puxar o braço.

— Estou morrendo, Barry. Você também.

Ela se ergue, limpa a boca.

Seu cabelo está caindo, e sua respiração sai entrecortada e penosa.

Igual à dele.

— Acho que a gente consegue — diz Barry.

— Temos que conseguir — retruca Helena. — Por que atacariam Denver?

— Se lançaram mão de todo o arsenal, devem ter alvejado as grandes cidades americanas com milhares de ogivas, provavelmente torcendo para acabarem acertando e destruírem a cadeira.

— Talvez tenham conseguido.

Eles seguem em frente, aproximando-se cada vez mais do epicentro, a julgar pela nuvem gigantesca de cinzas e fogo que ainda voluteia e se avoluma a uma distância indistinta.

Passam por um ônibus escolar capotado, a pintura amarela agora preta, os vidros estourados, gritos vindos de dentro.

Barry reduz o passo e faz menção de ir até lá, mas Helena o impede.

— O único jeito de ajudá-los é chegando ao laboratório.

Ele sabe que ela tem razão, mas mesmo assim precisa reunir toda a sua força de vontade para nem sequer tentar ajudar, nem que seja com uma mera palavra de conforto.

— Queria que não tivéssemos vivido para ver um dia como este — diz Barry.

Eles passam apressados por uma árvore em chamas, uma moto e o motorista presos nos galhos, a uns dez metros do chão.

Passam por uma mulher careca que cambaleia nua no meio da rua, a pele se descolando como casca de bétula e os olhos anormalmente grandes e brancos, como se tivessem se expandido para absorver todo o horror à sua volta. Mas a verdade é que ela está cega.

— Ignore — diz Helena, chorando. — Vamos mudar isso.

Barry sente gosto de sangue. A dor começa a tomar conta.

Suas entranhas parecem estar derretendo.

Mais uma explosão, essa bem distante, faz o chão tremer.

— Ali! — diz Helena.

É a casa deles, logo à frente.

Estão na rua em que moram, e Barry nem notou.

Por causa da dor, sim.

Mas principalmente porque essa rua não se assemelha em nada à deles.

Todas as casas de madeira foram derrubadas, os fios da rede elétrica arrancados dos postes, árvores incendiadas e nuas, sem qualquer vestígio de verde.

Veículos estão espalhados de forma aleatória — alguns virados, outros caídos de lado, alguns ainda queimando.

A chuva radioativa misturada com as cinzas vai causar envenenamento agudo se ainda estiverem nesse inferno ao cair da noite.

O único movimento em qualquer parte são formas enegrecidas se contorcendo no chão.

No asfalto.

Nos jardins em brasas do que um dia foram casas.

Barry sente uma onda incontrolável de enjoo ao se dar conta de que são pessoas.

A antiga unidade dos bombeiros permanece de pé.

As janelas foram estilhaçadas — órbitas oculares ocas e negras —, e os tijolos antes vermelhos estão da cor de carvão.

Eles sobem os degraus da entrada e atravessam o vão da porta, que jaz rachada no chão do hall. A essa altura, a dor no rosto e nos olhos evoluiu para um nível lancinante.

Mesmo com toda a dor, porém, ainda é devastador ver a casa em que viveram por vinte e um anos nesse estado.

Uma luz débil entra pelas janelas, revelando um local totalmente em ruínas. A maior parte dos móveis simplesmente explodiu.

Da cozinha vem um forte cheiro de gás, e na outra ponta da casa um fio de fumaça escapa do quarto, em cujas paredes se vê o brilho das chamas.

Estão avançando às pressas quando Barry se desequilibra ao passar pelo arco que conecta as salas de jantar e de estar. Apoiando-se para não cair, ele grita de dor, deixando na parede uma marca de sangue e pele no formato de sua mão.

O acesso ao laboratório é, novamente, por uma porta blindada, dessa vez oculta dentro do closet do cômodo que servia de escritório. O sistema eletrônico da porta é conectado à rede do restante da casa, então terão que abri-la manualmente. Helena liga a lanterna do celular e, na penumbra, insere a combinação de cinco dígitos no segredo giratório.

Ao terminar, ela estende a mão para a maçaneta volante, mas Barry se adianta.

— Deixe que eu abro.
— Não precisa.
— Você ainda precisa morrer no tanque.
— É verdade.

Ele se posiciona diante da porta e segura o volante de três raios, gemendo em agonia ao tentar fazê-lo girar. Nada se mexe além das camadas de pele que se soltam de suas mãos, e um pensamento aterrorizante lhe ocorre: e se o calor da explosão tiver derretido as travas internas? Ele tem uma visão de seu último dia juntos: cozinhando pouco a pouco em radiação na casa destruída deles, incapazes de alcançar a cadeira, sabendo que fracassaram. Que, quando a próxima transposição de realidade acontecer, se é que vai acontecer, sua existência terá sido varrida do planeta, ou então serão lançados em um mundo criado por outra pessoa.

O volante cede um pouco e, em seguida, finalmente gira.

Os ferrolhos se retraem e a porta se abre, revelando uma escada em espiral que leva a um laboratório quase idêntico àquele que construíram no deserto perto de Tucson. Com a diferença de que aqui, em vez de cavarem na terra, eles forraram o porão de pedra da antiga unidade dos bombeiros com chapas de aço.

Todas as luzes estão apagadas.

Parte da pele de Barry fica no metal do volante quando ele o solta para seguir Helena, descendo os degraus serpenteantes na luz escassa do flash da câmera do celular.

Um silêncio estranho paira no laboratório.

Não há o zunido dos ventiladores que resfriam os servidores.

Nem da bomba de aquecimento que mantém a água do tanque à temperatura da pele humana.

A luz do celular passa de lá para cá pelas paredes enquanto eles se dirigem ao rack dos servidores, onde um *power bank* de baterias de lítio é a única coisa acesa no local.

Barry vai até um painel de interruptores na parede que transfere energia da rede elétrica para as baterias. Ali, ele tem mais um momento de puro terror, porque, se a explosão danificou as baterias ou conectores de alguma parte do equipamento, isso tudo será em vão.

— Barry? O que está esperando?

Ele aciona os interruptores.

As luzes no teto se acendem.

O ruído dos servidores desperta.

Helena já está se instalando em frente ao terminal, que começou sua sequência de inicialização.

— As baterias só têm trinta minutos de energia — diz ela.

— Temos geradores e bastante gasolina.

— Sim, mas levaria uma eternidade para redirecionar a luz.

Ele tira, descolando da pele, a parca e a calça de neve arruinadas pelo fogo e se senta ao lado de Helena, que já está digitando no teclado o mais rápido que seus dedos queimados lhe permitem. Do canto de sua boca e de seus olhos escorre sangue.

Quando ela começa a tirar a roupa pesada de inverno, Barry vai até o armário e pega o único capacete totalmente carregado que resta. Ele o liga e o encaixa com cuidado na cabeça da esposa, vendo que sua pele já está ficando cheia de bolhas.

A dor das queimaduras de segundo grau que ele teve no rosto está chegando ao nível excruciante. Há morfina no armário, chamando por ele, mas não há tempo.

— Deixa que eu termino de ajustar o capacete — diz Helena. — Pegue o cateter.

Ele pega um dispositivo e o liga, conferindo se o Bluetooth está conectado ao terminal.

Os braços de Helena, em contraste com as mãos queimadas pela radiação, estão brancos e lisos, graças à parca e às várias camadas de roupas térmicas. Com os dedos destruídos, é só depois de várias tentativas que ele consegue inserir o cateter na veia. Por fim, após prender o dispositivo ao braço dela, dirige-se ao tanque. A temperatura da água está meio grau abaixo dos 37ºC ideais, mas terá que servir.

Barry abre a escotilha e se vira para Helena, que vem cambaleando como um anjo caído.

Ele sabe que a própria aparência não deve estar nem um pouco melhor.

— Se eu pudesse, faria essa próxima parte no seu lugar — diz ele.

— Só vai doer um pouco mais — diz ela, as lágrimas escorrendo. — E eu mereço.

— Não é verdade.

— Você não precisa fazer tudo isso comigo de novo — diz ela.

— Farei quantas vezes for preciso.

— Tem certeza?

— Absoluta.

Ela se apoia na lateral do tanque e coloca uma das pernas para dentro. Quando as mãos tocam a água, ela dá um grito.

— O que houve? — pergunta Barry.

— O sal. Meu Deus...

— Vou pegar a morfina.

— Não, pode interferir na reativação. Só acabe logo com isso, por favor.

— Tudo bem. Até mais tarde.

Ele fecha a escotilha sobre a esposa, que boia em agonia na água salinizada.

Voltando às pressas ao terminal, Barry inicia a sequência de liberação das drogas. Quando o rocurônio é liberado, ele tenta se sentar, mas a dor é tão absoluta que ele não consegue ficar parado.

Então Barry sai do laboratório, sobe a escada em espiral e passa pelo escritório e pelos restos incendiados da casa que dividia com Helena.

Nos degraus da porta da frente, vê o mundo escuro como a noite, fagulhas chovendo do céu.

Desce os degraus e vai até o meio da rua.

Um jornal em chamas passa voando rente ao chão.

Do outro lado da rua, uma pessoa enegrecida está deitada em posição fetal, encolhida no meio-fio, seu local de descanso final.

Ele ouve o sussurro do vento quente.

Gritos e gemidos ao longe.

E mais nada.

Parece impossível que menos de uma hora atrás ele estivesse sentado na neve, numa clareira a três mil metros de altitude, admirando uma perfeita tarde de primavera em Denver.

Facilitamos a nossa própria destruição.

Ele não consegue se manter de pé.

Seus joelhos cedem; ele desaba.

Fica ali, sentado no meio da rua em frente à sua casa, vendo o mundo queimar e tentando não se deixar vencer pela dor.

Faz alguns minutos que saiu do laboratório.

Helena está morrendo no tanque.

Ele está morrendo aqui fora.

Barry se deita de costas no asfalto e fica encarando o fogo que chove do céu enegrecido.

Uma pontada incandescente de agonia lacera a parte posterior de seu crânio, mas ele sente uma onda de alívio, pois sabe que o fim se aproxima, que o DMT está inundando o cérebro de Helena enquanto a projeta para a lembrança aos dezesseis anos, uma garota indo até uma picape branca e azul, com a vida inteira pela frente.

Tudo de novo. Tomara que se saiam melhor da próxima vez.

Os grânulos de fogo começam a cair mais e mais devagar, até que ficam suspensos no ar em volta dele como um bilhão de vaga-lumes...

Está frio e úmido.

Ele sente cheiro de maresia.

Ouve ondas quebrando em rochas e gritos de pássaros ressoando sobre a água.

Sua visão entra em foco.

Uma praia irregular cem metros adiante, névoa pairando sobre a água azul-acinzentada, obscurecendo as coníferas ao longe, alinhadas ao longo da margem como uma espécie de caligrafia macabra.

A dor do rosto sendo derretido por radiação se foi.

Ele se vê num caiaque, em um traje de mergulho, um remo apoiado na perna, sangue escorrendo do nariz, tentando entender onde está.

Onde está Helena.

Por que ainda não há lembranças desta linha do tempo.

Apenas segundos atrás estava caído no meio da rua em frente à sua casa em Denver, agonizando de dor e vendo o céu cuspir fogo.

Agora está... aqui, sabe-se lá onde. Sua vida tem a consistência de um sonho — vagando de uma realidade a outra, lembranças se tornando o agora para logo se tornarem pesadelos. Tudo é real no momento em que transcorre, e só. Paisagens e emoções num constante fluxo, mas ainda assim há uma lógica distorcida por trás disso tudo — tal como nos sonhos, que fazem todo o sentido enquanto estamos sonhando.

Ele mergulha um remo na água e se impulsiona para a frente.

Uma pequena enseada surge em sua visão, a ilha crescendo suavemente por mais de cem metros de uma floresta de abetos-negros, intercalados com ocasionais pinceladas brancas das bétulas.

Na base da colina há uma casa, que repousa no meio de uma ampla extensão de gramado verde-esmeralda e é cercada por construções menores: duas edículas, uma pérgula e, junto à água, uma garagem de barcos e um píer.

Ele rema enseada adentro, ganhando velocidade ao se aproximar da praia, e deixa o caiaque em uma faixa de areia grossa. Quando está erguendo o corpo para sair, uma única lembrança brota: *naquele bar de Portland, vendo Helena se sentar ao lado dele pela terceira vez na estranha e recursiva existência dos dois.*

"Que tal me pagar uma bebida?"

Que estranho ter três lembranças distintas de um evento que é, em essência, o mesmo ponto no tempo.

Ele caminha descalço pela praia rochosa até chegar à área gramada, temendo a gigantesca onda de lembranças, mas desta vez elas estão demorando para surgir.

A casa é construída em uma fundação de pedra, a madeira desbotada por décadas de sal, sol, vento e invernos rigorosos.

Um cão imenso vem saltitando até ele no quintal. É um Deerhound escocês, da mesma cor que as paredes desgastadas da casa. Ele recebe Barry com lambidas afetuosas, erguendo-se nas patas traseiras para alcançar seu rosto.

Barry sobe os degraus da varanda, que ostenta uma vista e tanto da enseada e do mar.

Abrindo uma porta de correr, ele entra na sala aquecida, onde uma coluna construída bem no meio da casa exibe uma lareira de pedra.

O pequeno fogo queimando na grelha perfuma o interior da residência com o cheiro de madeira queimada.

— Helena?

Não há resposta.

A casa se mantém em silêncio.

Ele avança até uma típica cozinha rústica francesa com vigas expostas e largos bancos ao redor de uma grande ilha central com tampo em madeira maciça.

Dali, entra num corredor longo e escuro, sentindo-se como um invasor de propriedade. No fim do corredor, para à entrada de um escritório entulhado e bagunçado, mas de um jeito aconchegante. Tem uma pequena lareira, uma janela com vista para a floresta e, no centro do cômodo, uma mesa antiga envergada sob o peso de tantos livros. Próximo da mesa há um quadro-negro coberto de equações e diagramas incompreensíveis de, ao que parece, linhas do tempo intricadamente entrelaçadas.

As lembranças chegam num piscar de olhos.

Num momento, nada.

No seguinte, ele sabe exatamente onde está, a trajetória completa de sua vida desde que Helena o encontrou e exatamente o que significam as equações no quadro.

Porque foi ele quem as escreveu.

São extrapolações da solução de Schwarzschild, uma fórmula segundo a qual se define o raio que um objeto deve ter, com base em sua massa, para constituir uma singularidade. Essa singularidade então forma uma Ponte de Einstein-Rosen, que pode, em teoria, conectar instantaneamente regiões remotas do espaço, ou mesmo do tempo.

Como as diferentes consciências que Barry carrega de linhas do tempo anteriores estão se fundindo a esta, sua perspectiva do trabalho que eles vêm realizando nos dez últimos anos é, paradoxalmente, de algo completamente novo e intimamente familiar; enxerga-o com novos olhos e, ao mesmo tempo, com uma objetividade já totalmente perdida.

Boa parte de sua vida foi dedicada a estudar as teorias sobre os buracos negros. Helena o acompanhou durante um bom tempo, mas nos últimos cinco anos, à medida que o 16 de abril de 2019 se aproximava sem um grande progresso em vista, ela começou a deixar a pesquisa de lado.

Saber que teria que fazer tudo aquilo mais uma vez simplesmente a destruiu.

Na janela que dá para a mata, as questões fundamentais que ele escreveu em marcador preto muitos anos atrás ainda o instigam, exigindo respostas...

Qual é o raio de Schwarzschild de uma lembrança?

Uma ideia absurda: quando morremos, a imensa gravidade de nossas lembranças se desintegrando abre um miniburaco negro?

Uma ideia ainda mais absurda: o procedimento de reativação de memória no momento da morte abre um buraco de minhoca que conecta nossa consciência a uma versão anterior de nós mesmos?

Ele vai perder todo esse conhecimento. Não que algum dia tenha passado de mera teoria — uma tentativa de explorar o assunto e entender por que a invenção de Helena fez o que fez. Esse conhecimento não significa nada sem testes em laboratório. Só nos últimos anos lhe ocorreu que eles deveriam levar o equipamento para o CERN, o Centro Europeu de Pesquisa Nuclear, em Genebra, na Suíça, e realizar o procedimento da morte no tanque sob os detectores de partículas do Grande Colisor de Hádrons, o LHC. Se pudessem provar o surgimento da entrada de um miniburaco de minhoca no momento que alguém morresse no tanque, e da saída no momento em que a consciência retornasse ao corpo em um ponto anterior no tempo, talvez começassem a compreender os verdadeiros mecanismos do retorno em memória.

Helena odiou a ideia. Não acreditava que o retorno em termos de descobertas compensaria o risco de levar a tecnologia a público de novo, o que quase certamente aconteceria se compartilhassem o conhecimento por trás da cadeira imersiva com os cientistas do LHC. Além do mais, levariam anos para convencer as autoridades a lhes darem acesso a um detector de partículas e, depois disso, mais alguns anos — além de equipes inteiras para desenvolver algoritmos e softwares — para extraírem do sistema os dados relativos à física do processo. Em vista de tudo isso, seria muito mais trabalhoso e demorado estudar a física de partículas da cadeira do que construí-la.

Mas tempo eles têm de sobra.

— Barry.

Ele se vira.

Helena está à porta, e o choque de ver essa iteração de sua esposa, em contraste com as duas anteriores, faz soar um alarme em sua mente. Parece uma versão deteriorada da mulher que ele ama. Magra demais, os olhos fundos e encovados, os ossos da face muito pronunciados.

Uma lembrança surge: de quando ela tentou se matar, dois anos atrás. Ainda dá para ver as cicatrizes brancas nos antebraços. Ele a encontrou na antiga banheira vitoriana da alcova com vista para o mar, imersa na água cor de vinho. Barry se lembra de erguer seu corpo quase sem vida, pingando, e colocá-la no piso. De envolver seus pulsos em gaze desesperadamente, bem a tempo de estancar o sangramento.

Por pouco ela não se foi.

O mais difícil era não haver ninguém com quem ela pudesse conversar. Nenhum psiquiatra com quem dividir o peso de sua existência. Só podia contar com Barry, e há anos ele se culpa por não ser o suficiente para ela.

Neste momento, vendo-a ali à porta, ele é tomado por sua devoção a essa mulher.

— Você é a pessoa mais corajosa que já conheci — diz ele.

Ela ergue o celular.

— Os mísseis foram lançados faz dez minutos. Falhamos de novo.

Ela toma um gole de vinho tinto.

— Você não deveria beber antes de entrar no tanque.

Ela termina a taça.

— Só um golinho para acalmar.

A vida deles não tem sido fácil. Barry não se lembra da última vez que dormiram juntos. Da última vez que transaram. Da última vez que riram de alguma bobagem. Mas não pode se ressentir disso. Para ele, o relacionamento dos dois começa a cada iteração naquele bar de Portland, quando ele tem vinte e um anos, e ela, vinte. Passam vinte e nove anos juntos, e, embora cada loop pareça único para ele (até chegarem a esse pavoroso momento e ele recobrar as lembranças das linhas do tempo anteriores), pela perspectiva de Helena, ela está com o mesmo homem há oitenta e sete anos, revivendo vezes incontáveis o mesmo período de vida, dos vinte aos quarenta e nove anos.

As mesmas brigas.

Os mesmos medos.

A mesma dinâmica.

O mesmo... tudo.

Sem nenhuma surpresa real.

Apenas agora, durante este breve intervalo de tempo, eles estão em pé de igualdade. Helena já tentou lhe explicar isso, mas só agora ele entendeu, e essa compreensão lhe lembra algo que Slade disse no laboratório daquele hotel, logo antes de morrer: *Sua perspectiva muda depois de incontáveis vidas.*

Talvez ele tivesse razão. Só se pode compreender verdadeiramente a si mesmo quando se vive muitas vidas. Talvez o milionário não estivesse completamente maluco, afinal de contas.

Helena entra no cômodo.

— Está pronta? — pergunta Barry.

— Será que dá para relaxar um pouco? Ninguém vai mandar uma ogiva para a costa do Maine. Vamos pegar a precipitação de Boston, Nova York e do Meio-Oeste, mas isso ainda vai levar horas.

Eles tiveram uma briga ao discutirem sobre este exato momento. Nos últimos anos, quando ficou claro que mais uma vez não encontrariam uma solução, Barry insistiu em interromperem esta linha do tempo. Ele achava que Helena deveria voltar para um momento anterior àquele em que o mundo se lembrou de seu violento fim na última linha do tempo, para logo depois sofrer um novo fim violento. Mas ela argumentou que, se houvesse a mais remota chance de as lembranças mortas não surgirem, já valeria a pena deixar que a linha do tempo continuasse. Acima de tudo, ela queria, ainda que por pouco tempo, estar com o Barry que se lembrava de todas as suas vidas e tudo que viveram juntos. Se fosse honesto consigo mesmo, ele perceberia que também queria isso.

É o único momento em toda a existência compartilhada deles em que podem estar verdadeiramente juntos.

Ela vai até a janela e para ao seu lado.

Com o dedo, começa a apagar as palavras escritas no vidro.

— Foi tudo uma perda de tempo, não é mesmo? — comenta ela.

— Devíamos ter ido ao CERN — insiste ele.

— E se sua teoria do buraco de minhoca tivesse se provado certa? E daí?

— Continuo acreditando que, se entendêssemos como e por que a cadeira consegue enviar uma consciência para um evento anterior na linha do tempo, teríamos mais chances de descobrir como impedir a eclosão das lembranças mortas.

— Você nunca considerou a possibilidade de ser impossível descobrir isso?

— Está perdendo as esperanças?

— Ah, meu amor, já perdi há muito tempo. Sem contar minha própria dor, toda vez que eu volto estou destruindo a consciência daquela menina de dezesseis anos indo pegar a caminhonete para seu primeiro momento de liberdade genuína. Estou matando essa Helena inúmeras vezes. Ela nunca teve a chance de viver sua vida. E tudo por culpa de Marcus Slade. Por minha culpa.

— Então deixe que eu carregue a esperança por nós dois por um tempo.

— Você já está fazendo isso.

— Deixe que eu continue.

Ela o encara.

— Você ainda acredita que vamos encontrar uma solução.

— Acredito.

— Quando? Na próxima iteração? Ou na trigésima?

— Sabe o que é estranho... — começa ele.

— O quê?

— Cinco minutos atrás, quando eu entrei neste escritório, não fazia a menor ideia do que significavam essas equações. Então eu recuperei as lembranças desta linha do tempo, e do nada estava entendendo equações diferenciais parciais. — O fragmento de um diálogo de outra linha do tempo é pinçado pela estrutura neuronal de seu cérebro, e ele acrescenta: — Lembra o que Marcus Slade disse no hotel aquela vez, logo antes de o matarmos?

— Você esquece que, da minha perspectiva, aquilo foi três linhas do tempo e quase um século atrás.

— Você disse a ele que, se o mundo algum dia ficasse sabendo da existência dessa tecnologia, não haveria mais volta. E é exatamente contra isso que estamos lutando. Lembra?

— Vagamente.

— E ele respondeu que você estava cega pelas suas limitações, que ainda não estava enxergando o todo, e que talvez nunca viesse a enxergar a menos que viajasse como ele tinha viajado.

— Ele era louco.

— Foi o que eu pensei na época também. Mas a diferença entre quem você era naquela primeira linha do tempo e quem você é agora... É claro, tudo isso pode estar te enlouquecendo, mas você tem pleno domínio sobre campos inteiros da ciência, viveu vidas inteiras, algo que a primeira Helena jamais teria sonhado. O modo como vê o mundo hoje seria algo impossível para ela. E o mesmo acontece comigo. Quem pode saber quantas vidas Slade viveu, tudo que ele acumulou em conhecimento? E se ele tiver realmente descoberto uma saída, alguma brecha na questão das lembranças mortas? Algo que você precisaria de sabe-se lá quantas vidas para descobrir por conta própria? E se, durante todo esse tempo, estivermos deixando passar algo crucial?

— Tipo o quê?

— Não faço ideia. Mas você não gostaria de perguntar a Slade?
— E como você sugere que eu faça isso, investigador?
— Não sei como, mas sei que não podemos simplesmente desistir.
— *Eu* não posso desistir. Você pode cair fora quando quiser, para seguir sua vida na mais plena ignorância de que este dia vai chegar.
— Você realmente passou a desconsiderar tanto assim minha presença na sua vida?

Ela suspira.
— Claro que não.

Um peso de papel na mesa atrás deles começa a estremecer.

Uma rachadura se ramifica em todas as direções pelo vidro da janela.

O ronco baixo de uma explosão distante provoca um calafrio nos dois.
— Estamos no inferno — diz Helena, em tom sombrio. — Pronto para me acompanhar ao laboratório e me matar de novo, querido?

Barry não está mais no laboratório subterrâneo da ilha na costa do Maine. Ele se descobre sentado a uma escrivaninha familiar, num local de trabalho familiar. Sua cabeça dói, e é uma dor que ele não sentia fazia tempo: o latejar atrás dos olhos como uma forte ressaca.

Ele encara um documento na tela do computador, o relato de uma testemunha de algum crime, e, embora ainda não tenha recuperado nenhuma lembrança desta linha do tempo, começa a entender, com um calafrio de pavor, que está no quarto andar do 24º distrito do Departamento de Polícia de Nova York.

100th Street.

Upper West Side.

Manhattan.

Ele já trabalhou aqui antes. Não só neste prédio, mas neste andar. Nesta sala. E não numa mesa *igual* a essa, mas nesta mesmíssima mesa. Reconhece até a mancha de tinta resultante de um acidente com uma caneta.

Pega o celular para conferir a data: 16 de abril de 2019.

O quarto marco zero da linha do tempo em que Helena morreu no laboratório da Darpa.

O que está acontecendo?

Ele se levanta (consideravelmente mais gordo do que estava no Maine, no Colorado e no Arizona) e sente, dentro do casaco, algo que não usava fazia séculos: um coldre de ombro.

Um silêncio soturno caiu sobre os cubículos do andar inteiro.

Ninguém digita.

Ninguém fala.

É um silêncio atordoante.

Ele olha para a mulher à sua frente, uma policial de quem se lembra de sua vida original, antes de o tempo ser fragmentado pela invenção de Helena. É uma investigadora de homicídios chamada Sheila Redling, que jogava na posição de interbases na liga de softbol da corporação. A melhor jogadora do time. O sangue que escorre do nariz dela suja sua camisa branca, e seu olhar é, inquestionavelmente, o de alguém no mais puro estado de pavor.

O homem do cubículo ao lado dela também sangra pelo nariz e chora em silêncio.

Um tiro estraçalha o silêncio absoluto. Vem do outro lado do andar e é seguido por uma onda de gritos e arquejos que reverbera pelo labirinto de mesas.

Então soa um segundo tiro, desta vez mais próximo.

— *Que porra é essa?* — grita alguém. — *Que porra é essa?!*

Após o terceiro tiro, Barry enfia a mão no casaco para pegar a Glock, pensando que talvez estejam sendo atacados, mas estranha que não haja nenhuma ameaça aparente à sua volta.

Apenas um mar de rostos aturdidos.

Sheila Redling de repente se levanta, saca a arma, encosta o cano na própria cabeça e dispara.

Ela cai, e na mesma hora o homem no cubículo adjacente ao seu pula da cadeira, pega a arma dela no meio da poça de sangue e a enfia na boca.

— Não! — grita Barry.

O homem dispara e cai por cima de Sheila, e é quando Barry se dá conta de que tudo isso faz um sentido terrível. Suas lembranças da linha do tempo anterior são de estar com Helena no litoral do Maine, mas essas pessoas estavam bem no centro de um ataque nuclear a Nova York. As que não morreram estavam sofrendo uma morte terrível, e ainda por cima logo depois de terem o mesmo destino na linha do tempo anterior, onde outro ataque nuclear acabara de acontecer.

Então as lembranças desta linha do tempo desabam sobre ele.

Ele foi morar em Nova York aos vinte e poucos anos e se tornou policial.

Casou-se com Julia.

Galgou os degraus da hierarquia até chegar a investigador da Divisão Central de Roubos.

Refez toda a sua vida original.

Por fim, a compreensão o atinge como um tiro no rim: Helena nunca foi encontrá-lo naquele bar de Portland. Ele nunca a conheceu. Nunca sequer ouviu falar dela. Por algum motivo que Barry desconhece, ela escolheu viver esta linha do tempo sem ele. Ele a conhece apenas em lembranças mortas.

Barry pega o celular para ligar para Helena, tentando se lembrar do número, mas é claro que não será o mesmo. Ele não tem como entrar em contato, e a impotência que essa constatação carrega lhe parece insuportável neste momento, uma avalanche de pensamentos invadindo sua mente:

Isso significa que eles terminaram?

Que ela encontrou outra pessoa?

Que finalmente se cansou de viver os mesmos vinte e nove anos, em looping, com o mesmo homem?

Enquanto mais tiros são disparados ao redor e as pessoas começam a sair correndo, ele pensa na última conversa que tiveram, no Maine, sobre a ideia de Barry de encontrarem Slade.

Concentre-se nisso. Se as suas vidas anteriores servirem de alguma coisa, você sabe que tem pouco tempo até esta cidade virar fumaça.

Bloqueando o caos à sua volta, ele volta com a cadeira para sua mesa.

Uma pesquisa no Google por "Marcus Slade" mostra um obituário no *San Francisco Chronicle*, relatando sua morte por overdose no final do ano passado.

Merda.

O nome que ele procura a seguir é "Jee-woon Chercover", que gera muitos resultados. Jee-woon tem uma empresa de investimentos no Upper East Side chamada Apex Venture. Barry tira uma foto das informações de contato que encontra no site oficial da Apex, pega a chave do carro e corre para a escada.

Faz a ligação enquanto desce os andares.

"Todas as linhas estão ocupadas. Por favor, tente mais tarde..."

Ele dispara pelo lobby ao chegar ao térreo, sai à rua no fim de tarde, chega à calçada da 100th Street sem fôlego, e um novo alerta surge na tela de seu celular:

Alerta de emergência

AMEAÇA DE MÍSSIL BALÍSTICO COM ALVOS MÚLTIPLOS EM TERRITÓRIO AMERICANO. BUSQUE ABRIGO IMEDIATO. ISTO NÃO É UMA SIMULAÇÃO.
Deslize para ler mais

Meu Deus.

Embora tenha lembranças desta linha do tempo, sua identidade engloba, por algumas fugazes horas, todas as suas histórias de vida. Infelizmente, essa perspectiva multilinear vai ter fim assim que o míssil atingir o país.

Ele se pergunta: e se isto for tudo o que resta de sua vida?

Da vida de todos?

Meia hora do mesmo infinito e repetido horror.

Estamos no inferno.

Quinze andares acima, num prédio do outro lado da rua, uma janela se quebra, fazendo chover estilhaços de vidro na calçada, seguida por uma cadeira e, depois, um homem num terno listrado.

O homem cai de cabeça no teto de um carro, cujo alarme dispara um grito lancinante.

Uma horda passa correndo por Barry.

Nas calçadas.

Nas ruas.

Mais homens e mulheres se jogando dos prédios, pois lembram muito bem como é morrer num ataque nuclear.

Uma sirene da defesa civil começa a tocar, e multidões saem correndo dos prédios ao redor como ratos, indo em massa para um estacionamento subterrâneo, em busca de proteção.

Barry pula para dentro do carro e dá partida. A Apex fica no Upper East Side, logo depois do Central Park, pouco menos de seis longos quarteirões de onde ele se encontra agora.

O tráfego segue numa lentidão extrema, congestionado pela aglomeração de gente.

Ele aperta a buzina sem piedade, por fim entrando no Columbus Circle, que está tomado por uma multidão apenas ligeiramente menor.

Indo pela contramão, vira à direita na primeira travessa que aparece, acelerando nas sombras entre os prédios residenciais.

Ele liga a luz e a sirene da polícia e força passagem por mais duas ruas repletas de pessoas histéricas.

Então está acelerando por um caminho para pedestres do Central Park enquanto tenta ligar para a Apex novamente.

Desta vez, o telefone chama.

Atende, por favor...

E chama.

E chama.

Tem gente demais no caminho, então ele dá uma guinada e sobe no gramado, arrasando campos de beisebol onde jogava na juventude.

— *Alô?*

Barry enfia o pé no freio, parando no meio do gramado. Coloca o telefone no viva-voz.

— Quem fala?

— *Jee-woon Chercover. É você, Barry?*

— Como sabe?

— *Imaginei que talvez você fosse me ligar.*

A última vez que Barry teve algum contato com Jee-woon foi no laboratório de Slade, quando ele saiu correndo nu para tentar pegar uma arma, e Barry e Helena o mataram.

— Onde você está? — pergunta Barry.

— *Na minha sala, no 13º andar do meu prédio. Olhando para a cidade. Esperando para morrer mais uma vez, como todos nós. São você e Helena que estão fazendo isso?*

— Estávamos tentando impedir. Preciso encontrar Slade para...

— *Ele morreu no ano passado.*

— Eu sei. Por isso vou ter que perguntar a você: quando Helena e eu encontramos Slade no hotel, ele mencionou que havia um jeito de desfazer lembranças mortas. Uma maneira diferente de retorno na memória. De usar a cadeira.

Silêncio do outro lado da linha.

— *Quando vocês me mataram, você quer dizer.*

— Sim.

— *O que aconteceu depois que...*

— Olha, não temos tempo. Preciso dessa informação, se você souber de alguma coisa. Tenho vivido num loop de trinta e três anos com Helena tentando encontrar um jeito de apagar da memória coletiva a existência da cadeira. Nada está funcionando. É por isso que estamos toda hora alcançando esse momento de apocalipse. E isso vai continuar se repetindo a menos que...

— *O que eu posso lhe dizer é o seguinte, e é só isso o que eu sei: Marcus realmente acreditava que havia uma maneira de restaurar uma linha do tempo de modo que não houvesse lembranças mortas. Ele até fez isso uma vez.*

— Como?

— *Não sei dizer como. Bem, agora preciso ligar para os meus pais. Vejam se dão um jeito nisso. Estamos vivendo um inferno.*

Jee-woon desliga. Barry joga o celular no banco ao seu lado e sai do carro. Senta-se na grama, apoia as mãos nas pernas.

Estão tremendo.

Seu corpo inteiro treme.

Na próxima linha do tempo, ele só vai se lembrar da conversa que acabou de ter com Jee-woon quando chegar a 16 de abril de 2019.

Isso se houver uma próxima linha do tempo.

Um pássaro pousa ali perto e fica paradinho, olhando para ele.

Os prédios do Upper East Side se erguem em volta do Central Park, e a cidade está muito mais barulhenta que o normal: tiros, gritos, as sirenes da defesa civil, das viaturas da polícia, das ambulâncias — tudo se misturando numa sinfonia dissonante.

Uma hipótese surge em sua mente.

Não é boa.

E se Helena tiver morrido naquele período de quatro anos entre 1986 e 1990, antes de encontrá-lo em Portland? Será mesmo possível que o destino da realidade dependa de que uma só pessoa *não* seja atropelada por um ônibus?

E se ela desistiu? E se decidiu levar uma vida normal, nunca construir a cadeira e deixar o mundo se destruir? Ele não poderia culpá-la por essa escolha, mas, neste caso, a próxima transposição de realidade será produzida por alguma outra pessoa. Ou simplesmente não haverá uma nova linha do tempo, caso o mundo seja bem-sucedido em seu propósito de autoaniquilação.

Os prédios ao redor, o campo e as árvores se iluminam com o branco mais intenso que ele já viu — mais até que a explosão em Denver.

Não há som.

O brilho já começa a diminuir, dando lugar ao fogo, que avança veloz da direção do Upper East Side, um calor de uma intensidade excruciante, mas apenas pela fração de segundo que leva para queimar as terminações nervosas no rosto de Barry.

Ao longe, ele vê gente correndo pelo campo, tentando escapar de seu destino final.

Ele se prepara para ser destroçado pelo muro cor de lava, uma avalanche de labaredas e morte que toma rapidamente o Central Park, mas a onda de choque chega antes, lançando-o pelos ares, pelo gramado, a uma velocidade inconcebível. Então, pouco a pouco, Barry começa a perder velocidade.

E mais um pouco.

E mais.

E não só ele.

Tudo.

Ele mantém a consciência enquanto esta linha do tempo desacelera até a imobilidade, deixando-o suspenso a dez metros do solo, cercado por destroços levados pela onda de choque: vidro e aço, uma viatura da polícia, pessoas com o rosto derretendo.

A bola de fogo para a trezentos metros dali, no meio do campo, e o mundo congela bem no momento em que todos os prédios ao redor são evaporados — vidro, mobília, objetos, pessoas, tudo, exceto a estrutura de aço derretendo, sendo lançado num único jato, como um espirro. A gigantesca nuvem de morte que se ergue acima de Nova York a partir do epicentro é pausada após se expandir quinhentos metros em direção ao céu.

O mundo começa a perder a cor, e a estática que ele vê por toda parte enquanto o tempo se esvai desta realidade injeta em sua mente um monte de perguntas:

Se a matéria não pode ser criada nem destruída, para onde vai toda a matéria quando uma linha do tempo deixa de existir? O que aconteceu com a matéria de todas as linhas do tempo mortas que eles deixaram para trás? Estará tudo encapsulado no tempo em dimensões superiores, inalcançáveis? Se for o caso, o que é a matéria sem o tempo? Uma matéria *efêmera*? E qual seria a aparência disso?

Barry percebe uma última coisa antes que sua consciência seja catapultada desta realidade já quase extinta: que essa desaceleração do tempo significa que Helena pode estar viva em algum lugar, morrendo num tanque neste exato segundo, para interromper esta linha do tempo e começar uma nova.

Seu peito se enche de felicidade diante da possibilidade de Helena estar viva, da esperança de que, na próxima realidade, mesmo que por apenas um instante, ele esteja ao lado dela novamente.

Na penumbra, Barry se vê deitado numa cama em um quarto frio. Por uma janela aberta ele ouve o ruído da chuva. Olha o relógio: 21h30. Horário da Europa Ocidental. Cinco horas à frente de Nova York.

Ele se vira na cama para sua esposa, com quem está casado há vinte e quatro anos, lendo ao seu lado.

— São nove e meia — diz ele.

Em sua última vida, ela entrou no tanque de isolamento aproximadamente às 16h35, horário na Costa Leste dos Estados Unidos, o que significa que estão próximos do quinto marco zero de 16 de abril de 2019.

Neste momento, a perspectiva de Barry é de ter vivido uma única vida. Esta. Helena entrou em sua vida quando ele tinha vinte e um anos, num bar de Portland, e eles se tornaram inseparáveis desde então. É claro que ele tem conhecimento de todas as outras quatro vidas que passaram juntos, de seu trabalho juntos, seu amor. Sabe que o dia 16 de abril de 2019 sempre termina com ela morrendo no tanque de isolamento, quando o mundo se lembra da existência da cadeira de memória e de todo o horror que essa tecnologia acarretou. A última linha do tempo eles viveram separados. Helena optou por ficar perto dos pais, em Boulder, onde construiu todo o equipamento sozinha e o utilizou para melhorar a qualidade de vida da mãe quando o Alzheimer se apropriou de sua mente. Mas não fez progresso algum em seu objetivo de impedir a eclosão de lembranças mortas, que, aliás, ela jura que chegarão para ele a qualquer momento. Ela não sabe o que Barry fez com sua vida anterior, nem ele próprio sabe. Por enquanto. Nesta vida, eles deram continuidade à busca por compreender como o cérebro processa as lembranças mortas e foram mais a fundo no estudo da física das partículas relacionada ao funcionamento da cadeira. Até fizeram alguns contatos com o CERN, e esperam poder recorrer a eles na próxima linha do tempo.

Mas a verdade é que, assim como nas iterações anteriores de sua vida em comum, não chegaram nem um pouco mais perto de evitar o cataclismo iminente. São apenas duas pessoas diante de um problema de complexidade assombrosa. Provavelmente intransponível.

Helena fecha o livro e se volta para ele. O tamborilar da chuva nas telhas do solar setecentista em que moram talvez seja o som que Barry mais ama em todo o mundo.

— Tenho medo de que você sinta que eu o abandonei na última linha do tempo, quando recuperar essas lembranças — diz ela. — Que o traí. Mas saiba que, se passei a última linha do tempo longe de você, não foi porque não o amasse ou não precisasse de você ao meu lado. Espero que entenda. Só queria que você pudesse levar uma vida sem o espectro do fim do mundo iminente, e espero que tenha sido feliz. Que você tenha encontrado o amor. Eu não amei mais ninguém. Senti sua falta todos os dias. Precisei de você todos os dias. Me senti mais só do que em todas as minhas muitas vidas.

— Tenho certeza de que você fez o que era preciso. Sei que isso tudo é infinitamente mais difícil para você do que para mim.

Ele olha novamente o relógio quando 21h34 se torna 21h35.

Helena o preparou para tudo que vai acontecer. Avisou da dor de cabeça, da momentânea perda de consciência e de controle. De que imediatamente o mundo ia começar a implodir. Ainda assim, em alguma parte lá no fundo ele ainda não consegue acreditar que vai mesmo acontecer. Não que ache que ela esteja mentindo, é só que é difícil imaginar que os problemas do mundo possam algum dia alcançá-los ali.

Até que sente uma pontada de dor atrás dos olhos.

Aguda, atordoante.

Ele olha para a esposa.

— Acho que está começando.

À meia-noite ele já se tornou o Barry de muitas vidas, embora, estranhamente, o último (o de Nova York) seja o último a chegar. Talvez por serem tantas, as lembranças demoram mais a retornar do que em qualquer outro marco zero.

Ele cai no choro na cozinha, um choro de alegria por Helena ter voltado para ele. Ela se senta em seu colo à mesinha, beija seu rosto, acaricia seu cabelo e lhe pede desculpas, prometendo nunca mais deixá-lo.

— Cacete. Acabei de lembrar — diz Barry.

— O quê?

Ele olha para ela.

— Eu estava certo: existe uma maneira de sair desse looping apocalíptico. Slade realmente descobriu como impedir as lembranças mortas.

— Não estou entendendo.

— Nos momentos finais da última linha do tempo, eu procurei Slade. Ele tinha morrido no ano anterior, mas consegui falar com Jee-woon, que disse que Slade havia voltado e começado uma nova linha do tempo sem produzir o afluxo de lembranças mortas no marco zero.

— Meu Deus. Como?

— Jee-woon não soube me dizer. Ele desligou na minha cara, e depois disso o mundo acabou.

A chaleira começa a chiar no fogão.

Helena se levanta e despeja a água fervente nos infusores de chá das xícaras.

— Na próxima linha do tempo, eu não vou me lembrar disso. Só no marco zero — diz Barry. — Você vai ter que levar essa informação com você.

— Pode deixar.

Eles passam a noite acordados, e só ousam ver as notícias após o nascer do sol. É o mais longe que já permitiram que a linha do tempo se prolongasse depois de atingido o marco zero. Têm a impressão de que todas as armas nucleares do planeta já foram disparadas e que não sobrou uma única cidade americana, russa ou chinesa para contar a história. Até os países aliados dos Estados Unidos tiveram seus principais núcleos urbanos atacados, como Londres, Paris, Berlim e Madri. O alvo mais próximo deles foi Glasgow, trezentos quilômetros ao sul. Mas estão a salvo por enquanto. O vento está soprando a chuva radioativa para a Escandinávia.

Pouco depois do amanhecer, eles saem e atravessam o quintal; é chegado o momento de Helena entrar no tanque de isolamento. Compraram esta propriedade quinze anos atrás e reformaram cada metro quadrado. A casa em si está de pé faz mais de três séculos, e dos campos em volta se vê o Mar do Norte, moldando-se à península do estuário de Cromarty, e, na direção oposta, as montanhas das Terras Altas do Norte escocês.

Choveu a noite inteira, tudo está encharcado.

O sol ainda não se ergueu do mar, mas o céu já se enche de luz. Apesar dos horrores que os noticiários anunciam, tudo em volta parece tão normal que chega a espantar. As ovelhas vendo-os passar enquanto pastam. A quietude fria. O cheiro de terra molhada. O musgo nos muros de pedra. O ruído de seus passos no caminho de cascalho.

Antes de entrarem na edícula revertida em laboratório, ambos se viram para olhar pela última vez para a casa em que investiram suas vidas. De todos os lares que construíram juntos, em todas as linhas do tempo, este foi o que Barry mais amou.

— Então temos um plano, certo? — diz ele.

— Temos.

— Vou entrar com você.

— Por que não aproveita enquanto pode essa vista que você adora?

— Tem certeza?

— Absoluta. É assim que quero deixar você nesta vida.

Ela se despede com um beijo. Ele limpa as lágrimas.

Na vida seguinte, os dois estão caminhando até o estábulo. A noite está agradável e as colinas ondulantes que cercam o vale brilham sob as estrelas.

— Nada, ainda? — pergunta Helena.

— Não.

Enfim chegam ao celeiro, uma construção com vigas expostas, e entram, passando pela selaria e depois cruzando um corredor de baias que não abrigam cavalos há mais de uma década.

A entrada fica oculta atrás de portas de correr. Helena insere a senha, e eles descem a escada em espiral até um porão com isolamento acústico.

A cela que construíram no porão é um espaço pequeno delimitado por duas paredes de pedra e outras duas de vidro reforçado com orifícios para permitir a ventilação. No interior há um vaso sanitário, um chuveiro, uma mesinha e uma cama, na qual está deitado Marcus Slade, lendo.

Ele fecha o livro e se senta, fitando seus captores.

Nesta linha do tempo, Helena e Barry se instalaram no interior do condado de Marin, a meia hora de São Francisco, só para ficarem próximos de Slade e se prepararem para este exato momento. Conseguiram sequestrá-lo antes que ele sofresse a overdose e o trouxeram para o rancho.

Slade acordou na cela construída embaixo do celeiro, que é onde está sendo mantido desde então.

Barry puxa uma cadeira para perto da parede de vidro e se senta.

Helena anda de lá para cá na frente da cela, ansiosa.

Slade apenas observa.

Ainda não lhe explicaram o que querem dele. Não mencionaram as linhas do tempo anteriores nem a cadeira de memória. Nada.

Slade se levanta da cama e se aproxima do vidro, encarando Barry. Usa apenas uma calça de moletom. Sua barba está desgrenhada, seu cabelo é um emaranhado sujo, seus olhos transmitem medo e raiva.

Observando-o através do vidro, Barry não consegue deixar de sentir um pouco de pena, apesar de tudo que Slade fez nas linhas do tempo anteriores. Ele não faz ideia do motivo de ter sido sequestrado. Barry e Helena já juraram várias vezes que não têm intenção alguma de lhe fazer mal, mas, é claro, essas garantias não o tranquilizam muito.

No fundo, Barry se sente extremamente desconfortável com o que estão fazendo, mas, conhecendo a presciência de Helena e o que ela construiu de inacreditável ao desenvolver a tecnologia da imersão em memória, confia nela sem restrições. E confiou inclusive quando ela lhe disse que precisavam sequestrar um homem chamado Marcus Slade antes que ele morresse de overdose em seu loft em Dogpatch.

— E então? Finalmente vieram me dizer por que estão fazendo isso comigo? — pergunta Slade.

— Em instantes você vai entender tudo — responde Helena.

— Mas que merda você...

Seu nariz começa a sangrar. Ele cambaleia para trás, pressionando as têmporas, o rosto contorcido de dor. Então Barry sente uma pontada terrível atrás dos olhos, a cabeça latejando, e se curva de agonia na cadeira.

O marco zero chegou, e os dois homens gemem ao recuperarem as lembranças de todas as suas vidas anteriores.

Agora Slade está sentado na beira da cama. Não há mais medo em seu olhar. Até seus movimentos mudaram, refletindo uma autoconfiança e uma assertividade que não existiam antes.

Ele sorri.

— Barry. É um prazer revê-la, Helena.

Barry está atordoado. Uma coisa é ter ouvido de Helena o que aconteceu em todas as outras linhas do tempo, outra completamente diferente é ter incorporadas as lembranças da filha que perdeu e de assistir à autodestruição do mundo várias vezes seguidas. De morrer em pleno Central Park, atingido pela onda de calor e fogo. Só não se lembra ainda da última linha do tempo. Ele sabe que viveram na Escócia, onde, supostamente, ele teve a ideia de fazerem isso, mas tudo vem devagar, como um medicamento por via venosa.

— Você se lembra do seu hotel em Nova York? — pergunta ele a Slade.

— Claro.

— Lembra-se da noite em que o invadimos? O que você disse a Helena logo antes de morrer?

— Acho que vou precisar de uma pista para essa parte.

— Você disse que as lembranças mortas de linhas do tempo anteriores poderiam ser desfeitas se ela soubesse viajar como você tinha viajado.

— Ah! — Slade volta a sorrir. — Vocês dois construíram a própria cadeira.

— Depois que você morreu naquele hotel, a Darpa assumiu a operação e confiscou tudo que havia por lá — conta Helena. — No início até que correu tudo bem, mas no dia 16 de abril de 2019 de seis linhas do tempo atrás a tecnologia já não era mais segredo. Havia uma infinidade de réplicas do equipamento espalhadas pelo mundo. Os esquemas técnicos vazaram no WikiLeaks. A realidade era transformada a todo momento. Eu voltei trinta e três anos para começar uma nova linha do tempo e assim tentar encontrar uma maneira de impedir o surgimento das lembranças mortas, mas não consegui. Não importa o que a gente faça, o mundo sempre se lembra da cadeira.

— Então vocês estão procurando uma forma de sair desse looping? De apagar as lembranças mortas?

— Isso.

— Por quê?

— Porque aconteceu exatamente o que eu falei que ia acontecer. A caixa de Pandora foi aberta. E eu não sei como fechá-la.

Slade vai até a pia e joga água no rosto.

Volta à parede de vidro.

— Como podemos acabar com as lembranças mortas? — pergunta Helena.

— Numa vida vocês me matam, na outra me sequestram. Minha pergunta é: por que eu ajudaria vocês?

— Porque talvez você ainda tenha algum pingo de decência?

— A humanidade merece uma chance de evoluir e se libertar da prisão do tempo em que vivemos, de alcançar o progresso verdadeiro. A realização da sua vida, Helena, foi construir essa tecnologia. A minha foi dá-la à humanidade.

Barry sente uma onda de raiva.

— Marcus, preste atenção — diz ele. — Não está havendo progresso algum. Neste exato momento, o mundo está se lembrando da existência da cadeira da memória, e essas lembranças mortas vão levar a um apocalipse nuclear.

— Como?

— Os países inimigos dos Estados Unidos acreditam que estamos alterando a história.

— Sabe o que isso está me parecendo? — diz Slade. — Pura invenção.

Barry se levanta e se aproxima do vidro.

— Eu vi horror suficiente para mil vidas. Helena e eu quase fomos mortos em Denver num ataque de mísseis, eu vi Nova York ser vaporizada. Centenas de milhões de pessoas têm na memória quatro ocasiões diferentes em que morreram num holocausto nuclear.

Helena mostra o celular a Barry.

— Acabei de receber o alerta. Tenho que ir para o laboratório.

— Espere um segundo — pede Barry.

— Estamos perto demais de São Francisco. Já conversamos sobre isso.

Barry lança um olhar de fúria para Slade pelo vidro.

— Qual é essa maneira especial de viajar na memória?

Slade recua um passo e se senta novamente na cama.

— Eu vivi quase setenta anos para lhe perguntar isso, e você vai ficar aí olhando para o chão? — insiste Barry.

Ele sente Helena tocar seu ombro.

— Eu *tenho* que ir.

— Espere.

— Não *posso*. Você sabe disso. Eu te amo. Vejo você na extremidade do mundo. Vamos continuar a pesquisar sobre os miniburacos de minhoca. Acho que é o que nos resta, certo?

Barry se vira para dar um beijo em Helena, que sobe correndo a escada em espiral, seus passos ecoando nos degraus de metal.

Então Barry se vê sozinho com Slade no porão.

Barry mostra a ele o alerta de emergência no celular, avisando da ameaça de míssil balístico.

Slade sorri.

— Como eu disse, vocês me mataram, me sequestraram, devem estar mentindo para mim ago…

— Juro que estou dizendo a verdade.

— Prove. Me dê uma prova de que essa não é uma mensagem falsa que você mesmo mandou para o seu celular. Ou eu vejo com meus próprios olhos, ou você que vá à merda.

— Não temos tempo.

— Eu tenho todo o tempo do mundo.

Barry pega a chave, vai até a porta de vidro e abre a cela.

— Que foi? — pergunta Slade. — Acha que pode arrancar essa informação de mim na base do soco?

Com certeza, não tem nada que daria mais prazer a Barry do que bater com o crânio de Slade na parede de pedra até não sobrar nada.

— Vamos — diz ele.

— Aonde?

— Vamos assistir juntos ao fim do mundo.

Eles sobem a escada, passam pelas baias, saem do celeiro e sobem a encosta coberta de capim alto até estarem num ponto bem elevado.

A lua ilumina os campos abaixo. Quilômetros e quilômetros dali, a oeste, a extensa superfície escura do oceano Pacífico cintila.

Ao sul, as luzes da Baía de São Francisco brilham.

Eles ficam em silêncio por um tempo.

— O que fez você matar Helena naquela primeira linha do tempo? — pergunta Barry, por fim.

Slade suspira.

— Eu não era nada. Um ninguém. Tinha jogado minha vida fora. E então surgiu... mais que uma oportunidade. Uma dádiva. A chance de recomeçar do zero. Pense o que quiser, mas se tem uma coisa que eu fiz foi não guardar a cadeira só para mim.

Uma bola de luz de um branco cegante desabrocha perto da Golden Gate, derramando sobre o céu e o mar um brilho mais forte que o mais intenso sol de meio-dia. A explosão é tão cegante que Barry vira o rosto instintivamente. Quando ele olha de novo, uma onda de choque varre a baía e o parque Presidio, expandindo-se em direção ao Distrito Financeiro.

Quando uma segunda ogiva explode acima de Palo Alto, Barry olha para Slade.

— Quantas pessoas você acha que acabaram de morrer nessa fração de segundo? Quantas mais imagina que vão sofrer uma morte agonizante por envenenamento radioativo nas próximas horas se Helena não anular esta linha do tempo? O que está acontecendo aqui em São Francisco está acontecendo no país inteiro, e nas principais cidades dos países aliados aos Estados Unidos. E nós estamos descarregando todo o nosso arsenal na Rússia e China. Foi a isto que seu grandioso sonho nos trouxe. E é a quinta vez que acontece. Então como é que você pode ficar aí sentado, sabendo que tem o sangue de todas essas pessoas nas mãos? Você não está ajudando a humanidade a evoluir, Marcus. Está causando um suplício interminável. Depois disso, não haverá futuro para nossa espécie.

Slade assiste, sem expressão, a duas torres de fogo se erguerem no céu como tochas. As luzes de São Francisco, Oakland e San José se extinguiram, mas as cidades ardem como as brasas de uma fogueira.

A explosão da primeira ogiva os atinge, e, a essa distância, soa como um canhão ecoando nas encostas do morro. O impacto faz o chão tremer.

Slade esfrega os braços.

— Vocês têm que voltar ao primeiro acontecimento — diz ele.

— Nós tentamos isso. Várias vezes. Helena voltou a 1986 e...

— Pare com esse pensamento linear. Não é para voltarem ao início desta linha do tempo. Nem das últimas cinco ou seis. Vocês têm que voltar ao evento que começou tudo isso, e ele está na linha do tempo original.

— A original só existe em memórias mortas.

— Exatamente. Vocês têm que voltar a ela e reiniciá-la. É o único jeito de impedir que as pessoas lembrem.

— Mas não tem como mapear uma lembrança morta.

— Vocês já tentaram?

— Não.

— É a coisa mais difícil que você vai fazer na vida. E provavelmente não vai conseguir, o que significa que você vai morrer. Mas *é* possível.

— Como você sabe?

— Helena descobriu como fazer isso quando estávamos na plataforma.

— Não é verdade. Se ela soubesse como, já teríamos...

Slade ri.

— Pensa comigo, Barry. Como você acha que eu sei que funciona? Assim que descobrimos a técnica, eu a coloquei em prática. Voltei para uma lembrança morta de um momento pouco antes de ela descobrir isso e anulei aquela linha do tempo. E então... — Ele estala os dedos. — Puf! Adeus, descoberta. Nem ela, nem ninguém se lembrava.

— Por quê?

— Porque qualquer um que soubesse disso poderia fazer exatamente o que você está propondo agora. Qualquer um poderia tirar a cadeira de mim, fazer com que ela nunca tivesse existido. — Quando ele olha no fundo dos olhos de Barry, é possível ver refletido em suas pupilas a luz das chamas consumindo as cidades ao longe. — Eu não era nada. Um viciado. Joguei minha vida no lixo. A invenção da cadeira me tornou especial, me deu a chance de fazer algo que mudaria o curso da história. Eu não podia colocar tudo isso em risco. — Ele balança a cabeça, sorri. — E há certa elegância na solução, você não acha? Usar a descoberta para anular a própria descoberta.

— Qual foi o evento que deu início a tudo isso?

— Eu matei Helena no dia 5 de novembro de 2018, na linha do tempo original. Volte à data mais próxima possível disso... e me impeça.

— Como é que...

Mais um clarão, cento e cinquenta quilômetros ao sul, ilumina o mar inteiro.

— Rápido — diz Slade. — Se não alcançá-la antes que ela morra no tanque, só vai se lembrar do que acabei de lhe dizer na próxima...

Barry já está correndo morro abaixo, até a casa, pegando o celular do bolso, caindo, levantando-se de qualquer jeito, conseguindo finalmente ligar para Helena.

Ele leva o aparelho ao ouvido sem parar de correr em direção às luzes de casa.

Chama.

Chama.

A onda de som da segunda explosão o alcança.

O telefone continua chamando.

Cai na caixa postal.

Ele joga o aparelho no chão ao chegar ao pé do morro, o suor fazendo seus olhos arderem, a casa logo adiante.

— Helena! — grita Barry. — Espere!

É uma gigantesca casa de campo, erguida junto a um riacho que serpenteia pelo vale.

Barry sobe voando os degraus da varanda e irrompe porta adentro, chamando Helena aos berros enquanto atravessa a sala, derrubando uma mesinha lateral e um copo d'água, que se despedaça no chão.

Pega o corredor da ala leste, passa pela suíte principal, em direção ao fim do hall, onde fica a porta blindada do laboratório. Está aberta.

— Helena! Pare!

Barry desce aos tropeços os degraus para o laboratório subterrâneo que abriga a cadeira da memória e o tanque de isolamento. Eles têm a resposta. Ou pelo menos algum norte para fazer uma nova tentativa que não vai levar mais trinta e três anos. O olhar no rosto de Slade, brilhando à luz das explosões nucleares distantes, não era o olhar de quem está mentindo, mas de alguém que de repente compreende o que fez. A dor que está causando.

Ao descer o último degrau para o laboratório, Barry não vê Helena em parte alguma, o que significa que ela já está no tanque. As telas do terminal confirmam isso; em uma delas pisca uma mensagem em vermelho: LIBERAÇÃO DE DMT DETECTADA.

Ele chega ao tanque, leva as mãos à escotilha, pronto para abri-la...

O mundo desacelera, estanca.

O laboratório perde a cor.

Barry está gritando por dentro, precisa impedir isso, eles têm a resposta.

Mas não consegue se mexer, não consegue falar.

Helena se foi, levando consigo esta realidade.

Ele se vê deitado de lado na escuridão completa.

Ao se sentar, o movimento aciona um painel de luz acima, fraca a princípio, mas aos poucos ficando mais forte, soprando vida a um pequeno cômodo sem janelas que tem, além da cama, uma cômoda e um criado-mudo.

Ele afasta os cobertores e se levanta, ainda sem muita firmeza.

Vai até a porta e sai para um corredor estéril. Após quinze metros, Barry se depara com uma interseção que dá para três outros corredores e que se abre do outro lado para uma área de estar um nível abaixo.

Ele vê uma cozinha.

Mesas de pingue-pongue e de sinuca.

Uma televisão grande com o rosto de uma mulher pausado na tela. Reconhece vagamente esse rosto, mas não consegue evocar seu nome. Sua história de vida está bem ali, logo abaixo da superfície, mas lhe escapa.

— Olá?

Sua voz ecoa pela estrutura.

Nenhuma resposta.

Ele segue pelo corredor principal, passando por uma placa afixada à parede antes do próximo corredor.

Corredor 2 – 2º andar – Laboratório

E outro:

Corredor 1 – 2º andar – Escritórios

Então desce a escada para o térreo.

Em frente há um vestíbulo que fica mais frio a cada passo que ele dá e termina numa porta tão complexa que mais parece a entrada de uma espaçonave.

Um painel digital na parede ao lado exibe as condições climáticas, atualizadas em tempo real, do exterior:

Vento: NE 56,2 mi/h; 90,45 km/h
Temp: -51,9 ºF; -46,6 ºC
Sensação térmica: -106,9 ºF; -77,2 ºC
Umidade: 27%

Seus pés estão congelando dentro das meias, e ele ouve o vento gemer como um fantasma. Leva a mão à maçaneta e, seguindo as instruções visuais, empurra para baixo e gira no sentido anti-horário.

Uma série de trancas se retrai, a porta agora livre para girar nas dobradiças.

Quando ela abre, uma lufada do ar mais frio que já sentiu, uma sensação que vai além da temperatura, acerta seu rosto. É como unhas arrancando sua pele. Ele sente imediatamente os pelos do nariz congelarem e, quando inspira, engasga com a dor do ar descendo pelo esôfago.

Pela escotilha aberta vê um passadiço pelo qual se desce até o gelo, o mundo mergulhado em escuridão, e as agulhas de neve rodopiando no ar dão a sensação de perfurar seu rosto como estilhaços de projéteis.

A visibilidade é de menos de quinhentos metros, mas o luar permite distinguir minimamente outras estruturas nas proximidades. Uma série de grandes tanques cilíndricos que ele suspeita fazerem parte de uma estação de tratamento de água, uma torre oscilante que deve ser algum tipo de guindaste pórtico ou uma perfuratriz, um telescópio fechado para se proteger da tempestade, veículos de esteira em tamanhos variados.

Ele não aguenta mais. Puxa a porta com os dedos já começando a endurecer e faz força para fechá-la. As trancas disparam. O grito do vento volta a ser um prolongado gemido fantasmagórico.

Saindo do vestíbulo, ele caminha sob as luzes da base imaculada e aparentemente vazia, o rosto ardendo ao recuperar a sensibilidade após um quase princípio de ulceração pelo frio.

Neste momento ele é um homem sem memória, e a sensação de estar à deriva no tempo é de um terror existencial esmagador. Como despertar de um sono agitado, quando as fronteiras entre realidade e sonho ainda são difusas, um mundo povoado por espectros.

Tudo que ele tem é seu primeiro nome e uma consciência de si mesmo meio fora de foco.

Na sala com a televisão ele vê uma caixa de DVD aberta e um controle remoto. Senta-se num dos sofás, pega o controle e aperta o play.

A mulher na tela está sentada exatamente onde ele se encontra agora. Ela tem um cobertor sobre os ombros e uma xícara de chá fumegante na mesa à sua frente.

Ela sorri para a câmera e afasta uma mecha de cabelo branco do rosto. Barry sente o coração dar um salto ao vê-la.

— *Isso é esquisito.* — Ela dá um riso nervoso. — *Você deve estar vendo isto no dia 16 de abril de 2019, nosso dia preferido da história. Acabou de recuperar sua consciência e suas lembranças da última linha do tempo. Ou pelo menos é o que deveria acontecer. A cada nova iteração suas lembranças têm voltado mais* lentas e mais erráticas. Às vezes vidas inteiras não retornam. Por isso estou gravando este vídeo. Primeiro, para lhe dizer que não tenha medo, já que você deve estar tentando entender o que faz numa base de pesquisa na Antártica. E, segundo, porque quero dizer uma coisa ao Barry que se lembra de todas as linhas do tempo, que é bem diferente daquele com quem estou vivendo agora. Então, por favor, pause o vídeo e espere até as lembranças chegarem.

Ele pausa o vídeo.

Está tudo tão quieto.

Nada além do rugido do vento.

Ele vai à cozinha e, enquanto está preparando café, sente um aperto no peito.

Uma tempestade de emoções se anuncia no horizonte.

Sente uma pontada de dor na base do crânio, e seu nariz começa a sangrar.

O bar em Portland.

Helena.

Aos poucos revelando quem era.

Os dois comprando esta antiga base de pesquisa, na virada do milênio.

Eles a reformaram, depois trouxeram a cadeira e todos os componentes em um 737 fretado que fez uma aterrissagem penosa na pista do terreno polar.

Trouxeram também uma equipe de especialistas em física de partículas com quem aparentemente haviam colaborado numa linha do tempo anterior, mas que não tinham ideia da verdadeira natureza da pesquisa deles. Extraíram núcleos de gelo de meio metro de diâmetro de uma profundidade de dois mil e quinhentos metros na calota polar e inseriram fotossensores ultrassensíveis quase dois quilômetros abaixo. Eram sensores projetados para detectar neutrinos, uma das partículas mais enigmáticas do universo. Neutrinos não têm carga, raramente interagem com a matéria normal e geralmente surgem em emissões provocadas por eventos astronômicos (que, por consequência, são uma forma de detectá-los) como supernovas, colapsos gravitacionais e buracos negros. Quando um neutrino atinge um átomo na Terra, cria-se uma partícula chamada múon, capaz de se deslocar por matérias sólidas numa velocidade superior à da luz, levando o gelo a emitir luz. Essas ondas de luz provocadas por múons ao atravessarem o gelo sólido eram o que eles estavam procurando.

A teoria de Barry, que ele vinha desenvolvendo havia muitas linhas do tempo, era de que, se realmente miniburacos negros e miniburacos de minhoca sur-

gem e desaparecem num flash quando a consciência de uma pessoa retorna a uma lembrança, esses fotossensores registrariam as ondas de luz emitidas pelos múons criados por neutrinos que penetraram no núcleo de átomos na Terra ao serem expelidos de buracos negros.

Eles não chegaram a lugar algum.

Não descobriram nada.

A equipe de físicos voltou para casa.

Seis linhas do tempo buscando uma compreensão mais profunda da cadeira da memória, e tudo que conseguiram foi adiar o inevitável.

Ele volta a olhar para Helena na tela, paralisada no meio de um gesto.

Agora vêm as lembranças de linhas do tempo anteriores. Arizona, Denver, o litoral escarpado do Maine. A vida sem ela em Nova York, a vida com ela na Escócia. Mas ainda há lacunas. Ele tem flashes da última linha do tempo, quando viveram perto de São Francisco, mas ela está incompleta — não se recorda dos últimos dias, quando a cadeira voltou à memória do mundo.

Ele dá play novamente.

— *Lembrou? Ótimo. Se você está me vendo agora, é porque não estou mais viva.*

As lágrimas escorrem pelo seu rosto. É uma sensação muito estranha. Embora o Barry desta linha do tempo saiba que ela morreu, os Barrys das anteriores sentem a dor de perdê-la pela primeira vez.

— *Sinto muito, amor.*

Ele se lembra do dia, oito semanas atrás. Àquela altura, a mente de Helena já estava tão debilitada que era quase como uma criança. Barry tinha que alimentá-la, vesti-la, banhá-la.

Mas ainda pior foi o período que antecedeu sua fase final, quando ainda lhe restavam funções cognitivas suficientes para ter consciência do que estava acontecendo consigo. Em seus momentos lúcidos, ela descrevia a sensação, dizendo que era como estar perdida numa floresta no meio de um sonho: sem identidade, sem noção de quando ou onde estava. Ou então dizia ter absoluta certeza de que tinha quinze anos e morava com os pais em Boulder, tentando se localizar no ambiente e em si mesma. Muitas vezes ela se perguntava se era assim que a mãe se sentira durante o último ano de vida.

— *Esta vida, antes de minha mente se esgotar, foi a melhor de todas. A melhor de toda a minha longa existência. Lembra aquela viagem que fizemos,* acho que na nossa primeira vida juntos, para ver a marcha dos pinguins-imperadores? Lembra como nos apaixonamos por este continente, porque nos sentíamos como as únicas pessoas no planeta? Até que é apropriado, não? — Ela desvia o olhar da câmera. — Que foi? Não fique com ciúme. Você vai assistir a isto um dia. E vai carregar a lembrança de cada momento que passamos juntos, todos os cento e quarenta e quatro anos.

Ela volta a olhar para a câmera.

— Preciso lhe dizer, Barry, que eu não teria chegado até aqui se não fosse por você. Não teria conseguido insistir em tentar impedir o inevitável. Mas estamos fazendo isso hoje. Como você já sabe a esta altura, não consigo mais mapear minhas lembranças. Assim como Slade, usei demais a cadeira. Eu não vou mais voltar. E, mesmo que você retornasse a um ponto da linha do tempo em que minha consciência ainda fosse jovem e intocada, não há como garantir que me convenceria a construir a cadeira. Além do mais, de que adiantaria? Nós tentamos de tudo. Física, farmacologia, neurologia. Até tentamos extrair informações de Slade. É hora de admitir nosso fracasso e deixar que o mundo se destrua, já que parece tão empenhado a fazer isso.

Barry vê a si mesmo surgir na tela e se sentar ao lado de Helena. Passa o braço ao redor dos ombros dela, que se aninha, deita a cabeça em seu peito. Que sensação surreal, lembrar-se daquele dia em que ela decidiu gravar uma mensagem para o Barry que um dia se fundiria à consciência dele.

— Temos quatro anos até o apocalipse.

— Quatro anos, cinco meses e oito dias — acrescenta o Barry da tela. — Sim, estou contando.

— Vamos passar esse tempo juntos. Você tem essas lembranças agora. Espero que sejam boas.

São.

Antes de a mente dela se dissolver completamente, eles tiveram dois bons anos, que viveram livres do fardo de tentar impedir a destruição do mundo. Foram anos de uma vida simples e tranquila. Caminhadas pelo gelo para ver a aurora austral. Jogos e filmes e refeições a quatro mãos ali na base. Viagens ocasionais à Ilha Sul da Nova Zelândia ou à Patagônia. O mero prazer de estarem juntos. Mil pequenos momentos, mas o suficiente para fazer a vida valer a pena.

Helena tem razão. Também foram os melhores anos da sua vida.

— É estranho — diz ela. — *Você está vendo isto agora, imagino que daqui a quatro anos, embora eu tenha certeza de que vai assistir a este vídeo antes disso, para ver meu rosto e ouvir minha voz depois que eu me for.*

É verdade. Ele fez isso.

— *Mas meu momento parece tão real para mim quanto o seu parece para você. Serão ambos reais? É apenas nossa consciência que o torna real? Imagino você sentado aí do outro lado, daqui a quatro anos, embora você esteja bem ao meu lado neste momento, no meu momento, e sinto como se pudesse enfiar o braço pela câmera e tocar você. Queria poder fazer isso. Eu fiz experimentos por mais de dois séculos, e, no fim, acho que Slade tinha razão quando disse que o modo como processamos a realidade e como vivemos o tempo de um momento para outro é um mero acaso da evolução. O modo como diferenciamos o passado, o presente e o futuro. Mas, graças à nossa inteligência, temos consciência da ilusão, mesmo enquanto vivemos sob seus efeitos, e assim, em momentos como este, em que posso imaginar você sentado exatamente onde estou agora, me ouvindo, me amando, sentindo minha falta, isso nos tortura. Porque estou presa neste momento, e você está preso no seu.*

Barry seca as lágrimas, sentindo o peso emocional dos últimos dois anos passados com ela e desses dois meses que passou sozinho. Ele só esperou o sétimo marco zero desta linha do tempo para ver como é ser uma pessoa com inúmeras histórias de vida. Como é entender a si mesmo plenamente. Uma coisa é ouvir que você teve uma filha, outra totalmente diferente é se lembrar da risada dela, do instante em que a pegou no colo pela primeira vez. A carga de todos os momentos é demais para aguentar.

— *Não volte para me salvar, Barry.*

Ele já fez isso. Na manhã em que se virou na cama e a encontrou morta ao seu lado, Barry usou a cadeira para passar mais um mês com ela. E, quando ela morreu de novo, ele voltou de novo. E de novo. Matou-se dez vezes no tanque para postergar o silêncio e a solidão gigantescos da vida sem Helena neste lugar.

— *"Agora ele se despediu deste estranho mundo antes de mim. Isso não significa nada. Pessoas como nós, que acreditam na física, sabem que a distinção entre passado, presente e futuro é apenas uma ilusão persistente." Foi Einstein quem disse isso, sobre o amigo Michele Besso. Lindo, não é? Acho que ele tinha razão.*

O Barry da tela está chorando.

O Barry deste momento está chorando.

— *Eu diria que valeu a pena construir sem querer um equipamento que destruiu o mundo só por ele ter trazido você para minha vida, mas acho que não pegaria bem. Se no dia 16 de abril de 2019 você acordar e o planeta não implodir sob o peso da memória, espero que siga em frente sem mim e que tenha uma vida incrível. Corra atrás da sua felicidade. Você a encontrou comigo, então ela é alcançável. Mas, se o mundo se lembrar de tudo, nós fizemos o que estava ao nosso alcance, e se você se sentir só no fim, Barry, saiba que estou com você. Talvez não no seu momento, mas neste. Eu te amo.*

Ela dá um beijo no Barry ao seu lado e manda um beijo para a câmera.

A tela fica preta.

Ele liga no noticiário, vê cinco segundos de um âncora da BBC apavorado informando que o território continental dos Estados Unidos foi atingido por vários milhares de ogivas nucleares e desliga a televisão.

Barry cruza o vestíbulo em direção à porta que o separa do frio letal.

Está recordando uma lembrança muito antiga que tem de Julia. Ela era jovem, assim como ele. Meghan estava lá, os três acampando no lago Tear of the Clouds, no alto das montanhas Adirondacks.

É como se ele pudesse tocar o momento, de tão próximo. O cheiro das árvores, a risada da filha. Mas a dor da lembrança é uma nuvem negra em seu peito.

Nos últimos tempos ele tem lido os grandes filósofos e físicos. De Platão a Aristóteles. Do tempo absoluto de Newton à cosmologia relativística de Einstein. Uma verdade parece estar emergindo da cacofonia de teorias e filosofias: ninguém tem a menor ideia do que constitui a realidade. Santo Agostinho exprimiu perfeitamente isso, ainda no século IV: "O que é o tempo, então? Se ninguém me perguntar, eu sei; mas, se explicar a alguém que me pergunte, não sei."

Tem dias em que é como se um rio fluísse por ele; outros, como se estivesse deslizando por uma superfície. Às vezes ele tem a sensação de que algo já aconteceu e que está apenas vivendo lâminas incrementais, momento a momento, sua consciência como a agulha nas ranhuras de um disco já gravado: início, meio e fim.

Como se nossas escolhas — nosso destino — estivessem definidos desde nosso primeiro fôlego.

Ele observa o painel perto da porta:

Vento: ameno
Temp: -83,9 ºF; -64,4 ºC
Sensação térmica: -83,9 ºF; -64,4 ºC
Umidade: 14%

No entanto, numa noite como esta, com a mente inquieta e sonhos com fantasmas, o tempo parece secundário em relação à verdadeira força motora: a memória. Talvez a memória seja a matéria fundamental, aquela da qual o tempo emerge.

A dor da lembrança passou, mas ele não se afeta por esses episódios. Já viveu o suficiente para saber que essa dor só existe porque, muitos anos atrás, numa linha do tempo morta, ele viveu um momento perfeito.

Não importa que horas são. Pelos próximos seis meses vai ser sempre noite.

O vento parou, mas a temperatura caiu vertiginosamente, agora na casa dos sessenta graus negativos. A base de pesquisa fica a um quilômetro, o único borrão de luz artificial no vasto deserto polar.

Não há traços na paisagem. De onde ele está, vê apenas uma planície lisa e branca de gelo esculpido pelo vento se estendendo para todos os lados.

Ali, sentado completamente só na perfeita imobilidade, parece impossível que o resto do mundo esteja se despedaçando. Mais estranho ainda é que tudo isso se deva a uma invenção acidental da mulher que ele ama.

Ela está enterrada no gelo, um metro e vinte centímetros abaixo dele, num caixão que Barry construiu com sobras de madeira da oficina. Ele fez uma pequena lápide com o melhor pedaço de carvalho que encontrou e entalhou um breve epitáfio — foi o que o moveu nos últimos dois meses.

Helena Gray Smith
Nascida em 19 de julho de 1970, em Boulder, Colorado
Falecida em 14 de fevereiro de 2019, na Antártica Oriental
Uma mulher brilhante, corajosa e linda
Amada por Barry Sutton
Salvadora de Barry Sutton

Ele contempla o horizonte.

Nem um sopro de vento sequer.

Nada se move.

Um mundo perfeitamente congelado.

Como se suspenso no tempo.

Meteoros cruzam o céu, e as Luzes do Sul acabam de começar sua dança, uma fita cintilante de verde e amarelo.

Barry espia pela borda do buraco escavado no gelo, ao lado do de Helena. Inspira o ar glacial, depois desliza a perna pela borda e desce.

Seus ombros tocam as laterais, no espaço que abriu entre sua cova e a de Helena, consegue tocar o caixão improvisado.

Como é bom estar novamente perto dela. Ou do que um dia foi Helena.

Os limites do túmulo dele emolduram o céu noturno.

Olhar para o universo da Antártica é como olhar para o universo de dentro do universo. Numa noite como esta — sem vento, sem tempestades, sem lua —, a mancha da Via Láctea parece mais uma fogueira celeste, uma explosão de cores que não se vê de qualquer outra parte do globo.

O espaço sideral é uma das poucas dimensões em que o tempo faz sentido para ele. Barry sabe que, tecnicamente, quando olha para determinado objeto, está olhando para o passado. Mesmo ao olhar para a própria mão, a luz leva um nanossegundo (um bilionésimo de segundo) para levar aquela imagem aos olhos. Quando ele olha para a base de pesquisa, a um quilômetro, vê a estrutura que existia 2.640 nanossegundos atrás.

Parece instantâneo, e, para todos os efeitos, de fato é.

Mas, quando Barry olha para o céu noturno, está vendo estrelas cuja luz levou um ano, ou um século, ou um milênio para alcançá-lo. A luz que os telescópios que sondam o espaço veem tem dez bilhões de anos de idade, emitida por estrelas que se aglutinaram logo após o surgimento do universo.

Ele está olhando para trás, não apenas através do espaço, mas também do tempo.

Sente mais frio do que durante o caminho até ali, mas não o suficiente. Vai ter que abrir a parca e tirar algumas camadas de roupa.

Barry se senta, tira o revestimento externo da luva direita e leva a mão ao bolso.

Pega um cantil de uísque, que se manteve líquido graças ao contato com o corpo e ao ar entre as camadas de roupa. A temperatura ali fora é mais do que suficiente para fazê-lo congelar em menos de um minuto.

Em seguida, ele pega o frasco de oxidocona. Contém cinco comprimidos de vinte miligramas, que, se não o matarem direto, certamente o deixarão em uma letargia profunda enquanto o frio termina o serviço.

Ele abre o frasco e enfia os comprimidos na boca, engolindo-os com vários goles de uísque gelado, mas que ainda assim aquece ao chegar ao estômago.

Barry imaginou este momento obsessivamente desde a morte de Helena.

A solidão tem sido insuportável, e no mundo não resta nada que lhe interesse, isso se o mundo continuar a existir. Nem lhe interessa mais saber o que vai acontecer.

Ele se deita novamente na cova, decidindo esperar para abrir o casaco só quando sentir os primeiros efeitos da droga, e é então que a lembrança chega.

Achava que tivesse recuperado todas, mas agora lhe vêm os últimos momentos da última linha do tempo.

Slade dizendo:

— *Vocês têm que voltar ao primeiro acontecimento.*

— *Nós tentamos isso. Várias vezes. Helena voltou a 1986 e...*

— *Pare com esse pensamento linear. Não é para voltarem ao início desta linha do tempo. Nem das últimas cinco ou seis. Vocês têm que voltar ao evento que começou tudo isso, e ele está na linha do tempo original.*

— *A original só existe em memórias mortas.*

— *Exatamente. Vocês têm que voltar a ela e reiniciá-la. É o único jeito de impedir que as pessoas lembrem. Eu matei Helena no dia 5 de novembro de 2018, na linha do tempo original. Volte à data mais próxima possível disso... e me impeça.*

Cacete.

Ele se lembra de correr morro abaixo, entrar na casa, gritar o nome dela. Lembra-se das suas mãos paralisadas na escotilha do tanque enquanto a linha do tempo era interrompida.

E se Slade estiver certo? E se aquelas antigas linhas do tempo ainda existirem em algum lugar? Sua lembrança do Tear of the Clouds, por exemplo: ele vê o rosto de Julia e Meghan claramente. Lembra-se da voz delas. E se ele pudesse reiniciar uma lembrança morta pela pura força de sua consciência soprando vida e fogo no cinza?

Será que isso também arrastaria a consciência de todo o restante do planeta de volta àquela linha do tempo morta?

Se ele conseguisse voltar, não apenas para uma linha do tempo anterior, mas para a original, não haveria lembranças falsas de linhas do tempo posteriores, tampouco das anteriores na cronologia padrão.

Porque não há linhas do tempo antecedendo a original.

Seria como se tudo isso jamais tivesse acontecido.

Ele já tomou os comprimidos. Provavelmente tem meia hora ou pouco mais antes que a droga faça efeito.

Senta-se no túmulo, totalmente desperto.

A mente acelerada.

Talvez Slade estivesse mentindo, mas ficar ali, matar-se ao lado do corpo de Helena enquanto pensa no que viveram juntos, não seria o mesmo tipo de nostalgia fetichizante que ele fez com Meghan? Apenas mais um produto de seu desejo pelo passado inalcançável?

De volta à base, Barry pega um capacete e o tablet que controla remotamente o computador. Então se instala na cadeira e ajusta o microscópio MEG, que começa a emitir um zunido baixinho.

Veio correndo em disparada, um quilômetro desde o túmulo de Helena, e calcula que lhe restam entre dez e quinze minutos até começar a sentir os primeiros efeitos da oxidocona.

Repassou mentalmente os eventos da linha do tempo original várias vezes — Julia, Meghan, a morte da filha, o divórcio, sua vida como policial em

Nova York. As lembranças mortas se sobrepõem umas às outras, cada vida se manifestando em sua mente como uma pintura cinza e difusa. O problema é que, quanto mais antiga a linha do tempo, mais escura ela é, como uísque envelhecido em barril. Finalmente, acessa a primeira linha do tempo — a escuridão de seus tons equiparável ao filme *noir* mais lúgubre, mas carrega a gravidade palpável da original.

Ele pega novamente o tablet e abre um novo arquivo para começar a gravar a lembrança.

Seu tempo está se esgotando.

Não tem lembranças de 5 de novembro de 2018. É apenas a data apontada por Slade e mencionada por Helena numa conversa que tiveram muitas, muitas vidas atrás.

Mas 4 de novembro é o aniversário de Meghan. Barry sabe exatamente onde estava.

Aperta *gravar* e lembra.

Quando termina essa parte, aguarda o programa calcular a quantidade de sinapses. Se for um número muito baixo, terá que mexer no software e desativar o firewall, e isso levaria um tempo que ele não tem.

Um número aparece na tela do tablet.

121.

No limite.

Barry prende o cateter no braço esquerdo e carrega o dispositivo com o coquetel de drogas.

Enquanto programa a sequência de reativação, tem a impressão de que está começando a sentir os primeiros efeitos da oxidocona, mas logo está nu e entrando no tanque.

Boiando de costas, puxa a escotilha e a fecha.

Os pensamentos que cruzam sua mente seguem em todas as direções.

Isso não vai dar certo, você vai só morrer neste tanque.

Foda-se o mundo, salve Meghan.

Volte lá pra fora e morra ao lado da sua esposa, como planejou há dois meses.

Não desista agora. Por Helena.

Ele sente uma leve vibração no braço esquerdo. Fecha os olhos e respira fundo, temendo que seja seu último suspiro.

BARRY

O mundo é imóvel como uma pintura — sem movimento, sem vida, mas também sem cor, e, no entanto, ele está ciente da própria existência. Só consegue ver na direção para a qual está virado, observando mesas dispostas próximas ao rio, a água quase negra.

Tudo está paralisado.

Tudo em tons de cinza.

Em frente, um garçom que é um vulto escuro, como uma silhueta, traz um jarro de água gelada.

Pessoas ocupam mesas debaixo de guarda-sóis, paralisadas no momento enquanto riem, comem, bebem, levam um guardanapo à boca. Mas não há movimento. Mais parecem elementos de uma cena entalhada num vaso decorativo.

Ali está Julia, já sentada à mesa. Está esperando por ele, o rosto tomado por uma expressão pensativa e ansiosa, e Barry tem a terrível impressão de que ela vai esperar para sempre.

Isso não se assemelha em nada ao processo de retornar a uma lembrança viva, que é como lentamente encarnar em si mesmo enquanto se é inundado pelas sensações. É *imergir* em ação, em energia.

Aqui, não há nada.

É quando Barry se dá conta: está finalmente num momento do *agora*.

Muito embora não saiba o que ele é ou se tornou, Barry nota uma liberdade de movimento que nunca experimentou antes. Não está mais num espaço tridimensional, e se pergunta se foi isso o que Slade quis dizer com *E talvez nunca consiga enxergar, a menos que viaje como eu viajei.* Foi assim que Slade experienciou o universo?

No que parece um movimento impossível, ele se vira para trás dentro de si mesmo e vê...

Não sabe direito o quê.

Pelo menos não de imediato.

Ele se vê na extremidade de algo que lhe lembra um caminho de estrelas em efeito *time-lapse*, mas que é parte dele, uma extensão de seu ser tanto quanto seu braço ou sua mente, e o caminho parece se afastar em espiral, uma forma brilhante e quase fractal, mais linda e mais misteriosa que qualquer coisa que tenha cruzado sua consciência. E ele sabe, de uma maneira que não poderia sequer começar a explicar, que esta é sua linha do tempo original, e que ela contém a amplitude de sua existência formada pela memória.

Toda lembrança que ele já criou.

Toda lembrança que o criou.

Mas esta não é sua única linha de universo. Outras se ramificam a partir desta, retorcendo-se e dobrando-se sobre si mesmas pelo espaço-tempo.

Ele sente a linha de universo de lembranças a partir do ponto em que salvou Meghan do atropelamento.

Três linhas menores, terminando em sua morte no hotel de Slade.

As vidas seguintes com Helena, tentando evitar o fim da realidade.

Então as ramificações que ele criou em sua última vida na Antártica — radiais de memória que constituem as dez vezes que ele morreu no tanque para estar novamente junto de Helena.

Mas nada disso importa.

A linha do tempo em que ele está é a original, e ele acelera o passo, seguindo contra a correnteza do rio de sua vida, esbarrando em momentos esquecidos, entendendo finalmente que a memória é tudo de que ele é feito.

Tudo de que todas as coisas são feitas.

Quando a agulha de sua consciência pousa em uma lembrança, sua vida começa a tocar, e ele se descobre num momento congelado:

O cheiro de folhas mortas e o frio do outono nova-iorquino, sentado no Central Park e chorando após assinar os documentos do divórcio.

Movendo-se de novo...

Mais rápido...

Por incontáveis lembranças.

São tão numerosas quanto as estrelas: é como olhar para um universo que é ele próprio.

O funeral da mãe, ele olhando para o caixão, segurando a mão dela e sentindo a rigidez de sua pele fria enquanto observa seu rosto, pensando: Isto não é você...

O corpo de Meghan na mesa de autópsia — seu torso esmagado, com um grande hematoma preto.

Encontrando-a na beira da estrada perto da casa deles.

Por que esses momentos?, Barry se pergunta.

Dirigindo pelos subúrbios numa noite fria e escura em algum dia entre Ação de Graças e o Natal, Julia no banco ao lado, Meghan atrás, todos tranquilos e contentes, vendo as luzes de Natal pelas janelas do carro — um respiro na jornada da vida, um intervalo entre uma tempestade e outra, quando tudo se assenta por breves instantes.

Arrancado dali novamente, lançado por um túnel cujas paredes de memória se fecham ao seu redor.

Meghan ao volante do velho Camry, metade do carro enfiado na porta da garagem, o rosto vermelho e cheio de lágrimas, as mãos apertando o volante com força.

Meghan aos seis anos com os joelhos sujos de grama após um jogo de futebol, o rosto vermelho e feliz.

Seus primeiros passos hesitantes no apartamento deles no Brooklyn.

O que é a realidade deste momento?

Segurando a filha pela primeira vez na maternidade — sua mão acariciando aquela bochecha tão pequena.

Julia o pegando pela mão, levando-o ao quarto do primeiro apartamento deles, fazendo-o se sentar para que ela anunciasse a gravidez.

Será que estou nos meus segundos finais dentro do tanque de isolamento na Antártica, vendo minha vida passar diante dos meus olhos?

Voltando para casa após seu primeiro encontro com Julia, a suave euforia da esperança de ter encontrado alguém a quem amar.

E se isso não for nada mais que os últimos impulsos nervosos de um cérebro agonizante? E se for a atividade neuronal intensa alterando minha percepção da realidade e evocando lembranças ao acaso?

Será que é isso que todo mundo vê no momento da morte?

A luz no fim do túnel?

Este falso paraíso?

Isso significa que eu não consegui reiniciar a linha do tempo original e que o mundo está liquidado?

Ou estou fora do tempo, sendo sugado pelo esmagador buraco negro das minhas próprias lembranças?

As mãos no caixão do pai e a súbita compreensão de que a vida é cruel e sempre será.

Aos quinze anos, sendo chamado à sala do diretor da escola e encontrando a mãe sentada na poltrona chorando, e ele sabe antes mesmo que o digam que algo aconteceu com o pai dele.

Os lábios secos e as mãos trêmulas da primeira garota que ele beijou, no primeiro ano do ensino médio.

Sua mãe empurrando um carrinho de compras por um corredor do mercado e ele atrás, uma bala roubada no bolso.

De pé com o pai uma manhã no acesso para carros da casa deles em Portland, os pássaros em silêncio, tudo quieto, o ar frio como a noite. A expressão do pai enquanto assiste ao eclipse total é mais fascinante que o eclipse em si. Quantas vezes testemunhamos nossos pais maravilhados?

Deitado na cama no segundo andar da casa de fazenda do século XIX dos avós em New Hampshire enquanto uma tempestade de verão vem das Montanhas Brancas, encharcando os campos e as macieiras e tamborilando no telhado de latão.

A vez que ele caiu de bicicleta e quebrou o braço, aos seis anos.

A luz entrando por uma janela, e as sombras das folhas dançando na parede acima do berço. É fim de tarde (ele não sabe como sabe isso), e a música que sua mãe canta atravessa as paredes do quarto.

Minha primeira lembrança.

Ele não entende muito bem por quê, mas sente que essa é a lembrança que vinha procurando a vida inteira, e a força da gravidade da nostalgia atrai sua consciência, porque isso não é apenas a lembrança quintessencial de lar, é o momento mais perfeito e seguro — antes de a vida conter qualquer dor real.

Antes de fracassar.

Antes de perder pessoas que amava.

Antes de sentir o medo de que seus melhores dias já houvessem passado.

Ele sente que poderia deixar sua consciência repousar nesta lembrança como um velho numa cama quente e macia.

Viver este momento perfeito para sempre.

Poderia haver destinos piores.

E, talvez, nenhum melhor.

É isso o que você quer? Mergulhar numa espécie de natureza-morta da memória porque se decepcionou com a vida?

Tantas vidas ele passou num estado de remorso perpétuo, voltando obsessiva e destrutivamente a tempos melhores, a momentos que desejava poder mudar... Durante a maior parte dessas vidas seu olhar se manteve fixo no retrovisor.

Até Helena.

O pensamento vem quase como uma oração: *Não quero mais olhar para trás. Estou pronto para aceitar que a dor faz parte da existência. Chega de tentar fugir, seja por nostalgia ou por uma cadeira da memória. São a mesma merda.*

Viver com um macete não é viver. Nossa existência não é algo a ser arquitetado ou otimizado para evitar a dor.

É nisso que consiste ser humano: a beleza e a dor, pois uma não tem significado sem a outra.

Então ele está no café de novo.

As águas do rio Hudson se tornam azuis e começam a correr. Cores tingem o céu, os rostos dos outros clientes, os prédios, cada superfície. Ele sente no rosto a lufada de ar frio que sopra do rio. Sente cheiro de comida. O mundo é subitamente vibrante, transbordando com o som de risadas e conversas por toda a sua volta.

Ele está respirando.

Está piscando.

Sorrindo e chorando.

E finalmente caminhando ao encontro de Julia.

EPÍLOGO

*A vida só pode ser compreendida olhando-se para trás,
mas só pode ser vivida olhando-se para a frente.*
— SØREN KIERKEGAARD

BARRY

4 DE NOVEMBRO DE 2018

A cafeteria fica em um ponto pitoresco das margens do Hudson, à sombra da West Side Highway. Eles se cumprimentam com um abraço rápido e fraco.

— Tudo bem? — pergunta Julia.

— Tudo.

— Fico feliz que tenha vindo.

Um garçom se aproxima e pergunta o que querem beber, e eles trocam amenidades até o café chegar.

É domingo, e a multidão da hora do almoço toma as ruas. Durante o silêncio inicial de constrangimento, Barry confere seu repertório de lembranças.

Sua filha morreu onze anos atrás.

Julia se divorciou dele pouco depois.

Ele nunca conheceu Marcus Slade nem Ann Voss Peters.

Nunca voltou para uma lembrança para salvar Meghan.

A Síndrome da Falsa Memória nunca assolou o mundo.

Realidade e tempo nunca se desintegraram na mente de bilhões de pessoas.

E ele nunca pôs os olhos em Helena Smith. Suas muitas vidas juntos tentando salvar o mundo das consequências da cadeira foram banidas ao terreno baldio das memórias mortas.

Não há dúvida. Esta linha do tempo é a primeira, a original.

— É muito bom ver você — diz Barry.

Eles conversam sobre Meghan, o que cada um imagina que ela estaria fazendo da vida, e Barry se segura para não revelar que sabe. Que viu em primeira mão, numa lembrança distante e inalcançável. Que a filha deles teria sido mais cheia de vida, mais interessante e mais gentil que qualquer especulação; nada que dissessem faria justiça à memória dela.

Enquanto esperam a comida, ele se lembra de Meghan sentada à mesa com eles. Jura que quase sente sua presença, como um membro-fantasma. E, embora seja dolorida, a lembrança não o devasta como teria feito em outra época. Só dói porque ele viveu algo lindo que se foi. O mesmo com Julia. O mesmo com todas as perdas que Barry já viveu.

A última vez que viveu este momento, eles relembraram uma viagem em família para as Adirondacks, ao Tear of the Clouds, a nascente do rio Hudson.

E uma borboleta que insistia em vir à mesa lhe lembrou Meghan.

— Você parece melhor — diz Julia.

— Acha mesmo?

— Sim.

É fim de outono na cidade, e Barry sente esta realidade ganhar mais solidez a cada minuto. Nenhuma ameaça de transposição para subverter tudo.

Ele está questionando sua memória de todas as outras linhas do tempo. Até Helena parece mais um sonho desbotado que uma mulher que ele tocou e amou.

O que parece real neste momento não é sua memória-fantasma de ver uma explosão nuclear vaporizar o Upper West Side, são os sons da cidade, as pessoas às mesas, sua ex-esposa, o ar entrando e saindo de seus pulmões.

Para todos, exceto ele, o passado é um conceito singular.

Sem histórias conflitantes. Sem lembranças falsas.

As linhas do tempo mortas, carregadas de caos e destruição, cabem apenas a ele lembrar. Quando a conta chega, Julia faz menção de pagar, mas ele a toma da mão dela e saca o cartão.

— Obrigada, Barry.

Ele se inclina e pega a mão de Julia, notando a surpresa em seus olhos diante desse gesto de intimidade.

— Preciso lhe dizer uma coisa, Julia.

Ele olha o Hudson. A brisa que vem do rio traz um frescor pungente, enquanto o sol esquenta seus ombros. Barcos com turistas passam para lá e para cá. O ruído do trânsito é incessante na via expressa. No céu, dezenas de rastros de fumaça se desfazem, como se desenhados por mil jatos.

— Eu passei muito tempo com raiva de você.

— Eu sei — diz ela.

— Achei que você tivesse me deixado por causa de Meghan.

— Talvez tenha sido. Não sei. Eu não conseguia continuar respirando o mesmo ar que você naqueles dias sombrios.

— Eu acho que se nós dois pudéssemos voltar no tempo, mesmo se pudéssemos de alguma forma impedir que ela morresse, você ainda teria seguido seu caminho, e eu, o meu. Acho que nossa história não era para ser para sempre. Talvez a perda de Meghan tenha abreviado nosso tempo juntos, mas, mesmo se ela estivesse viva, ainda assim teríamos nos divorciado.

— Você acha?

— Sim, e sinto muito por ter me apegado à raiva. Sinto muito por só ver isso agora. Tivemos tantos momentos perfeitos, e por muito tempo não consegui dar o devido valor a isso. Só conseguia olhar para trás com arrependimento. O que eu queria lhe dizer é que eu não mudaria nada. Fico feliz que você tenha entrado na minha vida. Fico feliz pelo tempo que tivemos juntos. Fico feliz por Meghan, e porque ela veio de nós dois. Ela não poderia ter vindo de outras pessoas. Eu não mudaria um único segundo da nossa história.

Julia seca uma lágrima.

— Todos esses anos, eu pensei que você quisesse nunca ter me conhecido. Achei que me culpasse por destruir sua vida.

— Eu estava de luto — diz ele.

Ela aperta a mão dele.

— Sinto muito que não sejamos a pessoa certa um para o outro, Barry. Você tem razão nisso, e sinto muito por todo o resto.

BARRY

5 DE NOVEMBRO DE 2018

O loft fica no terceiro andar de um antigo armazém repaginado, em Dogpatch, um antigo bairro portuário na Baía de São Francisco.

Barry para o carro alugado a três quarteirões do prédio e caminha até lá.

A neblina é tão densa que aplaina as arestas da cidade, passando uma demão de tinta cinza sobre tudo e esmorecendo as lâmpadas nos postes, tornando-as quase etéreas. De certa forma, lembram a paleta de cores de uma lembrança morta, mas ele gosta do anonimato que propiciam.

Uma mulher sai do prédio. Ele passa discretamente por ela e entra no lobby, subindo dois lances de escada e depois cruzando um longo corredor em direção ao apartamento 7.

Ele bate, espera.

Ninguém atende.

Bate de novo, com mais força dessa vez, e depois de alguns segundos uma voz grave, de homem, baixa soa pela porta:

— Quem é?

— Barry Sutton, investigador de polícia. — Ele recua e ergue o distintivo para o olho mágico. — Podemos conversar?

— Do que se trata?

— Abra a porta, por favor.

Cinco segundos de silêncio.

Ele não vai me deixar entrar, pensa Barry.

Barry baixa o distintivo, e, quando já está recuando para arrombar a porta no chute, a correntinha do outro lado é puxada e o trinco gira.

Marcus Slade surge à porta.

— Em que posso ajudar?

Barry entra no loft pequeno e bagunçado, grandes janelas com vista para um estaleiro, a baía e, além, as luzes de Oakland.

— Lugar bacana — diz, enquanto Slade fecha a porta.

Indo à mesa da cozinha, pega um almanaque esportivo dos anos 1990 e um volume enorme intitulado *Guia histórico SRC de 35 anos de gráficos de ações*.

— Leitura leve? — comenta ele.

Slade parece nervoso e contrariado. Está com as mãos enfiadas nos bolsos do cardigã verde, os olhos indo de lá para cá e piscando sem parar.

— Qual a sua ocupação, sr. Slade?

— Eu trabalho para a Ion Industries.

— Em qual setor?

— Pesquisa e desenvolvimento. Sou assistente de uma das principais cientistas.

— E que tipo de coisa vocês fazem por lá? — pergunta Barry, avaliando uma pilha de papéis com páginas recentemente impressas de um site: *Histórico dos números ganhadores da loteria por estado*.

Slade vai até ele e arranca os papéis de suas mãos.

— A natureza do nosso trabalho é confidencial. O que o senhor quer comigo?

— Estou investigando um assassinato.

— Quem morreu? — pergunta ele, se empertigando.

— Então, essa é a questão. — Barry olha no fundo dos olhos de Slade. — O assassinato ainda não aconteceu.

— Não entendi.

— Estou aqui por conta de um assassinato que vai acontecer esta noite.

Slade engole em seco, perplexo.

— O que isso tem a ver comigo?

— Vai acontecer no seu local de trabalho, e o nome da vítima é Helena Smith. É sua chefe, certo?

— Sim.

— Também é a mulher que eu amo.

Slade está de pé na frente de Barry, a mesa da cozinha entre eles, os olhos arregalados. Barry aponta para os livros.

— Quer dizer que você decorou tudo isso? Obviamente, não vai poder levar os livros.

Slade abre e fecha a boca sem dizer nada. Então declara:

— Saia daqui.

— A propósito: funciona.

— Não sei do que você está...

— Seu plano. Funciona à perfeição. Você fica rico e famoso. Infelizmente, o que você vai fazer hoje à noite causa sofrimento a bilhões de pessoas e leva ao fim da realidade e do tempo tal como os conhecemos.

— Quem é você?

— Apenas um policial de Nova York.

Ele encara Slade por dez longos segundos.

— Vá embora.

Barry não se mexe. O único som no apartamento é o ruído rascante da respiração acelerada de Slade. O celular dele vibra na mesa. Barry olha de relance e vê uma nova mensagem de "Helena Smith" aparecer na tela de bloqueio.

> Claro. Posso te encontrar daqui a duas horas. O que houve?

Barry finalmente se dirige à porta.
A três passos dela, ouve um *clique*. E outro. E mais outro.
Ele se vira devagar. Do outro lado do loft, Slade olha atônito para o revólver .357 com o qual teria matado Helena em algumas horas. Ele olha para Barry, que deveria estar caído no chão, esvaindo-se em sangue. Slade mira em Barry e puxa o gatilho, mas é só mais um tiro a seco.
— Eu invadi sua casa mais cedo, quando você estava no trabalho — explica Barry. — Coloquei carregadores com cartuchos vazios. Precisava ver por mim mesmo do que você era capaz.
Slade olha na direção do quarto.
— Não tem nenhuma bala nesta casa, Marcus. Bem... isso não é verdade. — Barry pega a Glock do coldre. — Minha arma está carregada.

O bar fica no Mission, um local aconchegante com painéis de madeira chamado Monk's Kettle; o frio e a névoa da noite deixam as janelas embaçadas. Helena comentou com ele sobre esse lugar em pelo menos três vidas.
Ao entrar, vindo da noite com neblina, Barry ajeita o cabelo, cujo volume se perdeu na umidade.
É fim de noite numa segunda-feira, então o lugar está quase vazio.
Ele a vê na outra ponta do bar, sozinha, debruçada em um laptop. Quando ele se aproxima, vem o nervosismo — bem mais forte do que imaginava.
A boca fica seca; as mãos começam a suar.
Ela está bem diferente do dínamo com o qual ele passou seis vidas. Usa um suéter cinza com fios puxados por um gato ou cachorro e óculos embaçados. Até o cabelo está diferente: mais comprido, preso num rabo de cavalo.
Ao vê-la ali, fica nítido que a obsessão de Helena pelo projeto da cadeira imersiva em memória a consumiu por completo, e isso lhe parte o coração.

Ela não nota sua presença quando Barry se senta na banqueta ao seu lado.

Ele sente cheiro de cerveja e, por baixo, o mais sutil e elementar perfume de sua esposa, que ele reconheceria em qualquer parte, entre um milhão de pessoas. Tenta não olhar para ela, mas a emoção de estar sentado ao seu lado é quase sufocante. Da última vez que ele viu o rosto dela, estava pregando a tampa do seu caixão. Então Barry fica em silêncio enquanto ela redige um e-mail, pensando em todas as vidas que compartilharam.

Os bons momentos. As brigas.

As despedidas, as mortes.

E os começos, como este.

Como o das seis vezes que ela se aproximou dele naquela pocilga em Portland quando ele era um jovem de vinte e um anos, e ela tinha olhos brilhantes. Parecia linda e destemida.

Que tal me pagar uma bebida?

Ele abre um sorriso, porque, neste momento, ela não está com a menor cara de quem quer pagar uma bebida para um estranho. Ela parece... Bem, a Helena de sempre: mergulhada no trabalho e alheia ao mundo.

O bartender se aproxima. Barry faz seu pedido, e então se vê sentado com sua cerveja, perguntando-se algo de disparar o coração: o que se diz à mulher mais corajosa que já conheceu, com quem viveu meia dúzia de vidas extraordinárias, com quem salvou o mundo, que salvou *você* de todos os modos concebíveis, mas que não faz ideia de sua existência?

Barry toma um gole da cerveja e pousa o copo. O ar parece carregado de eletricidade, como no momento que antecede uma tempestade. Perguntas surgem em uma avalanche pela sua mente:

Você vai me reconhecer?

Vai acreditar em mim?

Vai me amar?

Com medo, exultante, os sentidos aguçados, o coração martelando, ele se vira finalmente para Helena, que, sentindo que é observada, o encara com aqueles olhos verde-jade.

E ele diz:

AGRADECIMENTOS

Eu jamais teria conseguido escrever este livro sem o apoio desmedido de minha parceira na criatividade e na vida (e às vezes no crime), Jacque Ben-Zekry. Obrigado pelas mil conversas (muitas nos nossos bares preferidos) sobre esta história e seus personagens. Obrigado pela paciência nas ocasiões em que este livro regeu nossa vida e por suas contribuições, fundamentais para que *Recursão* se tornasse melhor em todos os sentidos.

David Hale Smith, meu agente literário ninja-caubói-assassino, foi um tremendo defensor do meu trabalho por nove anos. Irmão, sou extremamente grato por tê-lo em minha vida.

Falando da família Inkwell Management, vamos lá: também preciso agradecer a Alexis Hurley, que é responsável por levar meus livros ao mundo; a Nathaniel Jacks, por seu trabalho soberbo e atento; e a Richard Pine, por sua mão firme no leme.

Angela Cheng Caplan e Joel VanderKloot: não sei o que posso dizer além de que acho que todo escritor merece a sorte de contar com profissionais que nem vocês dirigindo seu tanque de guerra pela avenida de loucura que é Hollywood.

Escrevo há muito tempo, e, em termos de publicação, nunca tive uma experiência melhor do que com a equipe da Crown. Meu editor, Julian Pavia, minha publisher, Molly Stern, além de Maya Mavjee, Annsley Rosner, David Drake, Chris Brand, Angeline Rodriguez e a genial relações-públicas Dyana Messina, são simplesmente os melhores dos melhores.

Saudações especiais a Julian, por me desafiar a fazer esta história tão grande e surpreendente quanto ela merecia ser — quanto os *leitores* mereciam que fosse. Sua dedicação a dar a melhor forma a este romance não foi menor que a minha, o que é tudo que um autor pode pedir de seu editor. *Recursão* não seria metade do que é sem seu corajoso olhar editorial.

Wayne Brooks, da Pan Macmillan britânica: estou nas nuvens por ter você representando minha obra do outro lado da poça.

Rachelle Mandik fez um trabalho excepcional de copidesque no manuscrito final.

Clifford Johnron, ph.D., professor no Departamento de Física e Astronomia na Universidade do Sul da Califórnia, me forneceu insights incalculáveis nas etapas finais do manuscrito. Todos os erros, suposições e teorias malucas são exclusivamente meus.

Este foi de longe o livro mais difícil que já escrevi, e me apoiei em amigos mais do que nunca na hora de obter feedback. Como forma de dizer um obrigado a essas pessoas inestimáveis que me deram suas opiniões sobre *Recursão* e de prestar um tributo a outros amigos e escritores por quem tenho imensa admiração, alguns deles aparecem no livro assim:

Barry Sutton = o inigualável Barry Eisler, que foi incrível em suas observações e me ajudou a elaborar o tema do livro no momento em que eu mais precisava de aconselhamento.

Ann Voss Peters = a adorável e talentosa Ann Voss Peterson, que aprimorou tantos dos meus livros com seus insights perspicazes, em especial sobre as motivações por trás de meus personagens.

Helena Smith = a autora de thrillers britânica Helen Smith, um dínamo que por acaso é a melhor jogadora de *Cards Against Humanity* do mundo.

Jee-woon Chercover = Sean Chercover, o escritor mais cheiroso que conheço pessoalmente, e um dos meus seres humanos preferidos.

Marcus Slade = Marcus Sakey, meu irmão de brainstorming que me ajudou desmedidamente em diversos momentos importantes durante a escrita deste livro.

Amor Towles = Amor Towles, genial autor de *Um cavalheiro em Moscou*, o melhor livro que li nos últimos cinco anos.

Dr. Paul Wilson = o grande dr. F. Paul Wilson, titã da ficção científica e do terror, e abstêmio de vinho de cobra.

Reed King = Reed Farrel Coleman, poeta *noir* de Long Island e o benevolente chefão da comunidade do mistério.

Marie Iden = Matt Iden, novelista da D.C., admirador de BoKacj (meu cachorro) e talvez o maior fã do Washington Capitals.

Joseph Hart = Joe Hart, o brilhante autor de ficção científica e senhor das regiões selvagens do norte de Minnesota.

John Shaw = Johnny Shaw, o incrível dono das mais incríveis sobrancelhas do universo conhecido e um dos nossos melhores autores de romances policiais.

Sheila Redling = Sheila Redling, a maravilhosa escritora da Virgínia Ocidental e uma das pessoas mais divertidas que conheço.

Timoney Rodriguez = Timoney Korbar, a única não escritora deste rol, mas ainda assim incrivelmente criativa a seu modo, e um *Übermensch* em todos os sentidos.

Sinceros agradecimentos também para Jeroen ten Berge, Steve Konkoly, Chad Hodge, Olivia Vigrabs, Alison Dasho e Suzanne Blue, por dedicarem seu tempo a me dar feedback em diferentes estágios do processo de escrita.

Abraços e beijos aos meus filhos iluminados: Aidan, Annslee e Adeline. Vocês são minha inspiração.

E, por fim: perto do Natal de 2012, Steve Ramirez e Xu Liu, dois neurocientistas do MIT, implantaram uma lembrança falsa no cérebro de um rato. O conceito geral da "cadeira da memória" de Helena nasceu do grande feito deles. Sou profundamente grato aos dois e a todos os cientistas que dedicam suas vidas a desvendar o belo mistério de nossa existência.

- intrinseca.com.br
- @intrinseca
- editoraintrinseca
- @intrinseca
- @editoraintrinseca
- intrinsecaeditora

2ª edição	AGOSTO DE 2023
reimpressão	MAIO DE 2025
impressão	CORPRINT
papel de miolo	HYLTE 60 G/M²
papel de capa	CARTÃO SUPREMO ALTA ALVURA 250 G/M²
tipografia	MINION PRO